* 9 7 8 1 7 7 7 7 3 5 5 8 6 *

سنگام و دیگر داستان‌ها

مجموعه‌داستان

سنگام و دیگر داستان‌ها

مجموعه داستان

مهرنوش مزارعی

نشر رها

ونکوور، کانادا

نشر رها، بخش انتشارات کتاب رسانه همیاری – ونکوور، کانادا

چاپ اول: ۲۰۲۴ میلادی – ۱۴۰۳ خورشیدی

چاپ دوم: ۲۰۲۶ میلادی – ۱۴۰۴ خورشیدی

شـامل نسـخهٔ بهروزشـدهٔ داستان کوتـاه «سـنگام» و دیدگاههـای چنـد نویسـنده و منتقـد دربـارهٔ کتـاب «سـنگام و دیگـر داستانها»

سنگام و دیگر داستانها

نویسنده: مهرنوش مزارعی

ویراستاران: سیما غفارزاده و هومن کبیری پرویزی

طرح جلد: رومینا ذاکری

صفحهآرایی و چاپ: نشر رها

شابک نسخهٔ چاپی: 978-1-7777355-8-6

شابک نسخهٔ الکترونیک: 978-1-7777355-9-3

———— ✆✆✆ ————

Rahaa Publishing is the book publishing division of Hamyaari Media Inc.
PO Box 31055, St Johns Street, Port Moody, BC V3H 4T4, Canada
+1-604-671-9505
info@rahaa.pub
www.rahaa.pub
First published 2024

Sangām va Dīgar Dāstānhā
(Sangam and Other Stories)
Mehrnoosh Mazarei
Editors: Sima Ghaffarzadeh and Houman Kabiri Parvizi
Cover Design: Romina Zakeri

«سنگام و دیگر داستان‌ها» از نگاه دیگران

دغدغهٔ کاوشگرانهٔ مهرنـوش مزارعی در مورد چیسـتی و گوهر انسـان در داسـتان‌هایش

آنچـه تجربه‌هـا و روایت‌هـای مزارعـی را خواندنی‌تر می‌کنـد، رابطهٔ اوسـت بـا جامعـه و مـردم آمریـکا، جایـی کـه دهه‌هاسـت کـه میهـن وی بـوده اسـت. مهاجـرت می‌توانـد نویسـنده را در پیلهٔ زیسـتی و ذهنی زندانی کند: بسـیاری از نویسـندگان مهاجر پس از سـال‌ها دوری از زادگاه همچنان از حافظه می‌نویسـند و بـا جامعـهٔ تـازهٔ خـود درگیـر نمی‌شـوند. به‌نظرم ایـن رویکـرد باورنداشـتن به ایـن واقعیـت اسـت کـه مهاجـر دیگـر در جای پیشـین خود نیسـت، سـرزمینی کـه رهایـش کـرده امـا به‌شـدت دلتنـگ آن اسـت. مزارعـی کامـلاً برعکس این رفتـار می‌کنـد و راوی تجربـهٔ وجـودی از اجتماعـی اسـت کـه خانـهٔ اوسـت، امـا یـاد زادگاهـش هـم دستمایهٔ داسـتان‌هایش هسـتند. از ایـن‌رو، مزارعـی یـک نویسـندهٔ فراملیتـی اسـت. روایت‌هایـش از شـیراز و سـاحل دریـای خزر تـا لـس آنجلـس و تیخوانـا را درمی‌نوردنـد. به‌بـاور مـن، مهرنـوش مزارعـی در ایـن سـال‌ها توانسـته بـه یکـی از موفق‌تریـن و پیگیرتریـن داستان‌نویسـان ایرانـی در مهاجـرت فرابرویـد. شـاید شـرکت‌کنندگان در این برنامـه ندانند، اما

داستان‌های مزارعی موضوع یک تز دکترا در ایران هم بوده‌اند.

در داستان‌های سنگام می‌بینیم که بسیاری از آدم‌های داستان‌های مزارعی در کشمکش با موقعیت خود هستند، موقعیت‌هایی چه‌بسا پیش‌پاافتاده با واکنش‌هایی حتی پیش‌پاافتاده‌تر. اما در نگاه نویسنده، همین موقعیت‌ها زایندهٔ روایت‌هایی دقیق هستند از آنچه از ما یک انسان می‌سازد. هر کس در هر زمان وابسته به یک دیگری است که با او درگیر است. خوانندهٔ تیزبین می‌بیند که روایت‌های به‌نظر گزارش‌گرانهٔ او پرده‌ای است بر نگرش متفکرانه و فیلسوفانهٔ مهرنوش مزارعی. پس هم‌زمان در دو سطح می‌نویسد: موقعیت ملموس را روایت می‌کند تا اشاره‌ای نهفته به جهان پنهان روابط داشته باشد. به‌نظرم او شیفتهٔ آن است که ببیند هر فرد چگونه به موقعیت خود واکنش نشان می‌دهد. از نگاه من، توجه خانم مزارعی نسبت به موقعیت‌ها برخاسته از دغدغهٔ او در مورد چیستی و گوهر انسان است؛ موضوعی که در همهٔ این سال‌ها آن را در داستان‌هایش کاویده است. در این کاوش، گه‌گاه راوی با موضوع مشاهدهٔ خود یکی می‌شود - یک همبستگی و این‌همانی ژرف و وجودی. نمی‌توان داستان‌های مزارعی را در ژانر به‌خصوصی جای داد، او هم افسانه می‌نویسد و هم داستان رئالیستی و سوررئالیستی، اما به‌باور من دغدغهٔ کاوشگرانه‌ای که از آن یاد کردم در کارش همواره روشن است.

در داستان‌های مزارعی، تعادل جهان همواره به هم می‌خورد اما جهان بی‌اعتنا به راه خود می‌رود. نکته آن است که با خواندن داستان‌های مهرنوش مزارعی دنیاهای تازه‌ای پیشاروی ما پدیدار می‌شوند.

دکتر پیمان وهاب‌زاده، استاد جامعه‌شناسی در دانشگاه ویکتوریا، بخشی از سخنرانی رونمایی کتاب «سنگام و دیگر داستان‌ها» در نخستین جشنوارهٔ کتاب فارسی ونکوور ‐ ۲۷ آوریل ۲۰۲۴

* * * * *

نبرد زنانگی با سنت در داستان‌های «سنگام» مهرنوش مزارعی

مجموعه‌داستان «سنگام و دیگر داستان‌ها» نوشتهٔ مهرنوش مزارعی نشان از بُعدهای هستی انسان‌هایی دارد که می‌کوشند با گذشتن از جهان سنت، راه به دنیای مدرن بازگشایند.

بسیاری از زنان آن‌گونه می‌نویسند که مردان، ولی داستان‌های مزارعی از سنت رایج پیروی نمی‌کنند، به نابرابری‌های اجتماعی موجود نظر دارند، به موقعیت فرودست زنان و انقیاد تاریخی آنان می‌پردازند، احساسات فروخورده و سال‌ها سرکوب‌شدهٔ آن‌ها را موضوع داستان قرار می‌دهند و به رابطهٔ تاکنونی زن و مرد نگاهی مشکوک، پرسش‌برانگیز و انتقادآمیز دارد. در این داستان‌ها نگاهی نو نطفه بسته است که خلاف نگاهی‌ست که تاکنون در خانواده، مدرسه، جامعه و فرهنگ حاکم موجود بوده‌اند.

مزارعی تصمیم دارد به‌قصد ایجاد فضایی مناسب برای نوشتن، سفارش ویرجینیا وولف را جامهٔ عمل بپوشاند و ابتدا آن «فرشتهٔ خانگی» را به قتل برساند. و فرشتهٔ خانگی همان زنی‌ست که مردان آفریده‌اند. آنگاه که «فرشتهٔ خانگی» بمیرد، واقعیتی دیگر جانشین خیال و آرزو می‌شود و جهان نابرابر رنگ می‌بازد و زنی زاده و آفریده می‌شود که لباس آرزوی مردان بر تن ندارد و فکرش نیز مستعمرهٔ ذهنیتی مردانه نیست. مزارعی می‌خواهد سنت‌شکنی کند و سکوت نیاکان را بشکند و به عرصه‌ای وارد شود که چه‌بسا حضورش را در آن گرامی نخواهند داشت.

مزارعی به بازگویی و بازسازی داستانی جلوه‌هایی از واقعیتِ زندگی می‌پردازد؛ واقعیت‌هایی که پیچیده نیستند، ولی اخلاق جامعه آن‌ها را به‌عنوان رازهای شخصی پس می‌راند. او قفل از ذهن و زبان شخصیت‌های داستان خود برمی‌دارد، پردهٔ حجاب سنت را می‌درد و از زندان ذهن پا فراتر می‌گذارد و می‌کوشد تا تلنگری بر ذهن خواننده باشد. او خواننده

را حلقه‌به‌گوش و غلامِ گوش‌به‌فرمان نمی‌خواهد. انتظار دارد در ذهن خواننده پرسش ایجاد کند و در این امر موفق است.

مزارعی اخلاق حاکم را زیر سؤال می‌برد، شکل دیگری از احساس را مطرح می‌کند که گرچه به‌شکل غیرعلنی در جامعه حضور دارد، ولی به‌حکم نانوشتهٔ سنت، قرار بر این بوده تا دیده نشود، زیرا بر سالاربودن جنس مرد خدشه وارد می‌کند.

مزارعی در داستان‌هایش، در ظاهر، از چیزی دفاع نمی‌کند. او فقط در پی طرح پرسش است. حق را هم به هیچ شخصیتی نمی‌بخشد، بلکه شخصیت‌ها را در کنار هم قرار می‌دهد و از خواننده می‌طلبد تا جهان را به‌مثابهٔ یک پرسش در ذهن ببیند. او هیچ پاسخی را مقدم بر پرسش نمی‌کند و از پیش برای هیچ پرسشی پاسخی آماده ندارد. نمی‌خواهد و دوست ندارد قضاوت را جانشین دانستن کند. برای او پرسیدن و پرسش و فکر بر آن مهم‌تر از هر پاسخی است و خلاصه اینکه: مزارعی با آگاهی از «هستی زنانه» به هجو باورهای کلیشه‌ای برمی‌خیزد.

اسد سیف، منتقد ادبی، مروری بر مجموعه‌داستان «سنگام و دیگر داستان‌ها»، منتشرشده در دویچه ولهٔ فارسی ـ ۹ ژوئن ۲۰۲۴

* * * * *

سنگام، روایتی از تنهایی در آینهٔ دیگری

هویت زنانه و رابطهٔ زن و مرد با تمرکز بر شخصیت زن، از مضامین اصلی داستان‌های مزارعی است. این نویسنده با زبانی ساده، روان و بی‌تکلف، زنان را در موقعیت‌هایی واقع‌گرایانه و باورپذیر به تصویر می‌کشد و از گذر تکنیک‌هایی روایی همچون نامه‌نگاری، یادداشت روزانه، جریان سیال ذهن با نظرگاه محدود، و استفاده از روابط بینامتنی و بهره‌جویی از متون کهن در روایتی مدرن، به روایت قصه‌های آنان می‌پردازد؛ زنانی

ساده و غریـب، سالخورده یـا جـوان در مقام مـادر، دختـر یا همسـر، گاه در تعلیـق، گاه جنگجـو امـا نـاکام، آرزومنـد، حسرت‌به‌دل، یـا کوشـا و امیدوار کـه بـا ویژگی‌هـای شخصیتی جذاب و طناز، به‌موازات واقعیت‌ها از تردیدهـا و دوپارگی‌هـای ذهنـی و تنـی خـود می‌گوینـد و همـدردی خواننـده را برمی‌انگیزنـد: مـادر معتـرض در داستان «قهوهٔ تلخ»، سیما و تنهایی‌اش در «بریده‌های نـور»، زن مهاجـر و خاطـرات جوانـی در «فرخ‌لقـا، دختـر پطرس‌شـاه فرنگـی»، زن بی‌نـامِ داستانِ «غریبـه‌ای در رختخواب مـن» یا زن میان‌سـال در «بانجـی جامپینگ».

در داستان کوتـاه «سنگام»، راوی موجـودی اسـت ناظـر بـر رابطـه‌ای عاشـقانه، میـان شالپا و شوهرش سـان‌جِی، از دیـروز تـا امـروز به‌گـواه عکس‌هـا، نقـل خاطرات و البتـه گمانه‌زنی‌هـا و ناخودآگاهی‌هـای خودش. شـالپا نیـز موجـودی اسـت که نگـاه ناظـر بر او قـرار می‌گیـرد تا بـه درکی از سـان‌جِی منتهـی شـود. در نهایـت، هـدف اصلـی و منظـورِ راوی سـان‌جی اسـت کـه پـس از ازدواج مجدد شـالپا، می‌توانـد به‌تمامـی از آنِ راوی شـود؛ معشـوقه‌ای کـه گرچـه وجـود خارجـی نـدارد و فقـط در عکس‌هـا و تعریف‌هـای شـالپا جان گرفته، راوی را به عشق‌ورزی به‌شیوهٔ شـالپا دعوت می‌کنـد تـا او نیـز در زندگـی موفق و کامیـاب باشـد. عشـقی آرمان‌گرایانه و تمام‌وکمـال، کـه راوی بـا تقلیـد بیمارگونـه از شـالپا بـه آن دسـت می‌یابـد.

رضیه انصاری، نویسنده و منتقد ادبی، مروری بر مجموعه‌داستان «سنگام و دیگر داستان‌ها»، منتشرشده در نشریهٔ ادبی بانگ، ۲۳ ژوئن ۲۰۲۴

* * * * *

مرد اثیری در داستان سنگام

سـان‌جی مـردی اثیری اسـت. البتـه راوی ادعای دیگری دارد. راوی داستان در ایـن مـورد به‌هیچ‌وجـه بـا مـا موافق نیسـت. او شـخصیتی کامـلاً امروزی است

و بـه ایـن حرف‌هـا اعتقـادی نـدارد. یـک برنامه‌ریـز برنامه‌هـای کامپیوتری اسـت که آن‌قـدری قابلیـت کاری دارد کـه بـرای انجـام پـروژه بـه مأموریت فرسـتاده شـود. راوی در محـل مأموریـت بـا شـالپای هنـدی دوسـت می‌شـود. حرف‌های شـالپا دربـارهٔ سـان‌جی، از همـان ابتـدا بـرای راوی جالـب اسـت و توجـه او را بـه سـان‌جی جلـب می‌کنـد امـا موضـوع وقتـی برایـش جالـب می‌شـود کـه می‌فهمـد سـان‌جی مـرده... تمـام گفت‌وگوهـای او بـا شـالپا بر انکار مـرد اثیری دلالـت می‌کنـد. شـگرد مزارعـی سـاختن از طریـق انکار اسـت، یک‌جـور برهان خلـف... تنهـا رفتـن راوی بـه رسـتوران و خـوردن غذای محبوب سـان‌جی عمیقاً تأثیرگـذار اسـت. گویـی سـان‌جی او را بـرای صـرف شـام دعـوت کـرده اسـت. این صحنـه تأثیـری می‌گـذارد کـه بـا صدچنـدان شـرح و توضیـح هم دسـت‌یافتنی نیسـت... به‌نظـر مـن اشـاره بـه سـلیقهٔ فمینیسـتی (رنـگ بنفـش) در ایـن داسـتان کامـلاً در خدمـت شـخصیت‌پردازی راوی قـرار گرفتـه اسـت. فمینیسـم در این داسـتان مثـل هـر جـزء داسـتانی خـوب دیگـری بـه‌ازای معنـی و ماهیتـی مطرح نمی‌شـود کـه در دنیـای خـارج از داسـتان دارد. در پـس ایـن ظرافـت یـک پیام فمینیسـتی نهفتـه نیسـت. ...به‌نظـر من سـنگام داسـتان بی‌ادعایی نیسـت حتی سـاده هـم نیسـت. این برداشـت اولیـه مال وقتـی اسـت کـه فـرم داسـتان این‌قدر شـکیل و طبیعـی باشـد کـه بـه چشـم نیایـد، مثـل قالـی ریزبافتـی کـه از دور مثل یـک تابلـو باشـد و رد تاروپـودش بـه چشـم نیایـد.

محمد تقوی، نویسنده، منتقد و مدرس ادبیات ــ کارگاه داستان بنیاد گلشیری

٭ ٭ ٭ ٭ ٭

داستان سنگام از مجموعهٔ «غریبه‌ای در اتاق من»[1]

مثلـث عشـقی مطـرح در فیلـم «سـنگام» را – کـه در آغـاز از آن سـخن به میان می‌آیـد – می‌تـوان کلیـد درک ایـن داسـتان روان‌شناسـانه دانسـت. کنش عمدهٔ

۱- عنـوان ایـن داسـتان در اصـل «غریبـه‌ای در رختخـواب من» بـوده اسـت، هرچنـد در مجموعـه‌ای کـه در ایران چـاپ شـد، تیـغ سانسـور «رختخـواب» را بـه «اتاق» تغییـر داد.

داستان در ذهـن راوی رخ می‌دهد. نویسنده همه‌چیـز را به‌شکلی ضمنی و در قالـب یادداشت‌های روزانـه مطـرح می‌کنـد... نویسنده با نـگاه زنانـه به حسـرت‌ها و ناکامی‌هـا، و جزءپـردازیِ هنرمندانه برای ساخت رابطهٔ دو زن و وهم مشترکشـان، داستانی موجز و یکدسـت آفریده است.

نوشانوشِ پایانـی، صحنهٔ رودرروییِ راوی با واقعیت است؛ صحنه‌ای است کـه او را بـه درک بیهودگیِ وهمِ نوستالژیکش می‌رساند.

* * * * *

روایتی از دیروز و سرزمینی دور، در کنار روایتی از امروز

مهرنـوش مزارعـی در داستان‌هایش تک‌واژه‌هـای این زندگی‌هـای بی‌جمله را کنـار هـم می‌چینـد، سـعی می‌کنـد خـط روایت را مثل نخـی کـه از دانه‌هـای تسـبیح رد می‌شـود، از درون واژه‌هـا بگذرانـد، بریدگـی را بـه هـم گـره بزنـد و دسـت آدم‌های داستانش را بـه گوشـه‌ای از زندگـی و جهان بند کنـد. در بیشـتر داستان‌هـا، خواننـده هم‌زمـان دو روایت می‌خوانـد، روایتی از دیـروز و سـرزمینی دور، در کنـار روایتـی از امروز و جهانـی اگرچه نزدیک امـا دور از دسـت؛ دو روایتـی کـه هـر یـک دسـت آن دیگـری را رو می‌کنـد و بـه غربـت نویسـندهٔ ایرانی ابعـادی همگانـی و جهانـی می‌دهد.

* * * * *

این چنین است که داستان همچنان در ذهن خواننده ادامه می‌یابد

... «خـود» اکنونـی راوی، بین گذشـته و آینـده معلق مانده است. پیامدهای ایـن دوپارگی ذهنـی، یعنـی عـدم اطمینـان، تـرس و بی‌پناهـی و تعلیق، در سراسـر اثر پراکنده است.

... آنچه به این داستان [غریبه‌ای در رختخواب من] اعتلای هنری بخشیده، حفظ فاصلهٔ نویسنده با اثر است... انگار ورای صدای نویسنده، از اثر، صدای دیگری به گوش می‌رسد.

همین صداست که از کاهش جهان انسان به رابطهٔ علت و معلولی جلوگیری می‌کند... و این چنین است که داستان هرگز تمام نمی‌شود، و همچنان در ذهن خواننده ادامه می‌یابد.

ملیحه تیره‌گل، پژوهشگر و منتقد ادبی، یازدهمین کنفرانس بنیاد پژوهش‌های زنان ایران، برکلی آمریکا

* * * * *

غربت زن ایرانی از تن خویش

در داستان‌های مهرنوش مزارعی، در اندرون مضمون کلی غربت ایرانیان از وطنِ آشنا، مضمون دیگری نهفته می‌بینیم، و آن غربت زن ایرانی از تنِ خویش است. زنان داستان‌های این نویسنده در گیرودار فائق‌آمدن بر این غربت، گاه به قلب تنهایی زنانهٔ خاصی سفر می‌کنند تا ببینند آیا می‌توان با تمنّیات «تنانهٔ» خویش یگانه شوند؟ همراهی خواننده با شخصیت‌های داستان‌های مزارعی در چنین سفری، ساحت آشنایی از هستی انسانی را بر او می‌گشاید که تنها در کار معدودی از نویسندگان ایرانی امروز می‌توان یافت.

دکتر احمد کریمی حکاک، استاد دانشگاه واشنگتن

* * * * *

هویت جنسیتی زن در آثار مهرنوش مزارعی

... دید کلی مزارعی به زنان دیدی است مهرآمیز و خالی از حسادت‌هایی که به نگاه زنان به یکدیگر نسبت می‌دهند. نگاه نویسنده به تمام زنان نگاهی است حاکی از همدردی و تفاهم و بازگویی و گاه ستایش از زنانی

که خصوصیات آن‌ها را می‌پسندند. حتی اگر زنانی به‌اصطلاح بی‌درد باشند. مردان داستان‌های این مجموعه، اگر محور داستان باشند هم مردانی متعارف و مطابق با تعاریف قالبی جنسیتی نیستند.

امـا شـاهکار ویرجینیـا وولفِ مزارعی، از لحـاظ دوسـتی بـا زنـان و قائل‌شـدن مرتبـه‌ای بسـیار والا بـرای آن‌هـا، در داستان «واقعیـت و رؤیـا» تجلـی می‌یابـد. در ایـن داسـتان، مزارعـی کوشـیده از صنم‌بانـو، قهرمـان زن داستان آینه‌هـای دردار گلشیری، کـه به‌نظر او گلشیری (ابراهیـم) در حقش بی‌انصافـی کـرده، اعـادهٔ حیثیت کنـد... او، که در داستان با نـام واقعی خودش مهرنـوشِ نویسـنده ظاهـر شـده اسـت، از صنم‌بانـو می‌پرسـد: «برایـم جالب اسـت کـه بدانـم آخرین شبی کـه ابراهیـم در پاریس بود، تـو واقعاً شـرایطی را بـه وجـود آوردی کـه او شـب را بـا تـو بگذراند؟»... در اینجا، نویسنده توانسـته بی‌آنکـه بـه رونـد داسـتانی و هنـری داسـتان لطمـه وارد کنـد، یـا بیانیـه صـادر کنـد، بـه جنگ ذهنیـت قالبی و سـنتی مـرد ایرانی دربارهٔ زن روشـنفکر برود؛ کاری که بسـیاری از نویسـندگان مرد نتوانسـته‌اند انجام دهند و ناچار شـده‌اند دربـارهٔ زن مـدرن ایرانـی بیانیه صـادر کنند.

دکتر نیره توکلی، عضو گروه علمی و تخصصی مطالعات زنان انجمن جامعه‌شناسی ایران

*****

جامعهٔ پژوهشی مدرن در داستان «غریبه‌ای در اتاق من»

... داسـتان کوتـاه (اعم از رئالیسـتی، ناتورالیسـتی یا مدرنیسـتی و پسامدرنیسـتی) حاصـل تخیـل (فـراورده‌ای ذهنـی) اسـت و لـذا سـنخیتی با مـواد و مصالح معمـول تحقیقـات جامعه‌شناسـانه نـدارد. به‌همین ترتیب نویسـندهٔ داستان کوتـاه جامعه‌شناس نیسـت و رسـالهٔ جامعه‌شناسـی نمی‌نویسـد، بلکه تخیلـش را خلاقانـه بـه کار می‌گیرد تا داسـتان بنویسـد... داستان «غریبه‌ای

در اتـاق مـن» گـزارش مسـتقیم یک رویـداد واقعـی نیسـت، از راه مصاحبه با اشـخاص واقعـی نوشـته نشـده اسـت، آمـار و ارقـام نـدارد، بـا این‌حال بـر معضـل کامـلاً مدرنـی پرتوافشـانی می‌کنـد... در ابتـدای ایـن قرائت نقادانـه اشـاره کـردم که داسـتان «غریبـه‌ای در اتـاق مـن» بـا اتخـاذ رویکردی جامعه‌پژوهانه معضـل مهمـی را در جامعـه مـی‌کاود کـه بایـد موضـوع تحقیقـات جامعه‌شناسـانه قـرار گیـرد...

برگرفته از کتاب داستان کوتاه در ایران ــ جلد دوم، داستان‌های مدرن، نوشتهٔ دکتر حسین پاینده

* * * * *

نقش عنصر زبانی، پی‌رنگ و قالب‌های نحوی در آثار مهرنوش مزارعی

... بهره‌گیـری از عنصـر زبانـی، رنـگ ویـژه‌ای بـه داسـتان‌های مزارعـی بخشـیده اسـت و در جهـت نمایـش تنهایـی و انـزوای شخصیت‌هـا سـهم بسـزایی داشـته اسـت. به‌طورکلـی در داسـتان‌های «ماهـی»، «غریبـه‌ای در اتـاق مـن»، «خاکسـتری»، «سـنگام» و «داسـتان غم‌انگیـز یـک جنایـت هولنـاک»، مزارعـی بـا به‌کارگیری واژگانی رسـا و هنرمندانـه، ضمن آفرینش قالب‌هـای نحـوی یـا آوایـی خـاص در ایجـاد لحنی مناسـب بـا موضـوع داسـتان و کنش‌هـای درونـی هـر یـک از شـخصیت‌ها در داستان‌هـا و بـا پرداختـن بـه سـبک ساده‌نویسـی، رنـگ حال‌وهـوای عاطفـی و متمایـزی را بـرای خواننـده روایت می‌کنـد... در داسـتان ماهـی، قرمزی ماهـی نمادی از شـور بـه زندگـی و شـرایط بهتـر بـرای زن را نشـان می‌دهد.

... نویسـنده بـا کاربسـت کمتریـن تعـداد واژگان و بیـان واقعیت‌هـای بیرونـی، تنهایـی، رهایـی و سـردرگمی زنانـی را بـه تصویـر می‌کشـد کـه در عصـر معاصـر همچنـان از سـوی جامعـهٔ مـردان گسـترده‌تر می‌شـود... ... در حقیقـت، مزارعـی بـا بهره‌گیـری از انـواع پی‌رنگ‌هـای حذفـی

و استعاری می‌کوشد که به‌طور غیرمستقیم به مسئلهٔ حقوق زنان در جوامع مدرن بپردازد و به دفاع از آن‌ها به پا خیزد...

دکتر مرضیه احدی، استاد دانشگاه آزاد ایران، واحد تهران مرکزی، دانشکدهٔ ادبیات و علوم انسانی، گروه زبان و ادبیات فارسی ـ پایان‌نامهٔ دریافت درجهٔ رسالهٔ دکتری (Ph.D.)

*****

به‌تصویرکشیدن گم‌گشتگی هویت یا تقلا برای برخاستن از کابوسی پراضطراب

...نگاه کنید به اسم بامسمّای داستان که از همان آغاز بیانگر وضعیت فوق‌العاده و پرسش‌برانگیز است. کسی، زنی (مردی)، ناگهان در حریم خصوصی خود شاهد حضور غریبه‌ای است که رفتاری آشنا دارد... چنین حالتی اگر شبیه گم‌گشتگی هویت نباشد، شبیه به تقلای کسی است که از رؤیا یا کابوسی پراضطراب برخاسته، اما هنوز در توهم و رؤیاست... بین خواب و بیداری، در بی‌درک‌جایی تاریخی ایستاده که تفسیرپذیر است. چه بسا شرح حال کسانی باشد که شریک سالیان زندگی‌شان را در پی حادثه‌ای یا حتی بی‌هیچ تنشی افشاگرانه دیگر نمی‌شناسند...

زنده‌یاد محمد محمدعلی، نویسنده، پژوهشگر و مدرس داستان‌نویسی، نشست «کارگاه داستان‌نویسی ونکوور» با حضور مهرنوش مزارعی به‌عنوان میهمان ویژه

*****

«غریبه‌ای در رختخواب من»، داستانی کوتاه اما عمیق

داستان [غریبه‌ای در رختخواب من] با وجود اختصار، عمیق است و اگر از سطح به عمق آن برویم، می‌توانیم به این موضوع پی ببریم و در عین حال می‌تواند مبهم هم باشد. واژهٔ «پناه» در این داستان نظرم را جلب

کـرد و آن را نشـان‌دهندهٔ حـس بی‌پناهی‌ای می‌دانم کـه در احساسـات راوی مـوج می‌زنـد... این داسـتان را داسـتانی پخته و قـوی یافتم.

* * * * *

آثار مهرنوش مزارعی در زمینهٔ ادبیات مدرن مهاجران ایرانی[1]

... در اواخـر قـرن بیسـتم به‌دنبـال تحـول نثـر مـدرن در ایـران، در پس‌زمینهٔ تحـولات انقـلاب اسـلامی (۱۹۷۹) و جنـگ ایـران و عـراق (۱۹۸۰ـ ۱۹۸۸)، توجـه بـه وضعیت و مشـکلات زنان افزایـش یافت. در ایـن رابطه نوشـتار نویسندگان فارسی‌زبان، چـه در داخل ایـران و چه در خـارج از آن، از جایـگاه ویـژه‌ای در ادبیـات ایـران برخـوردار اسـت.

... شـخصیت‌های آثار مزارعـی اغلب مهاجرانی‌انـد کـه در عیـن اینکه می‌کوشـند فرهنـگ کشـور میزبـان را پذیـرا باشـند، در پیلهٔ تنهایـی خود، در پی بازگشـت به گذشـتهٔ فرهنگـی و انسـانی خودند.

راوی زن ایـن داستان‌ها، بی‌آنکـه درگیـر دغدغه‌هـای رایـج در بیـن بسـیاری از زنـان نویسندهٔ فمینیست باشـد، سعی می‌کنـد حتی‌الامکان و واقع‌گرایانـه چگونگی زندگی زنـان مهاجر و داستان آن‌هـا را بازگـو کند...

تـم غالـب داستان‌هـای مهرنـوش مزارعـی رابطـهٔ بیـن زن و مرد اسـت، کـه معمـولاً به دگردیسـی‌ای جدی منجر می‌شـود؛ مانند دگردیسـی شکاف جنسـیتی بـه برابـری جنسـیتی، محکوم‌کـردن مـردان بـه امـکان همزیسـتی هماهنـگ آن‌هـا با زنـان، و فرهنگ پدرسـالاری به‌عنـوان بخشـی از طبیعت انسـانی به امـری ایجادشـده به‌سبب روابط انسـانی.

۱- ترجمه‌شده از خلاصهٔ مقاله زیر:

The works of Mehrnoosh Mazarei in the context of modern Persian emigration literature By Iryna Levchyn Doctor of Philosophy. National Taras Shevchenko University of Kyiv, Ukraine

دربارهٔ نویسنده

مهرنـوش مزارعـی در تهـران در خانـوادهای شـیرازی متولـد شـد، اما بیشتـر دوران کودکـی و نوجوانـیاش را در شـیراز و بنـادر جنوب ایـران گذراند. وی در سـال ۱۳۵۸ بـرای ادامـهٔ تحصیـل به آمریـکا رفت.

مزارعـی در سـال ۱۳۷۰ «فصلنامهٔ ادبـی فروغ» را در لـس آنجلس بنیان گذاشـت و بـه معرفی ادبیات و هنرِ زنان و مباحث روز فمینیستی پرداخت. در همـان سـال برگزیـدهای از نمایشنـامههای داریو فو، نویسـنده و کارگردان ایتالیایـی برنـدهٔ جایـزهٔ نوبـل، و همسـرش، فرانکا رامـه، را ترجمـه و بـا نام «یـک زن تنها» منتشـر کـرد.

از مزارعـی چهـار مجموعهداسـتانِ «بریدههـای نـور»، «کلارا و مـن»، «خاکسـتری» در آمریـکا، و «مـادام X» در سـوئد به چـاپ رسـیدهاند. رمان «انقلاب مینا» در سـال ۱۳۹۵ بهزبـان انگلیسی در آمریـکا، و در سـال ۱۴۰۱ بهزبـان فارسـی در سـوئد از وی منتشـر شـد.

در سـال ۱۳۸۲ برگزیـدهای از داستانهای او بـا عنوان «غریبـهای در اتـاق مـن» از سـوی انتشـارات «آهنـگ دیگـر» در ایران بـه چاپ رسـید و کاندیـدای دریافت جایـزهٔ بنیـاد هوشنگ گلشیری شـد. در پی آن داستان

«سنگام» از این کتاب از طرف داوران بنیاد گلشیری به‌عنوان یکی از ده داستان برتر آن سال انتخاب و در کتاب «نقش ۸۲» به چاپ رسید، و همچنین در چندین آنتولوژی ازجمله کتاب «هشتاد سال داستان‌نویسی ایران» چاپ و معرفی شد.

داستان «غریبه‌ای در اتاق [رختخواب] من» از این مجموعه در کتاب درسی (آکادمیک) سه‌جلدی «داستان کوتاه ایران» به‌عنوان نمونه‌ای برتر از داستان‌های مدرن معاصر فارسی معرفی شد.

دکتر مرضیه احدی، مدرس دانشگاه و پژوهشگر زبان و ادبیات فارسی، بعد از چهار سال پژوهش و نوشتن مقالات متعدد در زمینۀ مؤلفه‌های مدرنیسم، در سال ۱۴۰۰ بخشی از رسالۀ دکترای خود را به بررسی و تحلیل داستان‌های کوتاه وی اختصاص داد.

تعدادی از داستان‌های کوتاه مزارعی به‌زبان‌های انگلیسی، آلمانی، ترکی استانبولی، کُردی، فرانسوی، و عربی، در آنتولوژی‌های داستان کوتاه و نشریات مختلف به چاپ رسیده است.

یادداشت نویسنده

کتـاب حاضـر مجموعـه‌ای اسـت از داستان‌های چاپ اول سـه کتـاب قدیمی‌تـر مـن «بریده‌های نور»، بهـار ۱۹۹۴، «کلارا و مـن»، بهـار ۱۹۹۹ و «خاکسـتری»، ژانویـهٔ ۲۰۰۲ کـه به‌وسیلهٔ نشـر ری‌را در لـس آنجلـس منتشـر شـده بودنـد.

از چـاپ اول هـر سـه کتـاب مدت‌هـا می‌گـذرد و امکان دسـتیابی بـه داستان‌هـا بـرای علاقه‌منـدان وجـود نـدارد. بنابرایـن به‌جـای تجدیـد چـاپ هـر کـدام به‌طـور جداگانـه، بـا کمـک و راهنمایـی «نشـر رها»، تصمیـم گرفتیـم هر سـه را در یـک جلد منتشـر کنیم. مـن از این فرصت اسـتفاده کـرده و بسـیاری از ویراستاری‌هایی را که می‌بایـد در چاپ اول رعایـت می‌شـد، انجـام دادم. البتـه ایـن مهم بـدون کمک ناشـران عزیز «نشـر رها» عملـی نبود.

همچنیـن بعضـی از تغییـرات را در چنـد داسـتانی کـه بـرای نشـریات مختلـف ترجمـه شـده بود، به ایـن چاپ اضافه کرده‌ام. اغلب ایـن تغییرات بـه پیشـنهاد ویراسـتاران حرفـه‌ای آن نشـریات انجام شـده‌اند.

چنـد داسـتان از مجموعـهٔ «بریده‌هـای نور» بـه چاپ اول کتـاب

«خاکستری» اضافه شده بود. از آنجاکه کتاب حاضر شامل هر دوی این مجموعه‌داستان‌هاست، داستان‌های یادشده دیگر در آن کتاب تکرار نشده‌اند.

«خاکستری» اضافه شده بود. از آنجاکه کتاب حاضر شامل هر دوی این مجموعه‌داستان‌هاست، داستان‌های یادشده دیگر در آن کتاب تکرار نشده‌اند.

فهرست

کتاب اول
مجموعه‌داستانِ «بریده‌های نور»

کتاب اول

مجموعه‌داستان
بریده‌های نور

پیشگفتار

نامه‌ای از منیرو روانی‌پور

مهرنوش نازنین،

باد، بادهـای اردیبهشت مـاه، در تهـران دود و گـرد و غبـار را پـس می‌زنـد و هـوا را پاکیـزه می‌کنـد تـا تو بتوانی کـوه مه‌آلـود را ببینی کـه همچـون زنی چادربه‌سر پشت پنجره‌ات ایستاده و فکـر کنی که همیـن حالا با سرانگشتان خسته‌اش بـه شیشهٔ پنجره‌ات می‌زند و می‌گویـد بیا، بیـا برویم گشـتی بزنیـم. و تو بپرسی کجا؟ به جنوب می‌روی، زمین خشک و تشنه با دهانی تـب‌دار، رو بـه آسمـان و دریـغ از قطـره‌ای بـاران... به شیـراز می‌روی، بـه تخـت جمشید که چهرهٔ تصاویر حک‌شده بر ستون‌ها را دستان شیطان بـا چکـش مثله کرده است یا اگـر از سر لجاجت بـا تاریـخ کهن‌سال این قـوم نباشد، آن را جـوری بریـده است کـه بتواند راهـی فرنـگ کنـد...

بـه بـازار وکیـل مـی‌روی، دیگـر مـوج دلبرانهٔ شـلیتهٔ زنـان ایلیاتـی را نمی‌بینی، همـه وقتـی بـه شهر می‌آینـد چادری سیاه بر لبـاس رنگارنگ خـود می‌کِشند تـا کسـی بـا دیـدن رنگ‌هـای شـاد تحریـک نشـود و تـوی خیابـان کـف نکنـد.

و بعـد... کاشـان و روستاهای آن... از ابیانـه جـز پوسـت صورتـی زنان فرسـوده‌اش دیگـر چیـزی بـر جـای نمانـده اسـت و حمام کاشـان در بـاغ فین برقـرار و پابرجاسـت. تـوی حمام می‌روی، چشـمانت می‌سوزد، پوسـت تنت حتـی گریـه می‌کند و می‌رسی بـه جایی کـه امیرکبیـر را وادار کرده‌انـد تا رگش را بزنـد و دستش را تـوی حوضچه‌ای بگیـرد و ذره‌ذرهٔ هسـتی‌اش را بر باد دهد.

و بـه تهـران وا می‌گـردی، بابـک تختـی را می‌بینـی و بـاز چشـمانت می‌سـوزد، سـیمای پهلـوان تختـی روبه‌رویت، بـا چشـمان نگـران پهلـوان، نگاهـت می‌کنـد... دشنه‌ای، خنجـری اگـر باشـد تـا بـر قلبـت بزنـی، آسـوده‌تر خواهـی بـود... آسـوده‌تر از زمانـی کـه تاریخ خون‌بار این سـرزمین را در ذهـن ورق می‌زنی... و بـاز زنـگ در خانه‌ات بـه صـدا در می‌آیـد و می‌شـنوی کـه: گشـنه‌ام، محض رضـای خـدا نانـی... و تـو فکـر می‌کنی که هرگـز ندیـده بـودی ایرانی فقـر خود را این‌جـور حقیرانـه فریاد کنـد؛ مگر نه اینکـه مـا همیشـه صـورت خـود را با سـیلی سـرخ نگـه می‌داشـتیم؟

و این چنیـن اسـت کـه تـو در ایـن دیـار مجالـی نمی‌یابـی تـا بـه خودت بیندیشـی و فرصتـی نیسـت تـا لحظـات عاشـقانه‌ای را تجربـه کنی کـه عشـق هـم در ایـن سـرزمین بـا بـوی متعفـن پنهان‌کاری همـراه اسـت و این‌جـور قصه‌هـا پـر از نعـش می‌شـود. مهرنـوش عزیـز، ادبیـات ایـران جنازه‌بـاران اسـت و تـو کمتـر قصـه‌ای می‌خوانـی کـه در آن نعشـی روی دسـت نویسـنده‌اش نمانده باشـد.

از سـفرهای دور و نزدیکـم کـه آمـدم، فرصتی بـود تـا یـک بـار دیگـر قصه‌هایـت را بخوانـم... ممنـون... در کار تـو هیچ‌کسـی حلق‌آویز نشـده، هیـچ نعشـی روی دسـت نمانده و اندوهی اگر هسـت دوری از سـرزمینی اسـت کـه مـا اینجـا بـا چشـمان بی‌خوابی‌کشـیدهٔ هزاران‌سـاله، نگـران نعش‌هـای تب‌آلـود و بیمـارش هسـتیم.

زندگـی عاطفـی، فضای خـاص آن دیار و مشکلاتی کـه اغلب گریبان مهاجـران را می‌گیـرد و آن‌قـدر تحقیرکننـده نیسـت تـا آدمـی را به نابودی بکشـاند... همـۀ ایـن را در کارهـای تـو دیـده‌ام. تفـاوت فرهنگ میـان قصه‌هایـی کـه مثلاً مـن می‌نویسـم و آنچه تو نوشته‌ای، آشکارا پیداست. امـا فکـر کـردم مثلاً ممکـن اسـت اتفاقـی کـه در «غریبـه‌ای در رختخواب مـن» می‌افتـد اینجـا بـرای کسـی، زنـی، روی دهـد؟ و چـون پشت هـر ماجرایـی طنـزی مضحـک می‌بینـم، به خنـده می‌افتـم... آری اینجـا اگر تـو تلفـن بزنی (معلـوم نیسـت به چه شماره‌ای و بـه چه کسـی بایـد تلفن کنـی) و بگویـی غریبـه‌ای در رختخـواب مـن است ـ اگـر بیاینـد، کـه حتماً نمی‌آینـد، ایـن در و همسـایه اسـت کـه ناگهـان سروکله‌شـان پیدا می‌شـود ـ آری تـو را یکراسـت بـه تیمارسـتان می‌برنـد. تـازه اگر وقتی کسـی را، حتی مـرد دیوانـه‌ای را تـو نیمه‌شب در خانـه‌ات پیدا کنـی، بایـد بـا هـزار ترفند شـب را بـه صبـح برسـانی و بعـد پـول هـم به او بدهی کـه فلنگ را ببندد و بـرود و هـزار قسـم و آیـه‌اش بدهـی کـه به کسـی نگویـد... چـون زن تنها متهـم کـه نـه، محکـوم اسـت، شـر اسـت و عامـل فسـاد... فسـق و فجـور جهـان روی شانه‌های او بنا شـده. بیخود نیسـت که با دیدن یک تار موی او، آقایـان کـف می‌کننـد و آخـرت را بـر باد می‌دهنـد.

بـاری، پایان‌بنـدی قصه‌هایـت زیباسـت. در واقـع اغلـب، حـرف اصلی را در پایـان قصـه می‌گویـی، اما زبان؛ نبایـد از سرچشـمۀ اصلـی دور بمانی، غربـت می‌توانـد بـه کارت لطمـه بزنـد، به‌لحـاظ فضـای متفـاوت، زبان متفـاوت می‌طلبـد... امـا مـا روی زبـان باید دقت بیشتری بکنیـم. و تو که آن‌سـوی جهانی وظیفـه‌ات سنگین‌تر می‌شـود... امیـدوارم همان‌طـور کـه تلفنـی گفتـی کار را بـه ادیتـوری داده باشـی. به‌هـر حـال نویسنده به‌لحـاظ عاطفـه‌ای کـه به کارش دارد اغلـب متوجـه نقایص نمی‌شـود...

و بعـد آرزو دارم کـه ایـن مجموعـه نقطهٔ آغـاز یـک زندگـی پرشـور، فعـال و خـلاق ادبی باشـد. و دیگـر اینکه به دوستان سـلام دارم. رویت را می‌بوسـم و بـرایـت بهـروزی آرزو می‌کنـم.

منیرو روانی‌پور

اردیبهشت ماه ۷۳، تهران

جاده[1]

سربالایی جاده را که گذراند، بعد از یک پیچ کوچک، چراغ‌های پرنورِ «ولی»[2] پیدا شد. زن مطابق معمول به یاد شیراز افتاد. رو کرد به زن مسن، که کنار دستش نشسته بود، و گفت: «درست مثل وقتیه که می‌رسی شیراز. قبل از «دروازه قرآن» شهر یهویی جلو چشمت سبز می‌شه.»

زن مسن گفت: «آره، راست می‌گی مثلِ شیرازه. من چند بار رفتم شیراز. سنندج هم همین‌طوره، وقتی سربالایی رو رد می‌کنی، شهر جلو چشمت پیدا می‌شه.»

بیرون تاریک بود. جاده به‌سرعت از زیر چرخ‌ها رد می‌شد. زن بدون اینکه رویش را برگرداند، گفت: «کاش الان رسیده بودیم به شیراز یا سنندج یا یه جای دیگه‌ای تو ایران. خیلی دلم می‌خواد یه سفر برم ایران.»

زن مسن باز مثل اینکه در خواب حرف بزند، گفت: «آره، چقدر خوب می‌شد.»

بعد ادامه داد: «ولی فکر نکن ایران دیگه همون ایرانه. می‌گن خیلی فرق کرده.»

زن فکر کرد همه می‌گن ایران دیگه همون ایران نیست.

اما باید خودش می‌رفت و می‌دید. می‌دید چه فرقی کرده. سال‌ها بود که می‌خواست برود اما پاسپورتش دیگر اعتبار نداشت.

وارد بزرگراه ۱۰۱ شد. تمام طول جاده برایش آشنا بود. در چند سال گذشته هر روز یکی دو بار این راه را طی کرده بود. همهٔ خروجی‌هایش را می‌شناخت.

زن مسن زیر لب زمزمه کرد: «عیدها می‌رفتیم شیراز. شیراز خیلی قشنگه. من همه‌جای ایران رو گشتم. تابستونا با بچه‌ها می‌رفتیم مسافرت. چند بار هم رفتیم تبریز.»

نگاه زن مسن در فضای جلوی ماشین ولو بود: «چقدر تبریز قشنگه. چه هوای خوبی داره. همهٔ تابستونا می‌رفتیم مسافرت.»

زن هیچ‌وقت تبریز را ندیده بود ولی تهران را خوب می‌شناخت؛ در تمام خیابان‌هایش رانندگی کرده بود، تخت جمشید، پهلوی، روزولت، امیریه. اما هرچه فکر کرد یادش نیامد که چطور به خیابان تخت جمشید می‌رفت.

داخل ماشین سکوت برقرار بود. زن مسن به فکر فرو رفته بود. زن دستش را به‌طرف ضبط برد تا آن را روشن کند. اما از آینه نگاهی به صندلی عقب و پسرش که با بی‌حوصلگی بر آن دراز کشیده بود، انداخت و پشیمان شد. حوصلهٔ شنیدن غرغرهای او را نداشت. نگاهی به زن مسن انداخت. شبیه بی‌بی‌جان بود.

سرورخانم، زنِ خان‌دایی، خبر مرگ بی‌بی‌جان را آورده بود. بی‌بی‌جان در مشهد تنها زندگی می‌کرد. به پدر گفته بود می‌خواهد برود مشهد. برود نزدیک صحن امام رضا. امام رضا که یار و پناه غریبان بود. می‌خواست آخر عمرش را نزدیک او باشد. از خرید که برگشته بودند

سرورخانم دم خانه منتظرشان بود. مادر پرسیده بود آن وقت شب تنهایی آنجا چکار می‌کند. سرورخانم زده بود زیر گریه و گفته بود بی‌بی‌جان مُرده. مادر دودستی به سرش زده بود که «بیچاره از تنهایی دق‌مرگ شد.» سرورخانم دست انداخته بود گردن مادر و دوتایی گریه کرده بودند. از مشهد چند تلگراف آمده بود که زودتر بیایید بی‌بی‌جان حالش بد است. اما پدر کار داشت، نتوانسته بودند به دیدن بی‌بی‌جان بروند.

دلش می‌خواست وقتی رفت ایران به دیدن سرورخانم هم برود، «اگر زنده باشد.» چقدر خانه‌اش کوچک بود. با دیوارِ کاهگلی و درِ چوبی. از وقتی خان‌دایی زن جدید گرفته بود، سرورخانم این خانه را خریده بود و با بچه‌هایش رفته بود آنجا. حیاطش به‌اندازهٔ یک کف دست بود با یک اتاق در طبقهٔ پایین و یک اتاق در بالا. اتاق بالا را به آقای حسینی معلم عباسعلی اجاره داده بود. مهری دختر سرورخانم که همسن و سال او بود، گفته بود که وقتی آقای حسینی به سینه‌هایش دست می‌زند، قلقلکش می‌شود.

نگاهی به تابلو کنار جاده انداخت. هنوز سه چهار خروجی به مقصد مانده بود. ماشین‌ها با سرعت از کنارش رد می‌شدند و سکوت را به هم می‌زدند. نگاه زن مسن هنوز در فضای جلو ماشین ولو بود و قیافه‌اش همچنان گرفته. فکر کرد وقتی به ایران رفت، می‌رود سنندج و تبریز و مشهد. می‌رود سر قبر بی‌بی‌جان. از آینه دوباره نگاهی به صندلی عقب انداخت. پسرش هنوز روی صندلی دراز کشیده بود و فکر می‌کرد. چقدر بزرگ شده بود. دیگر آن پسربچه‌ای که دستش را می‌گرفت و با خود به تظاهرات می‌برد، نبود. قرار بود تا چند ماه دیگر برای ادامهٔ تحصیل به دانشگاهی در شرق آمریکا برود. ضبط را روشن کرد. شجریان می‌خواند. پسر شروع کرد به غرزدن. می‌خواست بداند

که چطور کسی می‌تواند از بدترین موسیقی دنیا لذت ببرد.

قبل از خواب دوباره به یاد بی‌بی‌جان افتاد. هیچ‌وقت نشناخته بودش. خیلی کوچک بود که بی‌بی‌جان به مشهد رفته بود. چند ماه پس از مرگش با پدر و مادر به مشهد رفته بودند. زن همسایه گفته بود که بی‌بی‌جان تا دم مرگ چشمش به در بود و انتظار آن‌ها را می‌کشید.

به رختخواب رفت اما صدای آواز بلند التون جان، که از اتاق پسرش می‌آمد، خوابش را به هم زد.

۱۹۸۹

ماهی

چانـه را گذاشـت روی دسـت‌های مشـت‌کرده‌اش و خیـره شـد بـه ماهـی که بـا حرکاتـی سـریع، فضـای تُنـگ را چرخ مـی‌زد. ماهی با دیـدن او دمی تکان داد و آمـد به‌طرفـش. جـدارهٔ ظـرف ماهـی را بـه عقـب رانـد. به‌جـز او، ماهـی تنها جنبنـدهٔ اتـاق بـود. جفـتِ ماهـی دو هفته پیـش مرده بـود. وقتی مشـغول کاری بـود، ماهـی از داخـل ظـرف بـه او زُل مـی‌زد. رنگـش یک‌جـور قرمـزِ کم‌رنگِ بـراق بـود. روزی کـه جفـت ماهـی مـرد، مادر تلفـن کـرد. «مگه تـو بچه‌ت رو دوسـت نـداری؟ چطـور می‌تونـی ازش بگذری؟ مگـه آدم از بچـه‌ش می‌گذره؟ من رو ببین کـه سـی سـال سـوختم و سـاختم اما بچه‌هامو ول نکردم. مادرجون، مگـه تو دلِ سـنگ داری؟ نـداری کـه، پس چطـور می‌تونی دَووم بیـاری؟» مادر هنـوز گریـه می‌کـرد کـه او گوشـی را گذاشـت. ماهی به سـطح آب آمـده بود و نگاهـش می‌کـرد. نامهٔ پـدر چنـد روز بعـد رسـید. آخـر شـب، قبـل از خواب بـازش کـرد: «چـرا دلـت بـرای مـادر نمی‌سـوزد. جلـو سـر و همسـر آبرویـی برایـش نمانـده. حداقـل فکر مـادرت را بکن. تـوی فامیل مـا این چیزهـا تازگی دارد. کدام‌یـک از دخترهـای فامیـل را می‌شناسـی کـه از شـوهرش طلاق گرفته باشـد؟» کلمـات بعـدی هـر لحظـه کم‌رنگ‌تـر و نامفهوم‌تـر شـدند.

آب تُنگ کثیف بـود. ماهـی بـه‌سـختی نفـس می‌کشـید. او را بـا یک چای‌صاف‌کُـن بـزرگ از آب درآورد. ماهـی پَرپَـر می‌زد. آب را عوض کرد و او را بـه ظـرف برگرداند. ماهـی با خوش‌حالی در آب لغزید. حـالا راحـت‌تر نفـس می‌کشـید. چراغ را خامـوش کـرد و بـه رختخـواب رفت. ماهـی بـه جـدارۀ ظـرف چسـبیده بـود و دهانـش را آرام بـاز و بسـته می‌کرد.

نیمه‌شـب از صـدای نالـۀ خـودش از خواب بیدار شـد. بدنش عـرق کرده بـود. چنـد دقیقـه بی‌حرکـت در تخت نشسـت. بچه از تـویِ قابِ کنارِ تخت نگاهـش می‌کـرد. بلنـد شـد. کمـی آب خـورد و بـه تخت برگشـت. خـواب بچـه را دیـده بـود کـه از تـه چاهی نالـه می‌کـرد و او بی‌اعتنـا از چاه دور شـده بـود. در دسـتش یـک تنـگ ماهـیِ بـدونِ آب بـود کـه ماهـی قرمزرنگـی در تـه آن بی‌حرکـت افتـاده بود.

عکس را برداشـت. چشـم‌های بچه را بوسـید و آن را روی قلبش گذاشت و چشـم‌هایش را بسـت، اما تا صبـح خوابش نبرد.

روز بعـد، از کار کـه برگشـت، پیـش از هـر چیـز نگاهـی بـه تُنگ ماهی انداخـت. لبخنـدی بـر صورتـش نشسـت. ماهـی با حـرکات بدنش به او خوشـامد می‌گفـت. بـه‌طرف تُنگ رفت و جفتـی را کـه برایـش خریـده بـود در آب انداخـت.

نگاهـی سرسـری به نامه‌های رسیده انداخـت. نامه‌ای از ایـران نظرش را جلـب کـرد. نامـه از بـرادرش بـود. آن را بـه کنـاری گذاشـت کـه بعد بخوانـد، امـا پـس از چنـد لحظـه پاکت را برداشـت و آن را بازنکـرده در آشـغالدانی انداخـت.

بریده‌های نور

بریده‌های نور از میان پره‌های پرده‌کرکره به کف اتاق تابیده بود. سیما با آبپاش کوچکی گلدان‌های پراکنده در اتاق را آب می‌داد و هنوز یکی سیراب نشده به سراغ بعدی می‌رفت. تا مادر پیشش بود از آبپاش، که مادر آن را به‌جای آفتابه به کار می‌برد، برای آب‌دادن به گل‌ها استفاده نمی‌کرد.

آب از زیر گلدان بالای قفسهٔ کتاب بیرون زد. به حیاط نگاه کرد. رنگ آبیِ استخر که انعکاس نورِ تندِ آفتاب آن را شفاف‌تر کرده بود، چشمانش را نوازش داد. کنار استخر شلوغ نبود. دختر و پسری در گوشهٔ چپ حیاط، روی تخت‌های کنار آب دراز کشیده بودند. در گوشهٔ راست، رابرت، مدیر ساختمان، روی یکی از صندلی‌ها نشسته بود. مایوی آبیِ کم‌رنگ و تی‌شرت سادهٔ سفیدی را که روز قبل پوشیده بود، هنوز بر تن داشت. نگاه سیما به عضلاتِ ران‌هایِ برهنهٔ او کشیده شد. موهای روشن و درهمی ران او را پوشانده بود.

آفتاب و آرامش کنار استخر، وسوسه‌اش می‌کرد. به رابرت نگاهی انداخت و از پنجره دور شد. کتابی از قفسهٔ کتاب‌ها برداشت و روی مبل دراز کشید. چند صفحه خواند. خطوط برایش نامفهوم بود. دوباره به

صفحهٔ اول برگشت. غبارِ نشسته بر صفحهٔ تلویزیون، حواسش را پرت کرد.

از روزِ برگشتِ مادر به ایران، خانه را گردگیری نکرده بود. روی کامپیوتر و قفسه‌ها هم خاک نشسته بود. کتاب را روی میز گذاشت، حولهٔ کوچکی از زیرِ دست‌شویی بیرون کشید و شروع کرد به گردگیری. پَره‌های کرکره را که تمیز می‌کرد، دوباره چشمش به کنار استخر افتاد. دختر جوان به‌آرامی شنا می‌کرد. پسرِ همراهش هنوز روی تخت دراز کشیده بود. رابرت تی‌شرتش را درآورد. عضلات سینه و بازوهایش برجسته بود. روی سینه‌اش موهای تیره‌تری دیده می‌شد. بدنش آفتاب‌خورده و خوش‌رنگ بود. گردنِ پهن و کوتاهی داشت. سرش را به‌طرف پنجرهٔ اتاق سیما برگرداند. سیما با عجله نگاهش را از او گرفت و به گردگیری ادامه داد. نگاه رابرت لحظه‌ای روی پنجره ایستاد بعد به گوشه‌ای در آسمان خیره ماند. سیما از پنجره دور شد و خودش را با کتاب‌ها مشغول کرد.

کتاب دیگری از قفسه برداشت. عادت داشت یکشنبه‌ها کتابش را در کنار استخر بخواند. کتاب را باز نکرده سر جایش گذاشت و تلویزیون را روشن کرد. ساعت شروعِ برنامهٔ فارسی بود. گوینده از اخبار داخل ایران حرف می‌زد. سروصدای بیرون، دوباره به‌طرف پنجره کشاندش. حیاط شلوغ شده بود. سه پسر ساکن آپارتمان کناری با صدای بلند صحبت می‌کردند و می‌خندیدند. رابرت روی یکی از تخت‌ها دراز کشیده بود. دست‌ها را زیر سر گذاشته و چشم‌هایش را بسته بود. عضلات سینه‌اش برجسته‌تر و شکم برآمده‌اش تورفته به نظر می‌رسید. خط باریکی از موهای طلایی از بالای ناف تا کنار کش مایوش کشیده شده بود. سیما بی‌حرکت به بیرون خیره ماند. گلویش خشک شده بود. آب دهانش را قورت داد. کف دست یخ‌کرده‌اش را به‌طرف گلو برد. گرمای گردن و تپش تند رگ‌های آن احساس مطبوعی در تنش دواند. آب دهانش را

دوبـاره قـورت داد. دسـتش از گـردن بـه پاییـن سُـرانده شـد، پسـتان‌هایش را که آهسـته بـالا و پاییـن می‌رفتـند لمـس کـرد، از آنجـا به روی شکمش کشـیده شـد و بعـد از لحظـه‌ای توقـف، به‌طـرف ران‌هایـش حرکـت کـرد. سرانگشـتانش به‌آرامـی بـر پوسـت مرطوبش کشـیده می‌شـدند.

صـدای برخـوردِ بدنِ یکی از پسـرِها بـا آب از جا پراندش. بـا عصبانیت بـه آشـپزخانه برگشـت. تکه‌پارچـه‌ای برداشـت و آبی را که از زیـر گلدان‌ها بـر دیوارهٔ قفسهٔ کتاب سـرازیر شـده بود، پـاک کرد.

۱۹۹۱

فاحشهٔ پیر بار انسینادا[1]

از مـرز کـه رد شـدیم، دنیـای دیگـری در مقابلمـان بـود؛ خیابان‌هـای پـر از دست‌انداز، بچه‌هـای دست‌فروش سمج، تابلوهـای رنگارنگ فـروش ارز و انبوهـی از فروشـندگان دوره‌گـرد. به مرکز شـهر کـه نزدیک شـدیم، تابلوها عـوض شـدند. در خیابانی فقـط تابلوی تعمیرگاه ماشـین بـود و مردهـایی کـه تـا نیمهٔ جـاده می‌آمدند تـا قیمت‌هـای ارزان تعمیر ماشـین را کنار گوشمان فریـاد بکشـند. در خیابان‌هـای مرکزی، بیشـتر تابلوی بار و مشروب‌فروشـی دیـده می‌شـد و فروشـگاه‌های وسـایل چرمـی، پتـو و دیگـر سـوغاتی‌های مکزیک. در کنار پیاده‌روهـا، زنان بومـی مکزیکی بـا قدهـا و گردن‌هـای کوتـاه، صورت‌هـای گـرد و موهای صـاف، با بچهٔ شـیرخواره‌ای در پشـت و چنـد بچهٔ قدونیم‌قـد در اطـراف، کارهـای دسـتی می‌فروختند. صـدای بوق ماشـینی هر لحظـه حواسـمان را به‌طرفی پرت می‌کـرد. از تیخوانا[2] گذشـتیم و بـدون توقـف بـه راهمان ادامـه دادیم.

۱- داستان «فاحشهٔ پیر بار انسیناد» در سال ۱۹۹۶ به‌زبان انگلیسی در رسانهٔ زیر منتشر شده است:

The Old Prostitute of the Ensenada Bar

Exiles & Explorers: Iranian Diaspora Literature Since 1980 – Ardavan Davaran, Guest Editor The Literary Review (USA), Published by Fairleigh Dickinson University 1996

۲- Tijuana، شهر مرزی بین سن دیگو و مکزیک

از شهر که دور شدیم، راه‌ها پهن‌تر و تمیزتر شدند. پنج نفر بودیم که برای گذراندن تعطیلات آخر هفته می‌رفتیم به انسینادا[1] در فاصله‌ای دوساعته از مرز آمریکا. وقتی رسیدیم، محلی برای خواب پیدا کردیم، بعد به جست‌وجوی تازگی‌های شهر رفتیم.

از شهر بوی آشنایی به مشام می‌رسید که خاطرات گذشتهٔ دوری را در ذهنم بیدار می‌کرد. در مرکز شهر صدای موزیک گوش‌خراش بلندگوی کافه‌ها فضای خیابان را پرکرده بود. مردانی سمج با چاپلوسی ما را به داخل کافه‌ها دعوت می‌کردند. در کنار درهای ورودی، عکس‌هایی از زنان نیمه‌عریان چسبانده شده بود. راهنمایمان که ماجراجو بود، از پله‌های کافه‌ای سرازیر شد و خیلی زود برگشت تا ما را با خود ببرد. به‌دنبال گفت‌وگوی کوتاهی، کنجکاوی‌مان بر تردیدمان غالب شد و با او به راه افتادیم. در را که باز کردیم، همهمهٔ پردودی همراه با صدای موزیک بیرون زد. چند لحظه طول کشید تا چشم‌هایمان به تاریکی عادت کند؛ پیشخوانی در سمت راست، چند میز و صندلی در سمت چپ، پیست رقصی در انتهای سالن و یک گروه نوازندهٔ محلی در کنار آن. چند زن بدهیکل دور میزی در کنار سن به انتظار نشسته بودند. از لابه‌لای خمیازه‌ها، دندان‌های طلایشان برق می‌زد. فاحشهٔ پیر و چاقی به کنار در تکیه داده بود و به زن‌های جوان وسط پیست نگاه می‌کرد. لباس مشکی کوتاه و تنگی به تن داشت و پستان‌های بزرگ و افتاده‌اش از میان چاک یقه پیدا بود. در فواصل قطع موزیک، صدای خُرخُر مردی که سرش را روی میز گذاشته بود، به گوش می‌رسید. با هربار بازشدن در، نگاه فاحشهٔ پیر تازه‌واردان را تا سر میزشان تعقیب می‌کرد. سالن را که ترک می‌کردیم، او همچنان به در تکیه داده بود. نگاهم

لحظه‌ای در نگاهش گره خورد. با بسته‌شدن در، صدای همهمه و موزیک و امتداد نگاه او نیز قطع شد. از پله‌ها بالا آمدیم و به راهی که قبلاً می‌رفتیم ادامه دادیم.

کنار پنجرهٔ مغازه‌ای به تماشا ایستاده بودیم که در شیشه دیدمش؛ پشت سرم ایستاده و به من خیره شده بود. به همراهانم نگاه کردم. بی‌اعتنا به ما، مشغول تماشای اشیای داخل مغازه بودند. راه که افتادیم، صدای پایش را که به‌کوچکی پای دخترکی نُه‌ساله بود می‌شنیدم که شتابان تعقیبم می‌کند. گاهی از پشت سرم می‌آمد و گاهی در سمت راست یا چپم. گاهی نیز روبه‌من، همان‌طور که نگاهش را به چشمانم دوخته بود، با سرعتی که من جلو می‌رفتم او به عقب می‌رفت.

کنار باری توقف کردیم تا نگاهی به عکس‌های تابلو ورودی بیندازیم، با عجله به داخل رفت. بی‌اختیار به دنبالش رفتم، اما اعتراض و فشار دست همراهانم مرا بیرون کشاند و از آنجا دور کرد.

به محلی که برای خواب گرفته بودیم، برگشتیم. هنوز کاملاً به خواب نرفته بودم که فشار نگاهش را روی صورتم احساس کردم. چشمانم را باز کردم. نگاهمان دوباره در هم گره خورد. چشمان باریک و موربش را به من دوخته بود. سنگینی خواب که به سراغم آمد، لحاف را کنار زدم، نرم و ملایم به آغوشم خزید. بدنش بوی گلاب می‌داد. دستان حناگرفته‌اش را در دستانم گذاشت، سرش را به شانه‌ام تکیه داد و به‌آرامی به خواب رفت.

نیمروز بعد، در راه بازگشت، دیدمش. کنار زن بومی مکزیکی در میان دو سه دختربچهٔ دیگر با چشمان قی‌کرده، موهای درهم و دستان کثیف نشسته بود. از کنارش رد شدیم. سرش را به‌طرفمان برگرداند و به دنبالمان دوید. ماشین که سرعت گرفت، از تیررس نگاهم دور شد. در صف بازرسی مرز باز دیدمش. در میان جمعیت دست‌فروشان

کنـار جـاده ایسـتاده بـود و بـا حسـرت نگاهـم می‌کـرد. نـگاه مشـتاقم را که دیـد، آهسـته به‌طرفـم آمـد و در مقابـل چشـمانم طـوری قـرار گرفـت که به هـر طـرف می‌چرخیـدم، می‌دیدمـش. حرکـت که کردیـم، سـر کوچکش را کـه بـر گـردن بلند و خوش‌تراشـش اسـتوار بـود، به‌طـرف جمعیـت گرفت و موهـای طلایـی و بلنـدش را به دسـت بـاد سِـپرد.

بـا هـم از مـرز گذشـتیم و وارد جـادهٔ پهـن و صافـی شـدیم کـه مـا را از میـان درخت‌هـای سـبز و سربه‌آسمان‌کشیده‌اش بـه شـهرمان می‌بـرد.

۱۹۹۰

دو مرد[1]

شیشهٔ اول که تمام شد، مرد جاافتاده که موهای جوگندمی داشت، گفت: «ودکا تموم شد.»

ـ یه شیشه ویسکی داریم.

ـ چه خوب. بازش کن.

مرد جوان‌تر که بلندقد بود، راه افتاد طرف کمد مشروب‌ها، یک شیشه ویسکی بیرون آورد، هر دو لیوان را پر کرد و برگشت سر جایش نشست.

ـ خبری از داریوش داری؟

ـ آره. پاریسه. من که برلین بودم اومد به دیدنم.

۱ـ برگردان انگلیسیِ این داستان در دو رسانهٔ زیر منتشر شده است:

1- Two Men, a short short, in Stories of the Week: 2010–2011
Narrative Magazine – USA
2- *Shannon Cain, ed.*, Roadside Curiosities. Stories about American Pop Culture
Leipzig, Leipziger Universitätsverlag, June 2014

برگردان عربی این داستان نیز در دو رسانهٔ زیر منتشر شده است:

۱. رجلان قصة: مهرنوش مزارعی ترجمة صالح الرزوق، خاص ألف (۱۰ اکتبر ۲۰۱۱)
Alef today (سوریه) https://www.aleftoday.org/article.php?id=7615

۲. رجلان: مهرنوش مزارعی، ترجمة صالح الرزوق
صحیفة المثقف، نشر بتاریخ: ۰۹ شباط/فبرایر ۲۰۲۴ (۹ فوریة ۲۰۲۴)

ـ تو پاریس کارش چیه؟

ـ صبح‌ها می‌ره کلاس زبان، شب‌ها هم رو تاکسی کار می‌کنه.

ـ از عباس چه خبر؟

ـ کدوم عباس؟

ـ اون‌که یه خال بزرگ رو گونه‌ش داشت. با داریوش هم‌خونه بودن...

ـ اوه، آره. ما با هم از زندان شاه آزاد شدیم، درست قبل از انقلاب.

بعـد از یـک مکـث کوتـاه، مـرد جاافتـاده ادامه داد: «سـال گذشـته تـوی تهـران در یـه درگیری با پاسـدارها شـهید شـد.»

مـرد جوان‌تـر نگاهـش را پاییـن انداخـت و مشغول بـازی بـا یخ‌هـای لیـوان شـد. بعد از چنـد لحظه بـا صدایی گرفته گفت: «بیا شـعر بخونیم.»

ـ حافظ داری؟

مـرد جوان‌تـر کتـاب حافـظ را از قفسهٔ کتاب برداشـت و گذاشـت روی میز جلـو مـرد جاافتاده.

مرد جاافتاده گفت: «چرا خودت نمی‌خونی؟»

مـرد جوان‌تـر کتـاب را برداشـت. آن را چنـد ورق زد و شـروع کـرد بـه خوانـدن بـا صـدای بلند.

شیشهٔ دوم که تمام شد، مرد جاافتاده گفت: «شیشهٔ دوم هم تموم شد.»

مـرد جوان‌تـر سـرش را از روی کتاب بلنـد کـرد، به کمـد مشـروب‌ها نگاهـی انداخـت و گفـت: «چنـد تـا شـراب دارم.»

ـ هرچی باشه خوبه. بازش کن.

ـ خیلی قاطی خوردیم.

ـ برای من فرقی نمی‌کنه.

مـرد جوان‌تـر، بـا قدم‌هایـی بی‌ثبات به‌طرف کمـد رفت، یـک شیشه شـراب در آورد و شـروع کـرد به بازکردنِ آن.

ـ چوب‌پنبه‌ش نصف شد.

مرد جاافتاده نگاهی به شیشه انداخت و گفت: «فکر نمی‌کنم بتونی بقیه‌ش رو در بیاری. فشارش بده تو.»

مرد جوان‌تر چوب‌پنبه را به داخل شیشه فشار داد و هر دو لیوان را پر کرد. مرد جاافتاده بلند شد و نواری در ضبط صوت گذاشت. نیمهٔ چوب‌پنبه روی سطح شراب شناور شد.

ـ سلامتی!

صدای موزیک ملایمی فضای اتاق را پر کرد.

مرد جوان‌تر نصف لیوانش را سرکشید و گفت: «ببین کارمون به کجا رسیده.»

مرد جاافتاده لبخند تلخی زد، نصفهٔ چوب‌پنبه را از روی میز برداشت و آن را در میان شست و انگشت سبابه‌اش چرخاند.

شیشهٔ شراب که خالی‌شد، مرد جاافتاده گفت: «بازم شراب داری؟»

مرد جوان‌تر به شیشهٔ خالی خیره شد.

ـ آخه چرا این جوری شد؟ مگه ما هرچی از دستمون بر می‌اومد انجام ندادیم؟

مرد جاافتاده نگاهی دلسوزانه به او انداخت اما حرفی نزد.

مرد جوان‌تر باز گفت: «مگه ما هرچی از دستمون بر می‌اومد انجام ندادیم؟»

مرد جاافتاده به نیمهٔ چوب‌پنبه که در میان انگشتانش می‌چرخید، نگاه کرد.

چند قطره اشک از گونه‌های مرد جوان به پایین غلطید: «آخه چرا این جوری شد؟»

مرد جاافتاده چشم‌هایش نمناک شد. عینکش را از چشم برداشت و

گفت: «چرا یه شعر دیگه نمی‌خونی؟»

مرد جوان کتاب حافظ را برداشت و دوباره آن را باز کرد. نگاهی به شعر روی صفحهٔ چپ انداخت و گفت: «ما هر کاری از دستمون بر می‌اومد انجام دادیم.»

و کتاب را روی میز گذاشت.

صدای موزیک قطع شد. مرد جاافتاده پرسید: «می‌خوای بریم قدمی بزنیم؟»

مرد جوان‌تر بدون آنکه حرکتی کند، گفت: «باشه.»

ـ کتت رو بپوش بریم اسکله.

مرد جوان‌تر با کندی از جایش بلند شد، به‌طرف جالباسی رفت، کتش را برداشت و بعد چراغ را خاموش کرد.

هر دو با هم از پله‌ها پایین رفتند. مرد مسن‌تر کمی می‌لنگید.

داشت دیر می‌شد، اما مردم هنوز دورِ دکه‌های کارناوال و در کنارِ دکه‌هایِ دو طرف اسکله جمع شده بودند. هرازچندگاه صدای فریاد شادی از کنار بساطی بلند می‌شد. در بعضی از دکه‌ها، خرس‌های پارچه‌ایِ پشم‌آلودی با چشمان گرد شیشه‌ای آویزان بودند. مرد جوان کنار گردونهٔ اسب‌های چوبی دقیقه‌ای توقف کرد و به اسب‌ها که در تعقیب یکدیگر، با حرکتی ملایم بالا و پایین می‌رفتند، نگاه کرد و بعد به‌دنبال مرد جاافتاده به راه افتاد.

به جلو دکهٔ تیراندازی که رسیدند، مرد جاافتاده ایستاد. نگاهی به تفنگ‌ها انداخت و گفت: «تیراندازی بلدی؟»

مرد جوان‌تر چشمانش برقی زد و گفت: «یوزی و ژ۳ رو تو چند ثانیه باز و بسته می‌کردم!»

مرد جاافتاده گفت: «من تو گروهمون از همه سریع‌تر بودم!»

مـرد جوان‌تر بـاز گفـت: «مـن می‌تونسـتم تـو چنـد ثانیه بـاز و بسته‌شـون کنـم.» بعد رویش را برگرداند و پرسید: «تو گروهتون شما چنـد نفر بودین؟»

ـ پنج نفر. شب‌ها از مرز رد می‌شدیم...

ـ همه‌تون ایرونی بودین؟

ـ نه. دوتا فلسطینی، دوتا هم ایرونی و یه نیکاراگوئه‌ای.

ـ چه سالی بود؟

ـ هزار و نهصد و هفتاد و دو.

هـر دو به‌طرف انتهـای اسکله حرکـت کردنـد. مـرد جوان از پشـت به حصـار اسکله تکیـه داد و بـه زمیـن خیـره شـد. مـرد جاافتـاده نگاهـی بـه آسـمان انداخـت و گفت: «آسـمون لبنـان پـر از سـتاره بـود. آسـمون اینجا اصلاً سـتاره نـداره.»

مرد جوان‌تر به آسمان چشم دوخت.

مـرد جاافتـاده، همان‌طـور کـه بـه تاریکی چشـم دوختـه بود گفت: «یه شـب، قبـل از اینکـه بـه دشـمن حملـه کنیـم، ایـن‌ور مـرز بـا نیکاراگوئه‌ایه رو زمیـن دراز کشـیده بودیـم و بـه سـتاره‌ها نگـاه می‌کردیـم. ازم پرسید: «به کی داری فکر می‌کنی؟» گفتـم بـه مـادرم. گفت: «مـن دارم بـه دوست‌دخترم فکـر می‌کنـم. شـاید دیگه نبینمش.» خوشـم اومـد. آدم راحتی بـود. یه عکس از تـو جیبـش در آورده بـود و بهـش نـگاه می‌کرد.» بعـد عینکش را برداشت، شیشـهٔ آن را تمیـز کـرد: «همـون شـب اسـرائیلی‌ها زدنش.»

سـاعت کلیسـایی جایـی در آن‌طـرف اسکله دوازده بـار زنـگ زد، مـرد جوان گفـت: «می‌خـوای برگردیـم؟»

مرد جوان بازوی او را گرفت و تلوتلوخوران به راه افتاد.

چـراغ دکـهٔ تیرانـدازی هنـوز روشـن بـود و خرس‌هـای پارچـه‌ای هنـوز آویـزان. مـرد جوان‌تر برگشـت به‌طـرف دکـه و بازوی مـرد جاافتاده را کشـید:

«بیــا بریــم تیراندازی!»

مــرد جاافتــاده به مــرد جوان‌تر نگاه کرد که دو سکهٔ بیســت و پنج ســنتی را در جعبهٔ جلــو تفنــگ انداخــت، روی صندلی پشت پیشــخوان نشســت، یــک چشــمش را روی گــردی ســوراخ بــالای تفنــگ گذاشــت و چــون یــک کابــوی باتجربه ماشــه را کشــید.

مرد جاافتاده رویش را برگرداند و در سایه‌ای از گذشته‌ها فرو رفت.

۱۹۹۱

خاطره

از کنـار خیابـان کـه رد شـد و گل‌هـای لاله‌عباسـی را دیـد، غروب‌هـایی را به یـاد آورد کـه روی تختِ کنارِ حـوض قالـی پهـن می‌کردنـد و سماور می‌گذاشـتند و کاهو ترشـی می‌خوردنـد و کف حیاط را آب‌پاشـی می‌کردند و گل‌هـای لاله‌عباسـی را کـه بـا رفتـن آفتاب بـاز شـده بـود آب می‌دادند، و مـادر را و مرضیه‌خانـم را کـه پک‌هـای محکـم بـه قلیان می‌زدنـد و بـرای هـم درد دل می‌کردنـد و عروسک‌هـای شهین و مهیـن را کـه تـوی کـوزهٔ قلیـان در میـان آب بـالا و پاییـن می‌رفتنـد و دود را کـه در کـوزه می‌پیچید و همـراه پک‌هـا بـه دهـان مـادر فرو می‌رفت و سـروصدای بچه‌ها را کـه دور حـوض می‌دویدنـد و گرگم‌به‌هـوا بـازی می‌کردنـد و پـدر را کـه بـرای مأموریتـی اداری بـه شـهری دور رفتـه بـود و آن روز را کـه آن مـرد غریبه آمده بـود بـا یک بستهٔ بزرگ از طـرف پدر، و مـادر را کـه مـرد را برده بود بـه اتاقی کـه مبل‌هـا و قالـی خـوب را در آن گذاشـته بودنـد و فقـط بـرای پذیرایـی از مهمان‌هـا و جاروکـردن درش را بـاز می‌کردنـد، و آن کیسهٔ سـوغاتی را بـا کفش‌هـای پارچـه‌ای و بیسکویت‌های سـاندویچی کِـرم‌دار و کنسـروهای شیر و عسـل و خبـر عروسـی پـدر را کـه مـرد غریبـه آورده بود، و مـادر را کـه

بغـض کـرده بود و بـرای غریبه چای آورده بـود و بعد از رفتن او اشـک‌هایش سـرازیر شـده بـود و شـیرینی‌ها را بـا غیـظ بـه گوشـه‌ای پـرت کـرده بـود، و پرویزخان را کـه دوسـتِ پدر بـود و باز آن شـب آمده بـود به آن‌ها سـر بزند و مـادر را کـه دیگـر شـاد نبـود و نمی‌خندیـد و شـام نخـورده بـود، و آن اتاق بزرگ‌تـر را کـه پنجـرهٔ کوچکـی رو بـه حیـاط داشـت و صندوق‌خانـه را کـه آشپزخانه بـود و در آن چـراغ سـه‌فتیله و بخـاری علاءالدیـن و ظرف‌هـای شسـته را می‌گذاشـتند و پرویزخـان را کـه دسـتی بـه موهای مادر کشـیده بود و او را دل‌داری داده بـود و صورتـش را بوسـیده بـود، و روز بعـد را کـه مـادر در اتـاق مانـده بـود، و حاجیه‌خانـم را کـه صاحب‌خانه بـود و در اتاق‌هـای بالایی زندگی می‌کـرد و بـا مرضیه‌خانـم قلیـان می‌کشـیدند با سـر بـه اتاق آن‌هـا اشـاره کـرده بودنـد و خندیده بودنـد، و عروسک پارچـه‌ای را کـه مادر درسـت کـرده بـود و برایـش چشـم و ابرو گذاشـته بود و بـه لب‌هایـش برگِ گلِ لاله‌عباسـی مالیـده بـود و موهـای سیاه کوتـاه داشـت و خـودش را کـه تنـگ غـروب عروسـک را بغـل کـرده بـود و بـه انتظـار بازشـدن غنچه‌هـای لاله‌عباسـی در کنـار باغچـه نشسـته بود.

۱۹۹۱

شاهزادهٔ شهرِ تنهایی

یکـی بـود، یکـی نبـود، غیر از خـدا هیچ‌کـس نبود. ولی نه، شاید هـم، غیر از خـدا همـه بودنـد. تـوی آن زمان‌هـای خیلـی خیلـی دور... ولی نه، شاید هـم در همیـن زمان‌هـای خیلـی خیلـی نزدیـک، تـوی یـک سـرزمین خیلی خیلـی دور و بـزرگ و شاید هـم تـوی یـک خانـهٔ خیلی خیلی کوچک همین دوروبـر خودمـان، پادشـاهی زندگی می‌کـرد کـه خیلـی خـوب و خـوش و خـرم بـود. تنهـا غمـش در دنیـا نداشـتن پسـری بـود کـه بعـد از مردنـش جانشـین او بشـود و سـرزمینی را کـه پشت‌اندرپشـت و نسل‌اندرنسل به ارث بـرده بـود، اداره کنـد. امـا این‌قـدر ایـن در و آن در زد و پیش ایـن دکتـر و آن دکتـر رفت شـاید هـم بهتر اسـت کـه بگوییـم ایـن دکتر و آن دکتر پیشـش آمدنـد تـا اینکـه خداونـد تبـارک و تعالـی یـک پسـر کاکل‌زری، تَـرگُل‌وَرگُل مثـل دسـتهٔ گل بـه او داد کـه اسـمش را گذاشـتند «دودول طلا».

نمی‌دانیـد کـه پادشـاه چقدر خوشـحال شـد، مثـل اینکه دنیا را بـه او داده باشـند، خیلـی از خودش راضی شـده بـود کـه توانسـته بود بالاخره یک پسر درسـت کند. دسـتور داد کـه تمام مردم هفت شـب و هفت روز جشن بگیرند و سـه روز تمـام حنابنـدان کننـد و در ایـن جشـن فرخنده شـرکت کنند. یک

روز هــم دسـتور داد که تمـام نقاش‌ها بیایند و از پسـربچه تصاویری بکشـند که پایین‌تنه‌اش کامـلاً لخـت باشـد و دودول بچـه را به‌خوبـی نشـان دهد. در ایـن راه حتـی یکـی دو نقاش که دودول را کامـلاً برجسـته نکشـیده بودند و انـدازهٔ آن را از حـدی کـه پادشـاه انتظار داشـت کوچک‌تر نشان داده بودند، سرشـان را از دسـت دادنـد. امـا به نقاشـانی که از عهدهٔ کار خـوب بر آمده بودنـد، جایزه‌هـای فـراوان داد. بعـد هم دسـتور داد که نقاشـی‌های بچه را از در و دیـوار شـهر آویـزان کننـد. خود پادشـاه هم به‌افتخـار این واقعـهٔ میمون آن شـب تـا صبـح بـا نُه دختر نُه‌سـالهٔ باکره که پسـتان‌هایشـان به‌انـدازهٔ یک فنـدق کوچـک بود و پاهـای لاغرشـان از پاییـن باسـن‌های بدون چربی‌شـان آویـزان شـده بـود و قـرار بود که بالغ شـده باشـند ولی هنـوز نشـده بودنـد، و تـا صبـح مثل جوجه‌هـای زِپِرتـی از تـرس می‌لرزیدند، جمـاع کرد.

پادشـاه کـه قبـل از ایـن واقعـهٔ خوش‌یمـن و مبـارک به‌جـز خـوردن و خوابیـدن و وررفتـن بـا کنیـزکان زیبـارویِ مه‌پیکـر و جنگیـدن با رقبـای پرقدرت و حکومـت بـر سـرزمین پربرکـت، کار دیگـری نداشـت، برنامهٔ زندگی‌اش را کمـی تغییـر داد و هـر شـب قبـل از خـواب بـا پـای خـودش بـه اتاق شـاهزاده می‌رفـت و دسـتور مـی‌داد کـه خواجه‌هـا بـا احتـرام و احتیاط لحـاف را از روی پسـر عقـب بزننـد تـا او دودول شـاهزاده را آزمایش کند ببیند سـر جـایش اسـت یـا نـه. وقتی‌که می‌دیـد نه‌تنهـا سـر جـایش اسـت بلکـه روزبه‌روز بزرگ‌تـر و سُـرومُروگُنده می‌شـود، نمی‌دانیـد کـه چه شـادی و غروری به او دسـت می‌داد و بـا چـه خوشـحالی و شعفی بـه رختخـواب می‌رفـت و خواب‌هـای طلایی می‌دیـد. خواب‌هایـی کـه در آن پسـرهایش نه‌تنها یکـی بلکـه هـر کـدام چند تـا دودول داشـتند. از وقتی هـم که شـنید یکـی از جادوگـران دیار فرنـگ گفته اسـت کـه دخترهـا به‌خاطـر نداشـتن دودول بـه پسـرها حسـودی می‌کننـد، از تـرس اینکـه مبـادا یکـی از دخترهـای انـدرون حَـرَم دودول پسـر را بکَنَـد و

بدهـد کلاغ‌هـا بخورنـد و سـرزمین آباواجـدادی‌اش بدون رهبر و سـرور بماند، دسـتور داد دو نگهبـان شبانه‌روز در حـال بـادزدن دودول، از او مواظبت کنند.

سـال‌های سـال به‌همیـن منـوال گذشـت و شـاهزاده هـر روز بـزرگ و بزرگ‌تـر می‌شـد. خیلـی زود بـه پسـری رشـید بـا سـینه‌ای فـراخ و سـبیلی تـاب‌دار تبدیـل شـد کـه آوازهٔ بی‌باکی و رشـادتش به تمام نقاط جهان کشـیده شـد و شـاهزاده‌خانم‌هـای جـوان سـرزمین‌های مجـاور شـب‌ها بـا فکـر او به خـواب می‌رفتنـد و صبح‌هـا بـا امیـد دیـدار او از خـواب بیـدار می‌شـدند.

امـا شـاهزاده بـا وجـودی کـه از تمـام مواهـب دنیا برخـوردار بود و پادشاه بـا کوچک‌تریـن اشـاره، همهٔ اسـباب شـادی و خوشـی او را از شـیر مـرغ گرفته تـا جـان آدمیـزاد، برایـش تهیـه می‌کرد، زیاد شـاد و سـرحال به نظر نمی‌رسید. پادشـاه از ایـن بابـت بسـیار نگـران بود. تـا اینکـه ریش‌سفیدان و وزرای دربار توصیـه کردنـد کـه پسـر را زن بدهد بلکه مشـکل شـاهزاده حل شـود. پادشـاه دسـتور داد یـک عـده سـفیر و نماینده به اطـراف و اکناف جهان برونـد و هر جا شـاهزاده‌خانم زیبایـی دیدنـد کـه پـدرش صاحـب سـرزمین بـزرگ و پربرکتی بـود، عکـس او را بکِشـند و بیاورنـد تا پسـر یکـی را انتخـاب کند.

از آن روز شـمایل بود که بعد از شـمایل برای شـاهزاده می‌رسـید؛ دختر پادشـاه چیـن و ماچیـن بـا چشـم‌های کشـیدهٔ مـورب و صـورت ظریـف و پاهایـی به‌کوچکـی یـک قوطـی کبریـت، دختـر پادشـاه فرنگ بـا موهـای طلایـی کـه مثـل آبشـار روی شـانه‌اش ریختـه بـود با انگشـت‌های کشـیده و سـفیدِ سـفیدِ و چشـم‌هایی به‌رنـگ آب دریـا، دختـر پادشـاه اعـراب بـا چشـم‌های درشـت سـیاه و نگاهـی وحشـی و موهایی به‌رنگ شـب.

امـا شـاهزاده دردش بـا ایـن دواهـا درمـان نمی‌شـد و هـر روز غمگین‌تـر و افسـرده‌تر می‌شـد. تـا اینکـه یـک روز همـراه بـا ملازمـان و خـدم و حشـم بـه شـکار رفـت و تمـام روز را به‌دنبـال قوچ‌هـای وحشـی و آهوان غزال‌چشـم

گذراند و بعد خسته در زیرِ یک درختِ بیدِ مجنون دراز کشید. هنوز چشم‌هایش کاملاً روی هم نرفته بود که دید دو تا کبوتر سفید به رنگ برف آمدند و روی شاخه‌های بالای سرش نشستند. یکی از کبوترها که فکر می‌کرد شاهزاده خواب است، رو کرد به کبوتر دیگر و گفت: «خواهرجان، می‌دونی این جوونی که این زیر از خستگی به خواب رفته، کیه؟»

کبوتر دیگر رویش را برگرداند و گفت: «بله، خواهر. کیه که این شاهزادهٔ زیبا و خوش‌قدوبالا رو که همیشه یه غمی توی صورتش هست، نشناسه. پدرش خیلی براش نگرانه و می‌خواد براش زن بگیره شاید این دوای دردش بشه.»

کبوتر دیگر گفت: «نه خواهر، درد این جوون از اون دردهایی نیست که به‌این سادگی‌ها علاج بشه. درد این شاهزاده تنهاییه.»

کبوتر اول گفت: «علاجش چیه؟»

کبوتر دوم گفت: «علاجش ساده نیست. اما اگه شاهزاده واقعاً بخواد از این تنهایی در بیاید، تنها چاره‌ش اینه که همین امروز کفش و کلاه بکنه و تنهایی، بدون اطلاع پدرش بار سفر ببنده و بره به سرزمین «عاشقون». پادشاه اونجا یه دختر داره که شاهزاده در همون نگاه اول عاشقش می‌شه و اگر با اون عروسی کنه، از این تنهایی درمیاد.»

به اینجا که رسیدند، شاهزاده چشم‌هایش را باز کرد و از جایش بلند شد تا از کبوترها اطلاعات بیشتری بگیرد. اما کبوترها فوری پَر زدند و رفتند. شاهزاده لحظه‌ای مردد ماند که چه بکند. اما بالاخره تصمیم گرفت به‌توصیهٔ کبوترها عمل کند و به‌تنهایی به‌طرف سرزمین «عاشقون» برود. خلاصه کنم، شاهزاده سه روز و سه شب به‌تنهایی اسب‌سواری کرد و از هر کس که سر راهش بود سراغ آن سرزمین را گرفت تا بالاخره خسته و مرده به سرِچشمه‌ای رسید و همان‌جا از خستگی خوابش برد. صبح از صدای شلِپ

و شلِپ آب چشمه از خواب بیدار شد. دید دختری که از زیبایی به ماه شب چهارده می‌گفت در نیا که من در بیایم و از سفیدی مثل این بود که آفتاب و مهتاب رویش را ندیده‌اند، لختِ لخت توی چشمه شنا می‌کند.

شاهزاده تا چشمش به دختر افتاد یک دل نَه، صد دل عاشق او شد. از جایش بلند شد و به‌طرف چشمه رفت و فریاد زد: «آی دختر، تو کی هستی؟ پری‌ای یا آدمیزاد؟»

دختر که صدایش به‌نرمی ابریشم بود و دل و جرئتش همچون دل و جرئت شیر، گفت: «من آدمیزادم. تو کی هستی؟»

شاهزاده گفت: «من «دودول طلا»، شاهزادهٔ سرزمین «تنهایی» هستم که برای پیداکردن دختر پادشاه سرزمین «عاشقون» به اینجا آمده‌ام.»

دختر که خودِ دختر پادشاهِ سرزمین «عاشقون» بود، نگاهی به سرتاپای شاهزاده انداخت و او هم نه یک دل، بلکه صد دل عاشق او شد. دلش می‌خواست فوری از آب در بیاید و به شاهزاده بگوید که کیست، اما ازآنجایی‌که به‌جز زیبایی خیلی هم مکار بود و دلش می‌خواست شاهزاده را امتحان کند، به او گفت: «خوب جایی آمدی. خیمه و خرمنگاه دختر پادشاه سرزمین «عاشقون» همین دوروبرهاست و من هم یکی از کنیزک‌های شاهزاده‌خانم هستم که برای آب‌تنی به این چشمه آمده‌ام. حالا تو چشم‌هایت را ببند تا من از آب دربیام و تو را ببرم پیش او.»

دودول طلا که عاشق دختر شده بود، از اینکه او شاهزاده‌خانم نیست کمی دلخور شد اما دست‌هایش را روی چشمانش گذاشت تا او از آب در بیاید. دختر که بدنش از بدن حور و پری هم زیباتر بود، از آب در آمد و لباس‌هایش را پوشید و به کنار شاهزاده آمد و گفت: «برویم.»

اما شاهزاده که دلش می‌خواست یک شب را با دختر بگذراند، میلی به رفتن نداشت. گفت راه زیادی آمده و خسته است و بهتر است

شـب را در آنجـا بگذراننـد و فـردا صبـح حرکـت کننـد.

آن شـب شـاهزاده و دختـر تـا صبـح بـه عیـش و نـوش مشـغول بودنـد. صبـح کـه شـد، دختـر دوبـاره گفـت: «برویـم». شـاهزاده کـه بـرای اولین‌بار در عمـرش واقعاً احسـاس خوشـحالی می‌کـرد و همهٔ غـم و تنهایی‌اش تمام شـده بـود، گفـت هنـوز خسـتگی‌اش در نرفتـه و بهتـر اسـت یـک شـب دیگر هـم بماننـد. روز سـوم هـم به‌همیـن ترتیـب. امـا روز چهـارم دختـر بـرای آزمایـش شـاهزاده گفـت: «چطور اسـت کـه دختـر پادشـاه را فرامـوش کنـی و بـا هـم در اینجـا بمانیـم و تـا آخـر عمر به‌خوبـی و خوشـی زندگـی کنیـم؟» شـاهزاده مدتـی فکـر کـرد و بعـد بـا صـدای غمگینـی گفـت: «امـا تـو کنیزکـی بیـش نیسـتی و مـن نمی‌توانـم بـا تـو زندگـی کنـم. مـن شـاهزاده‌ام. پـدرم منتظـر اسـت من بـا شـاهزاده‌خانمی عروسـی کنم و بـه سـرزمین خودم برگـردم و به‌دنبـال او در آنجـا حکم‌فرمایـی کنـم.»

دختـر کـه از ایـن حـرف شـاهزاده غمگین و در ضمـن عصبانـی شـده بود، فکـری کـرد و گفـت: «باشـد. اما بگـذار من از تـو به خیمهٔ شاهزاده‌خانم بـروم و او را بـرای اسـتقبال از تو آمـاده کنـم.»

دودول طـلا موافقـت کـرد و دختـر راه افتـاد. شـاهزاده آن روز را به‌تنهایـی بـه شـکار و اسـتراحت گذرانـد و روز دیگـر به‌طرف خیمهٔ دختـر حرکـت کـرد. از آن طـرف دختـر وقتی‌کـه بـه خیمـه رسـید، فـوری یکـی از کنیزکانـش را به‌جـای خـودش نشـاند و دسـتورات لازم را بـه او داد. بعد منتظر شـاهزاده مانـد تا او بیایـد.

شـاهزاده روز بعـد رسـید و کنیـزک را بـه عقـد و ازدواج خـود درآورد و بـا هـم به‌طـرف سـرزمین «تنهایـی» حرکـت کردنـد و در آنجـا ازدواج کردند و بعـد از مـرگِ پادشـاه، شـاهزاده تـا آخر عمـر بر آن سـرزمین حکومـت کـرد.

۱۹۹۱

راز

مدت‌ها بـود کـه ندیده بـودی‌اش. چاق شـده بود، بـا چند تار سـفید لابه‌لای موهایـش. امـا همان‌طـور زیبـا و آرام، با دو چشـم غمگین، مثل آن‌وقت‌ها، همیشـه‌غمگین، گاهـی هـم مضطرب، مثل وقتی‌کـه نگاهـش را از تـو می‌دزدید. مثل آن‌روزی کـه غافلگیـرش کـرده بـودی؛ بـه چشـم‌هایت نگاه کـرده بـود، نگاهـت را از او دزدیـده بودی، نگاهش پرسشـگر بـود، اما چیزی نگفتـه بـودی. در میـان جمعیـت ایستاده بـود. منتظرش بـودی کـه بیایـد. سـال‌ها بـود کـه منتظرت بـود امـا نتوانسـته بـودی بـروی. بچه‌ها را بهانـه کـرده بـود، خـرج زیـاد را. بالاخـره آمـده بـود. از راهـی دور و زمانـی دورتـر. فقـط او را می‌دیـدی و حرکت دسـت‌های زیبایش را کـه برایت تکان می‌داد. به‌طرفـش دویـده بـودی و بوسـیده بـودی‌اش. اشـک‌هایتان در هـم آمیخته بود. چشـم‌هایت را سـریع خشـک کردی. می‌ترسـید با پاک‌شـدن آرایشـشان خطـوط زیرشان راحت‌تر دیده شـوند. هـر دو باهـم این کار را کردید و هر دو باهـم متوجـه شـدید. بـا هـم خندیدیـد و همدیگـر را دوبـاره بغـل کردید. مثـل آن‌وقت‌هـا ـ هشـت نُـه سـاله بودیـد ـ وقتـی کـه وارد خانـه شـده بودی صـدای بسـتن در، سـایه‌ای را از کنـارت فـراری داده بود. ایسـتاده بـود و به تو

نگاه می‌کرد. پریشان بودی. نگاهت را دزدیده بودی. قلبت به‌شدت زده بود. او هم نگاهش را دزدیده بود. ترسیده و لرزان بود. می‌خواستی نشان دهی که بی‌اعتنایی. از کنارت رد شد. دستش را کشیده بودی و همدیگر را در آغوش گرفته بودید و اشک‌هایتان در هم آمیخته بود.

۱۹۹۳

قهوهٔ تلخ

زنـگ تلفـن از جا پراندش. گوشـی را برداشـت و بـا صدای گرفتـه‌ای گفت: «الو»

ـ الو، سلام. حالت خوبه؟

ـ سلام. خوبم.

آرامش صدای آن‌طرفِ خط اضطرابش را گرفت. هنوز نیمه‌خواب بود.

ـ از خواب بیدارت کردم؟

ـ داشتم بیدار می‌شدم.

ـ می‌خوای بعداً زنگ بزنم؟

ـ اگه اشکالی نداره.

صـدای گذاشـتن گوشـی از آن‌طرف خـط بـه گوش رسـید. چشـم‌ها را بسـت. خـواب خیـال بازگشـت نداشـت، امـا اضطـراب برگشـته بـود. چشـم‌هایش را بـاز کـرد. پردۀ اتاق کشـیده بود. چشـم‌ها را کمـی مالید و از جـا برخاسـت. سـایه‌ای از خـودش را در آینـه دیـد. به سـراغ قهوه‌جوش رفـت. قاشـقی قهـوه در آن ریخـت و کلیـد برقـش را زد. بـه اتاق‌خـواب برگشـت. پـرده را کنـار زد. بـه آینـه نگاهـی انداخـت و دسـتی بـه موهایش

کشـید. سیاهی ریمـل زیـر چشـمش پخـش شـده بود.

پلیس‌هـا که آمده بودند ـ اولین‌بار ـ ژاکتش را روی لباس پاره‌شده‌اش پوشیده بـود. موهایش را در آینه مرتب کرده بود و صورتش را طوری جلو در قرار داده بود که سیاهی چشم چپش دیده نشـود.

بـه آشپزخانه برگشـت. قهـوه را در فنجان ریخت. صندلی پیشخوان را جلـو کشـید و نشسـت. گفته بود: «سـلام. حالـت خوبه؟» مثل آن‌وقت‌ها، بـا آرامـش. مثل وقتـی کـه عصبانـی نبـود. چـه‌کارش داشـت؟ بلند که داد می‌کشـید، صـدا در سـرش می‌پیچیـد. می‌ترسـید، ممکـن بـود همسایه‌ها بفهمنـد. بچه‌هـا مدت‌هـا بـود می‌دانسـتند. همیشـه دلـش می‌خواسـت بچه‌هـا دوروبـر نباشـند. کوچکـه بـه گریـه می‌افتـاد، بـا اولیـن فریـاد. می‌گفـت: «خفه‌شـو. عرعرتـو بِبُر.» و بچه سـاکت می‌شـد. اما بعـد از چند دقیقـه لـب ور می‌چیـد و دوبـاره می‌زد زیـر گریـه. بزرگه زیرچشـمی نگاه می‌کـرد. «چیـه مثل بـز اخفش وایسـادی منو نگاه می‌کنی؟ وردار اینـو بِبَر زرزرش رو خفـه کـن.» بزرگـه، کوچکـه را بـا خـودش می‌بـرد.

طعـم تلخ قهـوه صورتش را درهم کـرد. یک حبه قنـد در فنجان انداخت و قهـوه را هم زد.

همسایهٔ بالایی تهدید کرده بود به پلیس زنگ می‌زند.

نگاهـی بـه سـاعت انداخت. بستهٔ سـیگار را از کنـار تلفـن برداشـت و سـیگاری آتـش زد. بـه پلیس‌ها گفتـه بود فقط یـک بگومگـوی خانوادگی بوده. پلیس‌هـا که رفتنـد، بزرگـه بـا تعجب بـه او نگاه کـرد. کوچکـه که تماشـای یونیفـرم و باتـوم پلیس‌هـا لحظـه‌ای سـاکتش کـرده بـود، بـاز بـه گریـه افتاد. صدای زنگ تلفن باز از جا پراندش. گوشی را برداشت.

ـ الو، سلام.

ـ سلام.

ـ حالت خوبه؟

ـ آره، خوبم.

ـ می‌خـوام بیـام بچه‌هـا رو ببینـم. اگـر کاری نـداری بعدش بـا هم بریم بیرون برای شـام.

آرام و مهربـان. مثـل آن‌وقت‌ها؛ وقتـی زنگ می‌زد به سـینما بروند؛ وقتی دسـتش را می‌گرفـت و در چشـم‌هایش نـگاه می‌کـرد؛ وقتـی بـه او پیشـنهاد ازدواج داد؛ وقتـی می‌بوسـیدش و بـرای بدرفتاری‌هایـش معذرت‌خواهـی می‌کـرد یـا وقتـی کـه به‌هـوای دیـدن بچه‌هـا می‌آمـد و شـب را می‌ماند. اضطـراب دوبـاره برگشـته بود.

ته‌ماندهٔ قهوه را سرکشید و با صدای بلند فریاد زد: «نه!»

۱۹۹۲

مردی با چمدان‌هایش

بی‌آنکه چشم‌ها را باز کند، سرش را از روی شانهٔ راست بلند کرد، به‌طرف چپ برگشت و دوباره گفت «لا اله الّا اللّه!»، بعد تکان کوچکی خورد و زیر لب گفت: «عجب کاری کردم!»

بیدار که بود چند دفعه به فکر فرو رفته بود، هر بار چیزی رشتهٔ افکارش را قطع کرده بود و زیر لب گفته بود: «لا اله الّا اللّه!»

اولین‌بار در صف بازرسی چمدان‌ها دیده بودمش. مثل من اضافه‌بار داشت؛ دو چمدان بزرگ پر از صنایع دستی، گلیم، پسته، شیرینی و دیگر خِرت‌وپرت‌هایی که در ایران بارش کرده بودند. مجبور شده بود مقداری از وسایل شخصی‌اش را همراه با یکی از چمدان‌ها جا بگذارد. بغل‌دستی‌ام بعداً گفته بود: «شما راهشو نمی‌دونستین. باید یه اسکناس پونصدتومنی می‌ذاشتین توی دست کسی که چمدون‌ها رو وزن می‌کرد، نمی‌گفت چقدر اضافه دارین.»

موهایش، به‌جز باریکه‌ای دورتادورِ سر، همه ریخته بودند. دست‌ها و بازوان پرمویش از زیر آستینِ کوتاهِ بلوزش پیدا بود. سوار هواپیما که شدیم، بعد از اینکه روسری و روپوشم را در آوردم و سر جایم نشستم،

دیدمـش کـه در کنـار صندلـی مـن ایسـتاده بـا بغل‌دسـتی‌ام سـلام‌وعلیک می‌کنـد. گفتـم: «خیلی از چیزهاتونو جا گذاشـتین؟» گفت: «یه مقدارشو. بیشـتر چیزهایـی بـود کـه از آمریـکا بـرده بـودم. برگـردم، دوبـاره بایـد بخـرم. شـما هـم همین‌طـور؟» گفتـم: «مـن خیلـی زیـاد نداشـتم.» آن‌وقت بود که بغل‌دسـتی‌ام موضـوع پانصدتومانـی را پیـش کشـید و هـر سـه خندیدیـم. من گفتـم: «خُب، تجربه‌سـت بـرای دفعـهٔ بعد.»

تـا فرانکفـورت چنـد بـار از صندلـی‌اش، کـه دور از مـا بـود، بلنـد شـد و پیـش مـا آمـد تـا بـا بغل‌دسـتی‌ام و مـن صحبـت کنـد. از آنجایـی کـه هرسـه بعـد از مدت‌هـا بـه ایـران رفتـه بودیـم، تجربیـات مشـابهی داشـتیم.

وقتـی کـه بـا هـم کمـی خودمانـی‌تر شـدیم، برایمـان گفـت کـه بعـد از ده سـال بـه ایـران رفتـه و خانـواده‌اش دورش را گرفته‌انـد کـه بیا زن بگیـر. اولش می‌خندیـده؛ «ای بابـا، ایـن حرف‌هـا چیـه!» امـا بعـد از چنـد هفته کـه اصرار کـرده بودنـد کـه «حداقـل بیا ببیـن.» بـدش نیامـده بـرود و ببینـد. «یـادم رفته بـود، ایـن پدرسـوخته‌ها دختـرای ایرونـی، عجـب چشـمایی دارن! آدم رو جـادو می‌کنـن.» در مقابـل چشـم‌های یکی‌شـان طاقـت نیـاورده بـود. دختره بیست‌سـاله بـود و دانشـجوی دانشـگاه. ازش پرسـیده بـود: «راستشـو بگو من رو بـرای خـودم می‌خـوای یا بـرای گریـن کارتم؟» خودش زیـاد مطمئن نبود. از مـن و بغل‌دسـتی‌ام هـم پرسـید. مـن نگاهـی بـه سـرش انداختـم و گفتـم: «نمی‌دونـم. مـن سـال‌ها ایـران نبـودم از اوضـاع خبـر نـدارم.» بغل‌دسـتی‌ام گفـت: «نـه بابـا! چـرا بـرای گریـن کارت؟ مگه خـودت چی کـم داری؟»

دختـره قـرار بود شـش مـاه دیگـر کـه گریـن کارتش آمـاده می‌شـود، به آمریـکا بیایـد.

در فرانکفـورت مجبـور بودیـم دو سـه سـاعت منتظـر هواپیمـای بعـدی بمانیـم. او هـم مثل من به لـس آنجلس می‌رفـت. بعد از اینکه بغل‌دسـتی‌ام

به سانفرانسیسکو رفت، من و او با هم تنها شدیم. می‌گفت خیلی وقت است که با دخترهای ایرانی نبوده و نمی‌داند با آن‌ها چطور رفتار کند. چند سال قبل با یک دختر آمریکایی ازدواج کرده بود اما زود از هم جدا شده بودند. به چند دختر ایرانی در آمریکا رو آورده بود اما همه به او جواب رد داده بودند.

داشت روی یکی از صندلی‌ها چرت می‌زد که یک‌دفعه چشم‌هایش را باز کرد و گفت: «راستش رو بگین، فکر می‌کنین کار درستی کردم؟» گفتم: «حالا کاریه که کردی. چرا این‌قدر نگرانی؟ وقتی رسیدی آمریکا، باز فکراتو بکن، اگر دیدی واقعاً پشیمونی، براش بنویس.» گفت: «مگه می‌شه؟» بعد دوباره چشم‌هایش را روی هم گذاشت و بعد از چند لحظه سکوت زیر لب گفت: «نمی‌دونین که تنهایی چقدر سخته.» نفهمیدم با من بود، یا با خودش حرف می‌زد.

داشتیم می‌رسیدیم. مهماندار از خواب بیدارش کرد که کمربندش را ببندد، لبخندی زد و گفت: «خیلی خوابیدم.» هواپیما که نشست خداحافظی کردیم و از هم جدا شدیم.

از سالن فرودگاه که می‌آمدم بیرون، دیدمش که تنهایی چمدان سنگینش را دنبال خودش می‌کشید.

۱۹۹۲

پسرم با واقعیات آشنا می‌شود[1]

گوشی را که برداشتم، پسرم گفت: «مامان برام یه مسئله‌ای پیش اومده.»

ـ چی شده؟

ـ نگران نشین. با دونفر درگیر شدم.

ـ حالت خوبه؟

ـ آره آره، خوبم. شیشهٔ ماشینم رو شکستن.

ـ خودت چی؟ حالت خوبه؟

ـ آره مامان. نگران نشین. برادر و دوست‌پسرِ سابقِ دختره اومدن اونو

از ماشین بکشن پایین...

ـ الان کجایی؟ به پلیس زنگ زدی؟

ـ آره... الان تو بیمارستان...

ـ بیمارستان؟... بمیرم الهی... سالمی؟

ـ آره مامان، چیزی نیست. چرا این‌طوری می‌کنین. قراره الان پلیس بیاد.

ـ کدوم بیمارستان؟ چیزی‌ت که نشده؟

آدرس بیمارستان را گرفتم، کیفم را برداشتم و پریدم توی ماشین. بیمارستان

نزدیک بود و خوشبختانه راه هم خلوت. نگرانی داشت مرا می‌کشت.

پسرم هفده سالش بود و شروع درگیری‌هایش با زندگی. صبح وقتی‌که رفته بودم از اتاقش چیزی بردارم، دیدم نشسته و با دختری که قبلاً ندیده بودم به‌آرامی صحبت می‌کند. تعجب کردم چون شب قبل تنها به خانه آمده بود. متوجه تعجب من شد و به‌دنبالم از اتاق بیرون آمد.

گفت: «یکی از دوستامه. صبح زود که شما خواب بودین، اومد. مسئله‌ای داره دنبال یه دوست می‌گشت که باهاش حرف بزنه.»

دختر موبلوند پانزده شانزده ساله‌ای بود با یک شلوار جین و بلوز کهنه‌ای در بر. زیاد به تیپ دوست‌های دیگر پسرم نمی‌خورد. یعنی به‌قول خودش زیاد کول[1] نبود ـ این اصطلاحی‌ست که پسرم و دوست‌هایش خیلی به کار می‌برند. با وجودی‌که کلمه برایم زیاد مفهوم نیست اما ازآنجایی‌که مرتب آن را می‌شنوم، می‌توانم بگویم چه کسی کول است و چه کسی نیست.

چند دقیقه بعد از اتاق بیرون آمدند و توی هال به تماشای تلویزیون نشستند. دختر از سلام و احوالپرسی گرم من تعجب کرد. دختر آرامی بود. احساس کردم از اینکه من دوروبرشان بچرخم، زیاد خوشحال نیستند. رفتم به اتاق خودم و منتظر ماندم. قرار بود صبح با پسرم برویم خرید. حدود ساعت ۱۱ گفت: «مامان، من دارم می‌رم تونی رو برسونم خونه‌ش، بعد میام بریم خرید.» ساعت ۱۲ برگشت. تونی هنوز همراهش بود.

با کمی دودلی و خجالت پرسید: «می‌شه بعداً بریم خرید؟»

فهمیدم که می‌خواهد وقت بیشتری را با او بگذراند. تعجب کردم اما یاد گرفته‌ام که در این‌جور مواقع زیاد دخالت نکنم چون نتیجه‌ای ندارد. فقط گفتم: «درسات چی می‌شه؟»

۱- کول (cool) ← باحال

گفـت: «ساعت دو می‌رم کتابخونه با یکی از دوستـام روی گزارشـی که قـراره برای یکی از کلاسـام تهیه کنـم، کار کنم.»

سـاعت یـک بـا مـن خداحافظی کـرد و بـا تونـی رفتند. گفـت او را می‌گـذارد خانـه‌اش و بعـد مـی‌رود کتابخانـه و سـاعت شـش می‌آیـد برویم خریـد. حـالا سـاعت هفـت بـود و از بیمارسـتان زنـگ می‌زد. هـم نگران بـودم هـم کنجـکاو.

همـراه بـا رسـیدن مـن بـه بیمارسـتان دو پلیـس جـوان و چهارشـانه هم داشـتند خیلـی خونسـرد وارد می‌شـدند. نگاهـی بی‌تفاوت به مـن انداختند. باعجلـه از کنارشـان رد شـدم تـا خـودم را بـه اورژانس برسـانم. پسـرم روی تخـت نشسـته بـود و روی صورتـش چند جـای بریدگی کوچک و خون دیده می‌شـد. دسـتش در لگنـی پـر از خونابـه بـود. بـا خجالـت و گناهکارانـه به مـن نـگاه می‌کرد.

ـ چی شده؟ حالت خوبه؟

ـ آره، چیزیم نیست. دستم با خورده‌شیشه‌ها بریده.

ـ چی شد؟ برادر و دوستِ سابقِ دخترہ با تو چی‌کار داشتند؟

ـ تونـی دیشـب خونـه نرفته بود. بـا خانواده‌ش مسئله داره. دوست‌پسـرِ سـابقش کـه بـا بـرادرش دوسـته، امـروز دنبالـش می‌گشـتن. فهمیـدن که با منـه، همه‌جـا دنبـال ما می‌گشـتن. مـا رو تـوی خیابـان لینکلن نزدیـک مال[1] پیـدا کـردن. پسـره مسئله داره. پلیس دنبالـشه. قبلاً هم یکی از دوسـتای من رو کـه بـا تونـی دوسـت بـوده، کتـک زده...

ـ مگه کتابخونه نرفتی؟

ـ نـه. معـذرت مـی‌خـوام. نشـد. رفتیـم تـوی مال یـه کمی قـدم زدیم و حـرف زدیم.

1- mall

ـ مگه نگفتی که باید بری...

ـ چرا. می‌خواستم برم، اما تونی نمی‌خواست بره خونه‌ش. نمی‌دونستم باهاش چی‌کار کنم. معذرت می‌خوام... می‌دونم کار بدی کردم ولی نشد... از دور دیدیمشون که توی ماشین برادر تونی بودن. وقتی که تونی دیدشون خیلی ترسید و گفت فرار کن که الان میان ما رو بزنن. ما فرار کردیم اما اونا دو سه خیابون دنبالمون کردن تا اینکه توی خیابون لینکلن ما رو یه گوشه گیر انداختن و دوست‌پسره با یه میله بزرگ اومد طرفمون و شیشه ماشینم رو شکست. سرم رو برگردوندم که شیشه‌ها نره توی چشمم اما یه خورده‌ش ریخت روم و صورتم خراش برداشت. فکر کردم اسلحه دستشه، خیلی ترسیده بودم.

ـ کتکت زد؟

ـ نه فقط دستش رو با اون میله به‌طرفم تکون داد و گفت «احمق چرا واینسّادی؟» دختره از در اون‌طرف داشت در می‌رفت، رفت اونو بگیره. با زور کشیدنش توی ماشین و برادرش...

ـ کسی اونجا نبود؟

ـ چرا یه نگهبان بود اما رفت به پلیس زنگ بزنه...

ـ دختره چی شد؟

ـ هیچی. جیغ می‌کشید اما اونا با زور بردنش.

ـ اصلاً چرا دیشب اومده بود پیش تو؟

ـ نمی‌خواسته بره خونه با دوتا از دوستاش رفته بوده کنار دریا مونده بودن. صبح چون جایی رو نداشته بره، بچه‌ها آوردن دم خونهٔ ما پیاده‌ش کردن.

ـ چندبار بهت گفتم که خودت رو با مردم درگیر نکن؟

ـ می‌دونم مامان، می‌دونم، این دفعهٔ آخرمه. دیگه اصلاً با کسی کاری ندارم... دیگه به من مربوط نیست که چی می‌شه.

کاملاً ترسیده بود.

ـ فکر کردم اسلحه دارن.

ـ آخه چرا فرار کردی. شاید تصادف می‌کردی. شاید یه نفر رو می‌کشتی...

ـ می‌دونم. فکر کردم اسلحه داره می‌خواد ما رو بکشه. معذرت می‌خوام مامان می‌خواستم برم کتابخونه اما نشد.

حالش زیاد خوب نبود. دلم می‌خواست سرش داد بزنم و بگویم: «من که قبلاً بهت گفته بودم...» اما دلم نیامد.

وقتی‌که به دستش بخیه می‌زدند، رنگش به‌شدت پریده بود. روی تخت دراز کشید. دستم را روی پیشانی‌اش گذاشتم، عرق سردی بر آن نشسته بود. چشم‌هایش را بست و گفت: «مامان دلم برای دختره می‌سوزه. به‌زور بردنش توی ماشین و من کاری نمی‌تونستم بکنم.»

ـ خوب کردی مادرجون، هیچ‌وقت خودت رو توی این مسائل وارد نکن.

چشم‌هایش را باز کرد و با تعجب نگاهی به من انداخت. باورش نمی‌شد که من این حرف را بزنم. چشم‌هایش را دوباره بست و زیر لب گفت: «آره می‌دونم. این دفعهٔ آخرم بود.»

بعد از چند دقیقه با همان لحن ادامه داد: «یه بار تونی توی خونه کریس بوده که دوست‌پسر سابقش میاد کریس رو کتک می‌زنه. اصلاً به من چه که توی کار مردم دخالت کنم.»

نمی‌دانستم چه بگویم. از حرف‌هایم خجالت می‌کشیدم. یادم آمد که همیشه به او می‌گفتم که آدم باید غم و درد دیگران برایش مهم باشد. نباید فقط به فکر خودش باشد و بی‌اعتنا از دیگران و مسائلشان بگذرد.

فردا صبح دختره زنگ زد. خودش را معرفی نکرد. گفتم: «تونی هستی؟»

ـ آره.

ـ حالت خوبه؟ کتکت زدن؟

ـ آره، چندتا خراش و لکهٔ سیاه روی صورتم مونده.

ـ به پلیس خبر دادی؟

ـ آره، وقتی‌که بردنم بیمارستان، پلیس اومد.

ـ پدر و مادرت چی گفتن؟

سکوت کرد. گفتم که پسرم را هم برده بودند بیمارستان.

گفت: «می‌دونم. زنگ زدم ببینم حالش چطوره.»

ـ حالش خوبه اما شیشهٔ ماشینش شکسته.

ـ من پولش رو می‌دم. می‌خواستم ببینم چقدر می‌شه براش بفرستم.

پسرم که برگشت به او گفتم که تونی تلفن کرده. بعد بلافاصله اضافه کردم: «مواظب باش زیاد نیاد دوروبرت. نمی‌خوام دوباره برات دردسر درست بشه.»

ـ آره مامان می‌دونم. ولی آخه... دلم براش می‌سوزه. دوست زیادی نداره. پسرا می‌ترسن باهاش دوست بشن. دوست‌پسر سابقش کتکش می‌زنه. مادرش دائم‌الخمره. پدرش خیلی وقت پیش ول کرده رفته، اصلاً ازش خبری نداره. دیشب با مادرش دعواش شده رفته خونهٔ عمه‌ش. امروز هم مدرسه نیومد.

سرم را برگرداندم تا پسرم چشمانم را نبیند.

پسرم داشت با واقعیات آشنا می‌شد.

غریبه‌ای در رختخواب من[1]

به‌طرف چپ‌ که چرخیدم، گرمی جسمی را زیر بازویم احساس کردم. چشم‌هایم را باز کردم. ناگهان نگاهم به صورت غریبه‌ای افتاد که در کنارم و در فاصله‌ای نزدیک خوابیده بود. صورتش کنار صورتم قرار داشت و من با هر دم، گرمی نفسش را به درون می‌بردم. فریاد کوتاهی کشیدم، از جایم بلند شدم و بی‌اراده به‌طرف درِ اتاق دویدم. دستگیرهٔ در را با شدت پیچاندم، اما در تکانی نخورد. نفسم از وحشت به شماره افتاد. فریادم به‌صورت نالهٔ کوتاهی از گلویم بیرون آمد. تلاشم که برای بازکردنِ در به جایی نرسید، به‌دنبال پیداکردن راه فرار دیگری برگشتم.

حالا غریبه پشت به من در تخت خوابیده بود و به‌آرامی نفس می‌کشید. به‌طرف پنجره رفتم، آن را با سرعت باز کردم و دست‌هایم را روی تیغهٔ دیوار گذاشتم. بدنم را قدری بالا کشیدم و بیرون را نگاه کردم.

۱- داستان «غریبه‌ای در رختخواب من» پیش از این در ایران با عنوان «غریبه‌ای در اتاق من» (دستگاه سانسور کلمهٔ «رختخواب» را به «اتاق» تغییر داده بود) در کتاب زیر منتشر شده است:

داستان کوتاه در ایران - جلد دوم (داستان‌های مدرن)، دکتر حسین پاینده، چاپ اول سال ۱۳۸۹

همچنین این داستان با عنوان اصلی «غریبه‌ای در رختخواب من» در شمارهٔ ۱۳۴ دوهفته‌نامهٔ رسانه همیاری مورخ ۲۸ مهٔ ۲۰۲۱ در ونکوورِ کانادا منتشر شد. انتشار این داستان به‌همراه گزارشی از جلسهٔ کارگاه داستان‌نویسی محمد محمدعلی بود که در آن مهرنوش مزارعی، مهمان ویژهٔ نشست، این داستان را با صدای خود خواند.

تا کف خیابان چندین طبقه فاصله بود. توفان غوغا می‌کرد. دانه‌های درشت برف همراه با باد به درون اتاق پرتاب می‌شد. با عجله خودم را از پشت پنجره کنار کشیدم، به گوشهٔ دیگر اتاق پناه بردم و پشتم را تا حد امکان به دیوار چسباندم و به آن طوری فشار آوردم که شاید در جایی، دری مخفی باز شود و مرا در خود پناه دهد. تنم از ترس و سرما می‌لرزید. چشمم به تلفن افتاد که در فاصلهٔ کمی از او، در آن‌سوی تخت قرار داشت. نفسم کمی آرام گرفت.

صدای آرام نفس‌های غریبه با زوزهٔ باد در هم آمیخته بود. من از سرما می‌لرزیدم، اما بر بدن لخت او دانه‌های عرق نشسته بود. داشتم به شانه‌هایش نگاه می‌کردم که غلتی خورد و رویش را به‌طرفم برگرداند. دوباره از جا پریدم و محکم به دیوار چسبیدم. اگر چشم‌هایش را باز می‌کرد، درست در تیررس نگاهش بودم. همان‌طور چسبیده به دیوار، روی زمین نشستم و خودم را چهاردست‌وپا به آن‌سوی تخت کشاندم. تلفن را با سرعت از روی میز قاپ زدم و در کنج اتاق نشستم.

گوشی را با آرامی برداشتم و با انگشت‌هایی که به‌سختی حرکت می‌کردند شماره‌ای را گرفتم. صدای خشنی از آن طرف تلفن جواب داد. دهانم را به گوشی نزدیک کردم و خیلی آهسته گفتم:

- There is a stranger in my bed.

- *Excuse me?*

- There is a stranger in my bed!

- *I am sorry, I can't hear you. Would you talk louder?*

- I can't, he might wake up.

- *Who is he?*

- I don't know. When I opened my eyes, he was in my bed.

- Are you sure you don't know him?

نگاهی به تخت انداختم:

- I guess!

- You are not sure?!

جوابی نداشتم.

- Was he with you when you went to bed?

مِن‌ومِن‌کنان گفتم:

- I don't know him; he is a stranger!

- How did a stranger get to your bed?

- I don't know.

- Could you take a look at him and tell me if you have seen him before?

تلفـن را زمیـن گذاشـتم و با قدم‌های آهسـته به‌طرفـش رفتـم. آرام روی لبۀ تخت نشسـتم و بـه او خیـره شـدم. یک دسـتش را زیر صورتش گذاشـته بـود و با دهان نیمه‌بـاز نفـس می‌کشـید. چشـم‌هایش را بـاز کـرد، نگاهـی بـه مـن انداخـت و بازوهایـش را برایـم بـاز کـرد. از جایـم بلنـد شـدم و در چندقدمی او ایسـتادم. با تعجـب بـه مـن نگاه کـرد. از بیـرون هنـوز صدای توفـان و باد به گوش می‌رسـید. ذرات بـرف در اطرافـم پراکنـده بود. صدا از پشـت تلفـن فریاد زد:

- Have you looked at him?

دوبـاره شـروع کـردم بـه لرزیـدن. بازوهای غریبـه هنـوز بـاز بودند. بـا تردید قدمـی بـه جلـو گذاشـتم. لبخنـدی صورتـش را پوشـاند. قـدم دیگـری جلو گذاشـتم و در بازوانـش جـا گرفتـم. دسـت‌های گرمـش شـروع بـه نوازش شـانه‌هایم کـرد. صـدا هنـوز فریاد می‌زد:

- Do you know him?

چشم‌هایم را روی هم گذاشتم و زیر لب گفتم:

- I don't know! I don't know!

۱۹۹۳

آن لحظات گرم

وارد رسـتوران کـه شـدند، زری داشـت می‌گفت: «می‌دونی سیماجون، اصـلاً بایـد دوتـا آمریکایی خوشـگل و خوش‌اخلاق پیدا کنیـم و دور مردای ایرونـی رو خط بکشـیم.»

بـه زری نمی‌آمـد از ایـن حرف‌هـا بزنـد. سیما با تعجب نگاهـی به او انداخـت و بـا خنـده گفـت: «بدفکری هم نیسـت.»

گارسن ریزه‌انـدامـی بـا چشـم‌های مـورب آن‌هـا را بـه سـر میـزی در کنـار پنجـره راهنمایـی کرد. بیشـتر میزهای رسـتوران پر بـود از مشـتریانی با قیافه‌هـای مختلـف از چینـی گرفتـه تـا آمریکایی. امـا کوچکی سـالن و دکور شـرقی رسـتوران احسـاس درخانه‌بودن را بـه آن‌هـا می‌داد.

سـفارش نوشـابه می‌دادنـد کـه گارسن ریزه‌انـدام سـه نفـر دیگـر را بـه میـز کناری‌شـان راهنمایـی کـرد. دو مـرد و یـک زن. زن بـا یکـی از مردها در صندلـی هم‌ردیـف سیما نشسـتند و مـرد دیگـر کـه چـاق بـود و قدکوتـاه در صندلـی هم‌ردیـف زری و روبـه‌روی سیما. سیما چشـمکی بـه زری زد و گفـت: «یکی‌شـون رو خـدا رسـوند!»

زری نمی‌توانسـت او را ببینـد و نمی‌خواسـت سـرش را برگرداند گفت:

«چه شکلیه؟»

سیما گفت: «قدبلند و باریک با موهای بلوند.»

زری از گوشهٔ چشم نگاهی به بغل‌دست انداخت و با صدای بلند خندید.

زری و سیما از اول شب، از همان‌موقع که همدیگر را دیده بودند، سر مردها بحث داشتند. زری اول معتقد بود: «اینکه همیشه زن‌ها فکر می‌کنن باید یه مرد در کنارشون باشه تا زندگی‌شون کامل بشه، یه احساس کاذبه که مثل خیلی از چیزهای دیگه از بچگی به آدم تلقین شده.» سیما تا حدی با حرف‌هایش موافق بود، اما نه به‌طور کامل، و گفته بود: «درسته که بخشی از وابستگی محصول احتیاجِ آدمه، اما یه مقدارش هم می‌تونه طبیعی باشه.» زری گفته بود: «اون مقدارش مربوط می‌شه به سکس که اون رو هم می‌شه یه جور دیگه تأمین کرد.»

بعد بحثشان به خیلی چیزها کشیده شد و بالاخره این سیما بود که گفت: «شاید هم ما با مردای ایرونی آبمون توی یه جوب نمی‌ره.»

و بعدش هم گفت: «البته مردا هم زیاد تقصیر ندارن. همه‌ش زیر سر این فرهنگ لامصبه که هر چی بخوای از زیرش در بری، یه جایی بالاخره یقه‌ت رو می‌گیره و کار رو خراب می‌کنه.»

همین‌جا بود که زری حرف مردهای آمریکایی را پیش کشید و وارد رستوران تایلندی شدند.

گارسن جوان بطری شرابی را که سفارش داده بودند، آورد. گیلاس‌های هر دوشان را پر کرد و بقیهٔ شراب را روی میز گذاشت و به سر میز کناری رفت. لهجهٔ غلیظ انگلیسی مردِ چاقِ میزِ کناری توجه سیما را جلب کرد. رنگ چشمان ریزش از زیر عینک شیشه‌کلفتی که زده بود، پیدا نبود و وقتی حرف می‌زد گونه‌های چاقش که به‌طرف پایین کشیده می‌شد، تکان می‌خورد. مرد بعد از مشورت با همراهانش آبجو تایلندی سفارش داد. گارسن که از

جلـو سـیما کنـار رفت، مـرد متوجـه نگاه سیما شـد. سیما هـول شـد و لبخند محجوبانـه‌ای زد. زری قهقهـه‌ای سـر داد و گفـت: «داری نـخ می‌دی؟»

سیما گفت: «آره جون خودش.» و شرابش را سر کشید.

زری لیست غذا را باز کرد و گفت: «چی بخوریم؟»

سیما گفت: «تو به غذاهای تایلندی واردتری. تو سفارش بده.»

زری کـه منتظـر همین حرف بود با خوش‌حالی شـروع کرد به شرح‌دادن غذاهـا. سـیما بارهـا توضیحاتـش را شـنیده بود اما بـاز هم بـا حوصله گوش مـی‌داد و بـا پیشـنهادات او موافقت می‌کـرد. چند دقیقـه‌ای بیشـتر طـول نکشـید کـه تصمیـم گرفت چه بخورند و غـذا را سـفارش داد. گارسـن قبل از آنکـه میزشـان را تـرک کنـد دوبـاره گیلاس‌هایشـان را از شـراب پر کرد.

سـیما گیلاسـش را بلند کـرد و گفت: «به‌سـلامتیِ آزادی از قیـد مردها!» بعـد آن را محکـم بـه گیـلاس زری زد و شـراب را تـا تـه سـر کشـید. شـراب طعـم گـس مطبوعـی داشـت و گرمای ملایمـی در تنـش پراکند.

زری گفـت: «بالاخـره موضعت رو روشـن نکردی. از یـه طرف می‌خوری به‌سـلامتیِ آزادی از قیـد مردهـا، از طرف دیگـه می‌گی این قیـد طبیعیه و نمی‌شـه کاری‌ش کرد.»

سیما با خنده گفت: «به سلامتی‌ش که می‌شه خورد!»

زری هم خندید و مشـغول کشـیدن غذا برای خودش و سـیما شـد. غذا رنـگ و بـوی مطبوعی داشـت. برای چنـد لحظه فقط صدای برخورد قاشـق و چنگال بـا بشـقاب و صدای موسیقی آرامی که از اطراف سـالن بلند بود، سـکوت را می‌شکسـت. زری سـرش را کـه برگردانـد، دیـد مـرد انگلیسـی کـه چشـمانش به‌رنـگ آسـمان و نگاهـش به‌گرمـی شـراب جلـو رویش بـود، از پشـت شیشـهٔ عینـک بـه او لبخند می‌زند. رخـوت شـراب هنـوز در رگ‌هایـش جریـان داشـت. موهایـش را کـه روی شـانه‌اش ریخته بود با

ملایمت، و بـا دسـت چپ، به‌طـرف شـانهٔ راسـتش کشـاند. پلک‌هایش را روی هـم گذاشـت و گرمـی لحظـه را در درونـش مزه‌مـزه کرد.

۱۹۹۱

ملایمت، و بـا دسـت چپ، به‌طـرف شـانهٔ راسـتش کشـاند. پلک‌هایش را روی هـم گذاشـت و گرمـی لحظـه را در درونـش مزه‌مـزه کرد.

۱۹۹۱

آرامش

به‌جـز وصیت‌نامـه، یـک نامـه بـرای فرزنـدش، یـک نامـه بـرای مـادرش و یـک نامـه بـرای معشـوقش نوشـت و در یـک بعدازظهـرِ سـرد و تاریـک و بارانـیِ اواسـط فوریـه، خودش را کشـت.

از چنـد روز قبـل به طرق مختلفِ خودکشـی فکر کرده بـود: خالی‌کردن یـک گلولـه در مغزش، خـوردن قرص‌های خواب‌آور، پریدن از پشـت‌بام، و حلق‌آویزشـدن از سـقف. بالاخره، قـرص را انتخاب کرد.

آرام و بی‌صدا و مطمئن!

خانـه را جـارو کـرد و دسـتمال کشـید. لباس‌ها را از گوشـه‌وکنار برداشـت و در جارختـی آویـزان کـرد. ظرف‌هـا را شسـت و بـا حوله خشـک کـرد. کف آشپزخانه را تی کشـید و واکس زد. غـذای مانـده در یخچال را بیـرون آورد و دور ریخـت. کیسۀ زبالـه را از خانـه بیـرون بـرد و بـه زباله‌دانـی انداخت. رخت‌هـای کثیـف را شسـت و ملافه‌هـا را عـوض کـرد. ماشـین پیغام‌گیـر را روشـن کـرد و بـه پیغام‌ها جـواب داد.

تمیز و مرتب و آماده!

در یخچـال را کـه باز کرد تا لیوانـی آب بردارد، یادش آمد که قرص کلسـیمش را نخـورده اسـت. قوطـی کلسـیم را از جعبـه داروهـا برداشـت، یـک قـرصِ قهوه‌ای‌رنگِ بیضی‌شـکل از آن بیـرون آورد و همـراه بـا قرص‌هـای خـواب خـورد. بعـد روی تخـت دراز کشـید و چشـم‌هایش را روی هـم گذاشـت.

چه آرامشی!

۱۹۹۳

در یک بعدازظهرِ سرد و تاریک و بارانی

Pick up[1]

از پیــچ خیابان لاسیه‌نگا کــه پیچیـد تـوی المپیک، دیدشان. تک‌تک، دوبه‌دو، یـا در گروه‌هـای سـه و چهار نفـره، در دو طرف خیابان زیر تیرهای چراغ بـرق ایستاده بودند. از کنارشـان رد شـد. بدن‌شان را صاف کردند تا بازوهـا و سینه‌شـان بـه چشـم بخـورد. هـوا تاریک روشـن بود. خـوب دیده نمی‌شـدند. از کنار یـک گروه سـه‌نفره رد شـد، سـرعتش را کم کرد. هر سـه بـه ماشـین نزدیک شـدند. به او چشـم دوختند. نگاهـی به آن‌هـا انداخت؛ قدهـا کوتـاه، هیکل‌هـا ریـز و سـن‌ها بـالا. سـرعت ماشـین را زیـاد کـرد. مردهـا، بـه پیاده‌رو برگشـتند. آن‌طـرف خیابـان، دو جوان ایستاده بودنـد. شـلوارهای جیـن و تی‌شـرت‌های تنـگ و سـفید پوشـیده بودند. آسـتین‌ها را تـا بـالای عضـلات بـازو بـالا زده بودنـد. یکـی بـه درخـت تکیـه داده بود و سـیگار می‌کشـید. یکـی دیگـر، کوتاه‌تـر و عضلانی بـود و قهوه در دسـت داشـت و در کنارش ایستاده بـود با هم صحبت می‌کردنـد. نزدیکشان شـد. سـرش را از شیشـه بیرون آورد و بـه آن‌هـا نگاه کـرد. لبخند رضایت‌آمیزی زد و بـه زنـی کـه بغل‌دسـتش نشسـته بود، نگاه کـرد: «این دوتـا چطورن؟»

۱-پیک آپ: بلندکردن، سوارکردن

بغل‌دستی مسن‌تر بود. سرش را پایین آورد. از شیشهٔ راننده نگاهی به بیرون انداخت: «ای، بدک نیستند.»

کنارشان توقف کرد. گفت‌وگویشان را قطع کردند. آن‌که سیگار می‌کشید سیگارش را زیر پا له کرد. با آن دیگری به‌طرف ماشین آمدند. پوستِشان آفتاب‌خورده و تیره و موهایشان مشکی بود. بغل‌دستی گفت: «مواظب باش اول قیمت رو باهاشون طی کنی.»

سرش را از شیشه ماشین بیرون برد: «هر نفر سی دلار.»

مرد بلندتر به ماشین نزدیک‌تر بود. رویش را به‌طرف مرد کوتاه‌تر برگرداند با او چند کلمه صحبت کرد. به‌طرف زن برگشت: «چهل دلار، هر نفر.»

زن سرش را به‌طرف بغل‌دستی برگرداند. بغل‌دستی گوشه‌های لبش را به‌طرف پایین کشاند و سری تکان داد. سرش را از پنجره بیرون کرد: «باشه. سوار شین!» اولی درِ ماشین را باز کرد. هر دو سوار شدند.

بغل‌دستی سرش را به‌طرف صندلیِ عقب برگرداند. به هر دو نگاه کرد: «به‌نظر خیلی قوی میان. فکر می‌کنم همین امروز قالِ اسباب‌کشی کنده بشه.»

۱۹۹۳

زندگی شاید یک خیابان دراز است که...

تـازه خوابـش بـرده بـود کـه صـدای زنـگ از جا پراندش. چشم‌بسـته سـاعت را از روی میـز کنـار تخت برداشـت، زنـگ را خامـوش کرد و سـاعت را روی زمیـن انداخـت. یـک سـاعت از شـروع کارش گذشـته بـود کـه بیدار شـد. لحظـات شـب قبـل در خاطـرش تکـرار می‌شـد. حمیـد داشـت بـا هیجان لب‌هایـش را می‌بوسـید و او بی‌حرکـت بـود. سـاعت از ده گذشـته بـود کـه از جایـش بلنـد شـد. رُبدوشـامبرش را پوشـید و بـدون آنکه بـه خـودش نگاهی بینـدازد از جلـوی آینـۀ قدی گذشـت و بـه دست‌شـویی رفت. سـیفون را کـه کشـید، آب گردشـی کـرد و بـا سـرعت بـه عمـق توالت فرو رفت و دلش بـه آشـوب انداخـت. به آشـپزخانه رفـت و قهوه‌جوش را روشـن کـرد. چیزی در درونـش فـرو می‌ریخت و تـا بیخ گلویش بـالا می‌آمد. فنجانـی قهوه ریخت و رفـت سـراغ روزنامـه که پشـتِ در انتظارش را می‌کشـید. چنـد قطره آب از کیسـۀ پلاسـتیکی روزنامـه زمیـن ریخت. به خانـه که برمی‌گشـت تاریکی و صـدای رعـد و بـرق و ریزش بـاران به وحشـتش انداخته بود. حمید دسـتش را گرفتـه بـود و خواسـته بـود شـب را بمانـد، امـا او لباس‌هایـش را بـا عجله پوشـیده بـود، مانتـوش را روی سـرش انداخته بـود و از در بیـرون آمده بود.

چنـد جرعـه قهوه نوشـید و بـه حمام رفت. لباس‌هایش را کـه از تن بیرون می‌آورد سوزشـی روی گردنـش حس کـرد. به‌طرف آینـه برگشـت. گردنش را بـالا آورد و بـه خراشـی کـه روی آن دیده می‌شد، دسـت کشـید. حمیـد که با خشـونت لبـاس را از تنـش بیرون می‌آورد، زیـپِ نیمه‌باز پشـت لباس، خراش را روی گردنـش بـه جـا گذاشـته بـود. دوش را تـا درجهٔ آخـر باز کـرد، زیـر آن خزیـد و مدت‌هـا بی‌حرکـت ایسـتاد. از زیـر دوش که بیـرون آمد، خـودش را به‌سـختی می‌توانسـت از پس بخـاری کـه سـطح آینه را پوشـانده بـود، ببیند.

حمیـد هم‌کلاس سـابقش بـود. مسـتانه، زنش، صمیمـی بـود و پرهیاهو. از طریـق حمیـد بـا او آشـنا شـده بـود. زمانی کـه با جان دوسـت بـود، اغلب چهارتایـی بعـد از کلاس بـه پیتزایـیِ سرِ خیابـان دانشـگاه می‌رفتنـد. بعـد از تمام‌شـدن تُنـگ اول آبجـو، جـان به بهانه‌ای شـروع می‌کـرد با صـدای بلند به امپریالیسـم آمریـکا و شـوروی فحش‌دادن تا جایی کـه همهٔ مشـتریان متوجه میـز آن‌هـا می‌شـدند. مسـتانه سـعی می‌کـرد او را سـاکت کند امـا جـان کـه سـرش گـرم بـود، بـا صـدای بلنـد می‌خندیـد و بـه مسـتانه می‌گفت: «هی، استالینیسـت کوچولـو! شـما نگـران سروصدا نیسـت. وقتی من در مـورد آن رویزیونیسـت‌های فاسـد روسـی صحبـت کرد، شـما دوسـت نداشـت.»

مسـتانه عصبانی می‌شـد و او را شـوونیست خطاب می‌کـرد.

بعـد بحـث بین جان و مسـتانه شـروع می‌شـد. او و حمید خودشـان را کنـار می‌کشـیدند. حمید سـیگاری روشـن می‌کـرد، چانه‌اش را به دسـتش تکیـه می‌داد و در سـکوت بـه آن‌هـا گـوش می‌داد. گاهـی نـگاه حمید از زیـر عینک دسته‌طلایی‌اش نـگاه او را بـه خـود می‌خوانـد و لبخنـدی بـا هـم ردوبـدل می‌کردنـد. آخریـن بـاری که همه بـا هم بیـرون رفته بودنـد، مسـتانه به‌فارسـی گفتـه بـود: «ایـن تروتسکیسـت دیوونـه کیـه کـه باهاش دوسـت شـدی؟» و روی کلمـهٔ تروتسکیسـت طـوری تکیـه کـرده بـود که

جـان متوجـه شـود صحبت از اوسـت. جـان خندیـده بود:

- Stop it! No more Farsi! Mastaney Joon, you can insult me in English too. I am used to that by now![1]

مستانه هم خندیده بود و جمله‌اش را به‌انگلیسی تکرار کرده بود. حمیـد و مستانه همه‌جـا بـا هـم بودند به‌جـز مواقعی که مستانه بـرای دیدن خواهـر یـا دیگـر اقوامـش از شـهر بیـرون می‌رفت. هیچ‌وقـت ندیـده بـودم کـه دسـت همدیگـر را بگیرنـد یـا کلماتـی عاشـقانه بـا هـم ردوبـدل کنند، هرچنـد بـا هـم بگومگو هـم نمی‌کردند. مستانه قدبلند بـود و خوش‌هیکل بـا موهـای بلنـد مـواج و دندان‌هـای بـزرگ. حمیـد از او کوتاه‌تـر بـود. در جریـان فعالیت‌هـای دانشـجویی خارج از کشـور با هم آشـنا شـده و ازدواج کـرده بودنـد. هم‌زمـان با انقـلاب به ایران رفته بودنـد، اما بعد از چند سـال برگشـته بودنـد. در ایـن مرحلـه از زندگی‌شـان بـا او آشـنا شـده بودنـد.

موهایـش را بـا حولـه خشـک کـرد، لباس‌هایـش را پوشید و از حمـام بیرون آمـد. قهوه‌اش را که سـرد شـده بود سـر کشـید، کیفـش را برداشـت و از در بیرون رفت. سـوار ماشـینش شـد و بدون آنکه بداند بـه کجا می‌رود حرکت کـرد و از درِ گاراژ بیـرون آمـد. توفـان آرام گرفته بـود اما هوا گرفتـه و ابری بود. بـه خلوت‌بودن خیابان‌هـا عـادت نداشـت، سـال‌ها بـود کـه ایـن سـاعات یا تـوی دانشـگاه بود، یـا سـرِ کار. روی سـیم‌های برقـی کـه از بـالای جـاده رد می‌شـد، چند کلاغ سیاه نشسـته بودنـد و بـا تکان‌دادن خـود قطـرات بـاران را به هـر طـرف پراکنده می‌کردنـد. روز قبـل حمیـد بـه سـرِ کارش زنگ زده و خواسـته بود که بعد از کار در کافی‌شـاپ نزدیک دانشگاه ملاقاتـش کند. می‌خواسـت نظـر او را در مـورد بخشـی از تـزش کـه تـازه تمام کـرده بـود، بدانـد. از در که بیـرون می‌آمـد حمید دوبـاره زنـگ زده بـود و خواسـته بـود کـه به‌جـای کافی‌شـاپ بـه خانـه‌اش برود.

آنجـا دسترسـی بـه منابعـی کـه در تهیهٔ تـز از آن استفاده می‌کـرد، آسان‌تر بود. مستانه بـاز خارج از شـهر بـود. قبل از ترک شـهر زنـگ زده بود و بـا هم صحبت کـرده بودنـد. نگران زنـان مسـلمان «بازنیا»‎[1] بـود کـه مـورد تجاوز صرب‌هـا واقع می‌شـدند. در پـی تهیهٔ پتیشـنی برای فرسـتادن بـه سـازمان ملل متحـد بود.

یـک سـاعتی کـه رانندگی کرد، نـامِ آشـنای خروجی «فریـوِی» توجهش را جلـب کـرد. مدت‌هـا بـود کـه به این طرف شـهر نیامـده بود. چـراغ راهنما را زد، از آینهٔ بغـل نگاهـی بـه خـط دسـت راسـت انداخـت و وارد خروجی شـد. سـال‌ها پیـش، وقتی‌کـه دختـرش هنوز کوچک بـود، یک‌بار سرتاسر همیـن جـاده را راننـدگی کـرده بود.

جـادهٔ پیچ‌وخـم‌داری بـود کـه تا سـر کـوه می‌رفت و بعـد به‌طـرف پاییـن می‌پیچیـد و بـه دریـا می‌رسـید. در یـک طـرفِ جـاده، کوهـی بلند و سرسبز قـرار داشـت و در طـرف دیگر درهای کـه هـر چـه بالاتـر می‌رفت، عمیق‌تـر می‌شـد. در گوشـه‌وکنار برجسـتگی‌های سنگیِ کـوه، گل‌هـای رنگارنگ و زیبایـی سـبز شـده بودنـد. در بعضـی نقـاط، سـطحی از کـوه پوشیده بـود از گل‌هـای سـرخابی و زردِ کوچـک و درهم کـه از دور چـون تکه‌پارچه‌ای رنگی بـه چشـم می‌آمـد. وقتـی کـه بـه بـالای کـوه می‌رسـیدی، دیگـر تـه دره دیده نمی‌شـد. یـک پیچِش سـریعِ فرمـان ماشـین کافـی بـود تـا بـه تـه دره پرتاب شـود. آسـمان دوبـاره پـر از ابر شـده بـود و صـدای رعـد و برق در کوهسـتان می‌پیچیـد. یکـی از کلاس‌هایش تعطیـل شـده بود و حوصلهٔ رفتـن به کتابخانه را نداشـت. شـاید هـم کنجکاوی وادارش کرده بود به خانه بـرود. مدتی بود صادق، شـوهرش، دیگر از مدرسـه‌رفتنِ او و گذاشـتن بچه پیش «بیبی‌سـیتر» شـکایت نمی‌کـرد و سـوزان، بیبی‌سـیتر جدیـد بچـه، بیـش از دیگران دوام آورده بـود. ماشـین صـادق جلـو خانـه پـارک شـده بـود. در را آهسـته بـاز کرد

―――――――――――――――――――

[1] - Bosnia، بوسنی

و داخل رفت. طبقهٔ اول خالی بود. از پله‌ها به‌آرامی بالا رفت. لای در اتاق‌خواب باز بود. صدای پچ‌پچ و نفس‌های تندی می‌آمد. روی زمین، جلو آینهٔ قدی، سوزان لخت به پشت دراز کشیده بود و پاهایش را دور کمر صادق حلقه کرده بود. صادق به‌جز جوراب چیزی به تن نداشت. چند دقیقه‌ای بی‌حرکت در جایش باقی ماند بعد به طبقهٔ پایین برگشت و از در نیمه‌باز خانه بیرون زد. پاهایش می‌لرزید و اشک صورتش را پوشانده بود. لحظه‌ای به دیوار تکیه داد اما خیلی زود بر خودش مسلط شد و از خانه فرار کرد. نیم‌ساعتی در پیچ‌وخم‌های جاده رانندگی کرد تا به دریا رسید. همان‌جا پارک کرد و به امواج آرام دریا چشم دوخت.

سوزان را یکی از همسایه‌ها معرفی کرده بود. روز اول قرار بود نیم‌ساعتی زودتر بیاید تا با هم آشنا شوند، اما دیر کرده بود. او می‌بایست ساعت هفت و نیم آن‌طرف شهر سر کلاسش باشد. دلش شور می‌زد. اگر به‌موقع نمی‌آمد، باز کلاسش را از دست می‌داد. در یکی دو ماه گذشته چند بار اتفاق افتاده بود. زنگِ در که به صدا در آمد، نفس راحتی کشیده بود. از ماشین پیاده شد و مدتی در ساحل قدم زد. به خانه که برگشت، ماشین صادق جلو خانه نبود. سوزان لباس بچه را عوض می‌کرد. بچه صداهای شاد و بی‌خیالی از خود در می‌آورد و با تکه‌ای از موهای صاف او که جلو چشمش در حرکت بود، بازی می‌کرد. پول سوزان را داد و او را روانه کرد. صادق کمی دیرتر به خانه آمد و شام را با هم خوردند. صادق به سروقت کتابش رفت و او تا نیمه‌های شب روی مقاله‌ای برای کلاسش کار کرد.

به دریا که رسید، توفان آرام گرفته بود. قطرات باران روی شیشهٔ ماشین می‌ریختند و بعد از درهم‌شدن با هم به‌طرف پایین سرازیر می‌شدند تا در پشت شاخک‌هایِ بلند و باریکِ برف‌پاک‌کن گیر کنند. پاهایش

را لخت کرد و مدتی روی ماسه‌های خیس ساحل قدم زد. امواج دریا کف‌کرده و خروشان از روی پاهایش رد می‌شد، چند قدمی جلوتر می‌رفت و دوباره برمی‌گشت تا دور از او با امواج دیگر درهم شوند.

خواندن بخش اول تز که تمام شده بود، شام را همان‌جا سر میز که پر از کتاب و یادداشت بود، خوردند. حمید برای شام پیتزای موردعلاقهٔ او را سفارش داده بود با شیشه‌ای شراب قرمز. بعد از شام حمید سیگاری آتش زد و باقیماندهٔ شراب را در گیلاس‌ها خالی کرد. بحث ادامه داشت. حمید باز دست چپش را ستون چانه‌اش کرده بود و با دست دیگر سیگار را به‌آرامی به لب‌هایش نزدیک می‌کرد، دودش را فرو می‌کشید و بعد آهسته بیرون می‌داد. موهای دو طرف شقیقه‌اش سفید شده بودند و چند تار سفید در سبیل‌های پرپشتش دیده می‌شد. وقتی دست راست حمید که سیگار را در زیر سیگاری خاموش کرده بود، به نوازش دست‌های او پرداخت، متوجه شد که مدتی است جریان بحث را دنبال نکرده است.

هوا تاریک شده بود که به خانه برگشت. سر تا پا خیس بود. چراغ انسرینگ ماشین[1] چشمک می‌زد. دو پیغام داشت. یکی از سرِ کار بود و دیگری از حمید که احوالش را پرسیده بود و می‌خواست بداند که اگر شب خانه است، بیاید ببیندش. خیسی لباس‌ها و سردی خانه تنش را می‌لرزاند. درجهٔ بخاری را زیاد کرد و به اتاق خواب رفت. آخرین تکهٔ لباس را جلوِ آینهٔ کمد از تن در آورد. صدای زنگ که بلند شد نگاهش را از نوک پستان‌هایش که سرما آن‌ها را سفت و برجسته کرده بود برداشت و به چشمانش که از صبح از او می‌گریختند، خیره شد.

۱۹۹۳

۱- انسرینگ ماشین (answering machine) ← دستگاه پیام‌گیر

رؤیا و واقعیت

تـازه کتـاب «آینه‌هـای دردار» گلشیری را تمـام کـرده بـودم کـه بـا صنم‌بانـو[1] آشـنا شـدم. با مستانه برای شـنیدن سـخنرانی‌اش رفته بودیم. دیـداری از لس آنجلـس داشـت و یکـی از انجمن‌هـای فرهنگـی دعوتـش کـرده بـود در مورد تـزش «رؤیـا و واقعیت در آثـار داستان‌نویسـان ایرانـی»، صحبت کنـد. بعد از سـخنرانی همـراه بـا دوسـتان مسـتانه کـه در مـورد موضوع بحث و پرسـش و پاسـخ‌ها هیجـان‌زده بودنـد، بـه رسـتوران ایتالیایـی نبـش خیابـان رفتیـم. رسـتوران شـلوغ نبـود. به‌جـز ما فقط دو سـه مشـتری داشـت. مدیر رستوران کـه بـا این گـروه و سروصداهایشـان آشـنا بـود، فـوراً دسـتور داد دو میـز را در گوشـهٔ سـالن بـه هـم وصـل کننـد و از ما دعـوت کـرد آنجا بنشـینیم. مستانه صنم‌بانـو را از پاریـس می‌شـناخت، از زمانی کـه هنوز از سـعید ایمانی[2] جدا نشـده بـود. آن زمـان کسـی از سـاواکی‌بودن سـعید خبـر نداشـت.

صنم‌بانـو قـد و بـالای متوسـطی داشـت بـا موهایـی صـاف و کوتـاه کـه تـا زیـر گوشـش می‌آمـد و در پاییـن گـوش، پیـچ زیبایـی می‌خـورد. کـت و دامـن کِرم‌رنـگ خوش‌دوختـی پوشـیده بود بـا کفشـی پاشـنه‌کوتاه و قهوه‌ای

۱- شخصیت زنِ کتاب «آینه‌های دردار» نوشتهٔ هوشنگ گلشیری

۲- یکی از شخصیت‌های کتاب «آینه‌های دردار»

که ظرافت فرانسوی‌اش توی چشم می‌خورد. برخلاف مستانه که با صدای بلند حرف می‌زد و با شوق و ذوق او را بغل کرده بود و می‌بوسید، به‌آرامی مستانه را بوسید و با من دست داد.

مستانه در کنارش نشست و من در کنار مستانه. مستانه مرا معرفی کرد و گفت: «مهرنوش نویسنده است. کتاب «آینه‌های دردار» را تازگی خوانده و تو را از آنجا می‌شناسد.»

لبخند ملایمی زد و گفت: «از کتاب خوشتان آمد؟»

چند دقیقه‌ای در مورد کتاب و گلشیری حرف زدیم، اما آمدن عدهٔ جدیدی بر سر میز صحبتمان را قطع کرد و تا آخر شب فرصتی نشد بحث را ادامه دهیم.

دو روز بعد به‌طور اتفاقی دیدمش. برای خوردن ناهار و دیدزدن فروشگاه‌ها به مال نزدیک محل کارم رفته بودم. در کنار ویترین مغازه‌ای ایستاده بود و به مانکن بی‌جان داخل ویترین که شلواری تنگ و جلیقه‌ای توری به تن داشت، نگاه می‌کرد. دو کیسهٔ بزرگ پلاستیکی با مارک «رابینسونز - می» در دستش بود.

به کنارش که رسیدم، گفتم: «سلام! چه اتفاق جالبی. شما اینجا چه‌کار می‌کنید؟»

سرش را به‌طرفم برگرداند و نگاه مرددی به من انداخت. بعد از یکی دو ثانیه مرا به یاد آورد و گفت: «اگر اشتباه نکنم شما را پریشب بعد از جلسهٔ سخنرانی دیدم.»

ـ آره، مهرنوش، دوست مستانه.

لبخندی زد و گفت: «شما هم برای خرید آمده‌اید؟»

ـ محل کارم به اینجا خیلی نزدیک است. گاهی ظهرها می‌آیم که هم قدمی زده باشم و هم ببینم اگر حراج خوبی باشد، خرید کنم.

ـ حالا یادم آمد، شما نویسنده‌اید!

ـ به‌طور آماتور، کار حرفه‌ای‌ام برنامه‌نویسی کامپیوتر است.

بعد بلافاصله اضافه کردم: «صحبت آن شبمان ناتمام ماند.»

مشتاق بودم بیشتر بشناسمش.

بدون آنکه منتظر جوابش بمانم گفتم: «ناهار خورده‌اید؟»

ـ نه.

ـ می‌خواهید برویم همین بغل با هم ناهار بخوریم؟

ـ کار شما چه می‌شود؟

ـ مهم نیست. می‌توانم ساعت ناهار را کش بدهم. بعدازظهر کار مهمی ندارم. فردا به‌جایش بیشتر می‌مانم.

با هم به طبقهٔ بالای مال که چند رستوران کوچک و تروتمیز داشت، رفتیم. با پیشنهاد من برای غذای چینی موافقت کرد.

ناهارمان که تمام شد، پرسیدم: «زندگی در پاریس چطور است؟»

ـ ای بد نیست. اما مثل اینکه شما اینجا راحت‌ترید.

ـ تا راحتی را در چه ببیند. اینجا امکان کارکردن و پول‌درآوردن برای خارجی‌ها بیشتر است، بنابراین سطح زندگی‌مان نیز بالاتر از ایرانی‌های کشورهای دیگر است، اما به‌همان اندازه هم بیشتر گرفتاریم و کمتر به کارهای فرهنگی می‌رسیم.

ـ این مشکل فقط مربوط به شما نیست. همه گرفتارش‌اند. به‌نظر می‌رسد کارهای فرهنگی در همه‌جا کم شده باشد. اما گویا اشکال شما در لس آنجلس این است که مردم برای دورِ هم جمع‌شدن و دیدن برنامه‌های ایرانی امکانات بیشتری دارند، بنابراین تعداد افرادی که به برنامه‌های فرهنگی می‌روند، کمتر می‌شود.

ـ شاید دلیلش تنها آن نباشد. به‌هرحال هرچه زمان دوربودن از

ایـران طولانی‌تر می‌شـود، ماهـا بـا کشـور میزبـان و فرهنگش بیشـتر اخت می‌شـویم و وقتِ آزادمـان تقسیم می‌شـود بیـن کارهـای مختلـف.

ـ خوب است که شما جنبهٔ مثبتش را می‌بینید.

برخـلاف ظاهـر سـرد و آرامَش، خیلـی زود صمیمـی شـد و هـر چـه صمیمی‌تـر می‌شـد، بـا هیجـان بیشـتری صحبـت می‌کـرد. موهایـش را به‌همـان فـرم دفعهٔ اول کـه دیـده بودمـش از یک طـرف در پشـت گوشـش زده بـود و از طـرف دیگـر روی گـوش. شـلوار سـاده‌ای پوشیده بـود با تی‌شـرتی سـفید. صندل‌هـای بی‌پاشـنه و بنـدی‌اش انگشـتان ظریـف پاهایـش را کـه لاک کم‌رنگی داشـتند، نشـان مـی‌داد. صورتش جوان‌تـر از آن بـود که تصور می‌کـردم. امـا تارهـای سـفیدی در لابه‌لای موهایـش دیـده می‌شـد که شـب اول متوجهـش نشـده بـودم.

ـ تـوی «آینه‌هـای دردار» خوانـده بـودم کـه دختـر بـزرگ دانشـگاهی داریـد. اصـلاً بـه شـما نمی‌آیـد.

ـ بله، دخترم حالا برای خودش خانمی است.

ـ در مورد آینه‌های دردار چه فکر می‌کنید؟

دوبـاره به حالـت بی‌تفاوتش برگشـت و به‌آرامـی گفت: «یک بار بیشـتر نخواندمـش. می‌خواهـم قبـل از آنکـه در مـوردش اظهارنظـری کـرده باشـم بـاز بخوانم.»

دلـم می‌خواسـت در مـورد ابراهیـم[1] بپرسـم، امـا بـا نـگاه سـردش مرا از دخالـت در زنـدگی خصوصـی‌اش بازداشـت. گفتـم: «قهـوه می‌خوریـد؟»

ـ اگر بشـود با آن سیگاری هم کشید، بدم نمی‌آید.

ـ فکر نمی‌کنم اشکالی داشته باشد.

از دکهٔ کوچک قهوه‌فروشـی کنار سـالن دو قهوهٔ غلیظ اسپرسـو خریدم و به

____

۱ـ راوی کتاب «آینه‌های دردار»

سـر میـز برگشـتم. گفتم: «شـما فرانسوی‌هـا به قهوهٔ آبکی مـا عـادت نداریـد.»

خنـدهٔ بلنـدی سـر داد و گفـت: «فقـط شـما آمریکایی‌هـا این‌جـور قهوه را می‌خوریـد.»

بـه حالـت صمیمـی و سرخوشـش برگشـته بـود. سـیگاری آتـش زد و قهـوه‌اش را سـر کشـید. مـن هـم قهـوه‌ام را خـوردم و بـا این قـرار کـه قبل از بازگشـتش دوبـاره ببینمـش، خداحافظـی کـردم و بـه سـر کار برگشـتم.

روز بعـد مسـتانه زنـگ زد کـه چنـد تـا از بچه‌هـا همـراه بـا صنم‌بانـو بـرای شـام خانـه‌اش هسـتند و مـرا هـم دعوت کـرد. مجلس زنانـه بود و پـر از هیاهو و صمیمیـت؛ مثـل خـود مسـتانه کـه هیچ‌وقـت آرام نمی‌دیدمـش. صنم‌بانـو قبـل از مـن آمـده بـود. چنـد نفـر احاطـه‌اش کـرده بودند. سـؤال‌ها بسـیار بود و بیشـتر در مـورد تـزش. در مـورد نویسـندگان زن ایرانـی می‌پرسـیدند. کدام را بیشـتر می‌پسـندد؟ زنـان بیشـتر بـه رؤیـا می‌پردازنـد یـا مـردان؟ حـد فاصل رؤیـا بـا واقعیـت چیسـت؟ و او بـا حوصلـه و آرام جـواب مـی‌داد. پاهایـش را، کـه در جـوراب کلفـت و مشـکی‌اش چـاق به‌نظـر می‌آمـد، روی هـم انداختـه بـود و پشـتش را صاف به پشـتی بلند صندلـی تکیه داده بـود. همه که آمدنـد، مسـتانه شـام را کشـید و مـا را بـه سـر میـز دعوت کـرد. موقع کشـیدن غـذا، صنم‌بانـو بشقاب‌به‌دسـت در کنـارم بـود. برایـش یـک کفگیـر از پلـو کـه دانه‌هـای قرمزرنـگ و شـفاف زرشـک‌هایش زیـر نـور چـراغ بـرق می‌زد، ریختـم. تشـکر کـرد و گفـت: «شـما سـاکتید؟ در بحـث شـرکت نمی‌کنید؟»

ـ بیشـتر دوست دارم نظرات شما را بشنوم.

ـ اما سؤالی نمی‌کنید.

ـ اولًا از سـؤال‌های دیگـران استفاده می‌کنـم. ثانیاً آنچه را من دوسـت دارم بپرسـم، شـما علاقـه‌ای بـه جواب‌دادنـش نداریـد.

به‌آرامـی گفت: « آینه‌های دردار و ابراهیم؟»

ـ این به‌طور خاص و نقش زن در کار نویسندگان ایرانی به‌طور عام.

ـ این سؤال بسیار کلی است و خیلی‌ها هم قبلاً به آن پرداخته‌اند. چیز جدیدی ندارم که به آن اضافه کنم.

ـ چرا نه؟ هرروز کتاب‌های جدیدی نوشته می‌شود و ذهنیت نویسندگان ما هم خوشبختانه مرتب دچار تغییر و تحول می‌شود و به‌همان نسبت نیز زن‌های داستان‌هایشان متفاوت می‌شوند.

ـ با حرف شما تا حدی موافقم.

ـ مثلاً در همین رمان «آینه‌های دردار» که به آن اشاره کردید، گلشیری به دو زن می‌پردازد که شاید قبلاً در هیچ‌کدام از نوشته‌هایش نبوده‌اند. مینا که دارای سابقۀ سیاسی است و بار انتقالِ خاطراتش را به نسل بعد بر دوش دارد و صنم‌بانو، زن خانه‌داری که تا قبل از انقلاب در ایران زندگی به‌ظاهر آرام زناشویی داشته و با شوهر ساواکی و روشنفکرش زندگی می‌کرده و بعداً که به خارج آمده، دیگر زیر بار آن زندگی نرفته و طلاق گرفته و به‌دنبال تحصیل و تحقیق رفته است و حالا در پاریس تنها و مستقل، هرچند هنوز با کمک مالی شوهر سابق خود، زندگی می‌کند. این تیپ زن در کارهای گلشیری یا به‌طور کلی در رمان‌های ایرانی تازگی ندارد؟

ـ منظورتان زن روشنفکر است؟

ـ دقیقاً.

ـ فکر می‌کنید از عهده‌اش برآمده است؟

ـ تا حدی.

لبخند تلخی زد و گفت: «یعنی من باید خوشحال باشم که دیگر آدم ناشناختۀ قبلی نیستم؟ یعنی هویتم را تا حدی به دست آورده‌ام؟ اما می‌بینید که گلشیری حتی حاضر نیست قبول کند من در اینجا مستقلاً زندگی می‌کنم. اصرار دارد که بگوید سعیدِ ساواکی، شوهر سابق من،

هنـوز از مـن حمایـت می‌کنـد. مثـل اینکه اسـتقلال مـن بایـد در یـک جایی به چیـزی منفـی مثلاً سـاواک، مرتبط باشـد.»

گفتـم: «چـرا فکـر می‌کنیـد گلشیـری یـا ابراهیـم بایـد شـما را بشناسـاند؟ او کـه به‌قول خـودش شـما را طـی زندگـی ادبـی‌اش تکه‌تکـه کـرده و هـر تکه‌تـان را بـه کسـی داده، گویـا زن‌هـا وقتی‌کـه تکه‌تکه‌انـد، قابل‌شـناخت‌تر یـا دوست‌داشـتنی‌ترند، و هیچ‌وقت هـم نتوانسـته شـما را به‌عنـوان یـک کل بشناسـد یـا قبـول کند؟ چـرا نویسـندگان زن ایـن کار را بـه عهـده نمی‌گیرند؟»

سـرش را بـالا گرفت، لبخنـد طنزآلـودی زد و گفت: «جواب این سـؤال را شـما بایـد بدهید. مگر شـما نویسـنده نیسـتید؟»

ـ مـن تازه‌کارم. زن‌های داسـتان‌های مـرا هنوز خیلـی جـدی نمی‌گیرند، حتـی گاهی بـه آن‌ها گـوش نمی‌دهند.

ـ پس شما به‌دنبال تأییدید؟

ـ نه، اما...

ـ شاید می‌ترسید؟

جواب خوبی به فکرم نرسید.

گفـت: «ایـن موضـوع بسـیار مهمـی اسـت کـه می‌شـود ساعت‌ها در مـوردش بحـث کـرد...»

مستانه همراه با یکی از تازه‌واردان صحبتمان را قطع کردند.

بعـد از شـام چنـد نفـر دیگـر هـم کـه قسـمت‌هایی از صحبت‌های سـر شـام ما را شـنیده بودنـد، وارد بحـث شـدند.

مسـتانه کـه تـازه نقدی از رضـا براهنی در مـورد کتاب خوانده بـود، گفت: «براهنـی، گلشـیری را محکـوم می‌کنـد کـه بـا ذهنیـت توده‌هـا آشـنا نیسـت و چـون بـا آن‌هـا آشـنا نیسـت، نمی‌توانـد آن‌هـا را به‌درسـتی بیـان کنـد. امـا در همـان نقـد وقتی‌کـه بـه صنم‌بانـو اشـاره می‌کنـد، دو سـه بـار ابراهیـم را

محکـوم می‌کنـد که عاشـق دختـری شـده که یک ساواکی را به او ترجیح داده است و ایـن نه‌تنها نشـان‌دهندهٔ بی‌اطلاعـی مطلـق براهنی اسـت از فرهنگی کـه دخترهـا را در سـن پانزده شـانزده سـالگی بـه ازدواج بـا اولین خواسـتگار می‌کشـاند، بلکـه بی‌اطلاعـی او را از رابطـهٔ پیچیـدهٔ عشـق و دوست‌داشـتن بیـن دو انسـان نشـان می‌دهد. او به کشـمکش‌های احساسـی و انسـانی آدم‌ها چـه زن و چه مرد آشـنا نیسـت.»

گفتـم: «گلشـیری خـودش هـم طی داسـتان بارهـا وقتی‌کـه بـه زندگی و روابـط آدم‌هـای خـارج از کشـور به‌خصـوص آن‌هایـی کـه سـابقهٔ سیاسـی دارنـد اشـاره می‌کنـد، بـا چنـد جملـه سروتـه مسـائل را به هـم می‌آورد و با صـدور یکـی دو حکـم کلـی قـال قضیـه را می‌کَنَد.»

یکـی از بچه‌هـا گفـت: «صنم، احسـاس تـو در رابطه با شـخصیت خودت در کتاب چیسـت؟»

صنـم گفـت: «بـرای مـن خیلـی جالب اسـت کـه ابراهیـم در ایـن کتاب به‌طـور غیرمسـتقیم و شـاید هـم ناآگاهانـه، اعتـراف می‌کنـد کـه مـن دیگر آن صنـم نیسـتم کـه مـرا به‌دلخـواه خـودش بسـازد، در جایگاهـی بگـذارد، آن را عبـادت کنـد و هـر زمان که خواسـت بشـکند و تکه‌تکـه کند؛ بتی کـه از خود اراده‌ای نـدارد و چیـزی نمی‌گویـد. گلشـیری می‌دانـد کـه مـن حـالا بیشـتر شـبیه الهـه‌ای‌ام کـه می‌توانـد بـه اطرافیانـش خشـم بگیـرد، بـا آن‌هـا مهربان باشـد، آن‌هـا را ببخشـاید، آن‌هـا را بـه زیـر قـدرت خـود بگیـرد یا بـه آن‌ها عشـق بـورزد. ایـن بـار گلشـیری اگر بخواهد در مـورد مـن چیـزی بنویسـد، می‌بایـد قهرمـان داسـتانش را آفرُدیـت۱، آرتمیس۲ یـا آتِنا۳ بنامد. شـاید موقع آن رسـیده باشـد که گلشـیری یا دیگران به‌جای رؤیـا، به واقعیت بپردازند.»

چشـمان قهوه‌ای‌رنگـش بـرق مـی‌زد و لبخنـد زیبایـی کـه دندان‌های سـفیدرنگ و ناصافـش را نشـان مـی‌داد، صورتـش را پوشـانده بود.

قـرار بـود روز بعـد بـه پاریـس برگـردد. از آنجایی‌کـه خانهٔ مـن نزدیـک فـرودگاه بـود، شـب بـا مـن بـه خانـه‌ام آمـد تا صبـح برسانمش.

در راه سـرحال به‌نظر می‌رسید. همان‌طور کـه رانندگی می‌کـردم، گفتـم: «می‌دانـم زیـاد علاقـه‌ای نـداری در مسـائل خصوصـی‌ات دخالت کنم، اما برایـم جالـب اسـت بدانم آخرین شـبی کـه ابراهیم در پاریـس بود، تـو واقعاً شـرایطی را به‌وجـود آوردی کـه او شـب را بـا تـو بگذراند؟»

ـ چرا می‌خواهی بدانی؟

ـ در طـول داسـتان مـا بـا ایـن واقعیت کـه ابراهیم عاشـق صنم بـوده و ایـن عشـق را در تمـام زندگی‌اش بـا خـود داشـته، آشـنا می‌شـویم و حتی می‌بینیـم وقتی‌کـه صنـم را در پاریـس می‌بیند، هنوز این کشـش یا جذبه در او هسـت امـا به احسـاس صنم به ابراهیـم زیاد پرداختـه نمی‌شـود. البته در جاهایـی می‌بینیـم کـه بی‌اعتنـا نبوده، کششـی به‌همـان مقدار کـه وقتی یک نفـر می‌بینـد موردتوجـه کسـی اسـت، بـه او پیدا می‌کنـد. حالا چه می‌شـود کـه در آخـر داسـتان بـدون مقدمـه و به‌دنبال یـک سـری صحبت‌هـای جدی کـه نمی‌توانـد به‌تنهایی احسـاس و عاطفه‌ای را بیـن دو نفر به‌وجـود بیاورد، می‌بینیـم صنـم شـرایطی را به‌وجـود مـی‌آورد کـه ابراهیـم شـب را بـا او بگذرانـد و حتـی به او پیشـنهاد مانـدن در پاریس و زندگی مشـترک می‌دهد.

صنم گفت: «تو چه فکر می‌کنی؟»

گفتـم: «مطمئـن نیسـتم. به‌نظرم می‌رسـد که بیشـتر رؤیایی مردانه است یـا چیـزی در ادامهٔ همـان ذهنیتِ رایـج در مـورد زنِ به‌خارج‌آمده و مسـتقل کـه گویـا لزومـاً می‌بایـد در جسـت‌وجوی زندگی آزاد جنسـی هم باشـد.»

بـه فکـر فرو رفت. ترسـیدم دوبـاره بـه همان حالـت سـرد و بی‌اعتنای

سابقش فرو رود. مصرانه پرسیدم: «این‌طور نیست؟»

برگشت نگاهی به من انداخت. لحظه‌ای تردید را در چشمانش دیدم. گفت: «جواب مشخصی برایت ندارم. می‌تواند مجموعه‌ای از حرف‌های تو یا ابراهیم باشد یا شاید هم فقط رؤیا و خواب و خیال شخصی گلشیری.»

فصل توریستی تمام شده بود و فرودگاه زیاد شلوغ نبود. چمدان‌ها را به بار دادیم. هواپیمایش ایرفرانس بود که از گیت شمارهٔ B14 پرواز می‌کرد. از پله‌ها بالا رفتیم و از پست بازرسی فرودگاه که چند دختر و پسر سیاه‌پوست اداره‌اش می‌کردند، گذشتیم. دیر شده بود. آخرین مسافران داشتند سوار می‌شدند که رسیدیم. روبوسی کردیم و از هم جدا شدیم. بارانی کِرم‌رنگی روی بازویش انداخته بود و از شانه‌اش چمدان سبکی آویزان بود. موهایش را از پشت با کش باریک مشکی و طلایی‌ای بسته بود. صورتش آرایش نداشت و لکه‌های قهوه‌ای کم‌رنگی جابه‌جا روی پوست صورتش به چشم می‌خورد. بلیتش را به دست مهماندار داد و قبل از آنکه به راهرو بلند و باریکی که او را از چشم دور می‌کرد وارد شود، برگشت و لبخند ملایمی زد و برخلاف انتظارم به‌طرفم بازگشت، دست‌هایش را دور شانه‌ام حلقه کرد، مرا در آغوش گرفت و گونه‌هایم را بوسید. بعد دست‌هایم را در دست‌های ظریفش گرفت و با مهربانی در چشم‌هایم خیره شد و گفت: «به امید دیدار مجدد.»

از دیدرسم که دور شد، به کنار پنجرهٔ کنار سالن رفتم. هواپیما آن‌چنان نزدیک بود که می‌شد داخلش را به‌راحتی دید. به‌آرامی از راهرو وسط هواپیما گذشت و به‌تنهایی روی یکی از صندلی‌های سه‌نفره نشست.

۱۹۹۳

آن تابستان[1]

مامـان عـادت داشـت موقـع پاک‌کـردن سـبزی یـا خیاطی‌کـردن زیـر لـب زمزمـه کنـد. صـدای قشـنگی نداشـت، امـا غمگیـن و دلسـوز می‌خوانـد. گاهـی هـم شـروع می‌کـرد بـه اشک‌ریختـن. یـک بیـت از شـعری را کـه معمـولاً می‌خوانـد هنـوز بـه خاطـرم مانـده:

درخت سبزی بودم کنج بیشه، تراشیدن مرا با ضرِب تیشه

امـا در تمـام طـول آن تابسـتان، مامـان دیگـر آن آواز را نخوانـد و مـا اشک‌هایش را ندیدیـم. هیچ‌وقـت او را بـه‌خوش‌حالی آن تابسـتان ندیده بودم.

اوایـل تابسـتان یـک روز تلفـن زنـگ زد. مامان گوشـی را برداشـت. بعد از چنـد ثانیـه دیـدم صورتش پـر از خنـده شـد: «قربونتون برم، کـی اومدین؟ چـرا زودتـر خبـر ندادیـن؟» بعـد دسـتش را روی دهنـی تلفـن گذاشـت و رو بـه مـن و سـیمین و آقاجـون کـه بـا تعجـب نگاهـش می‌کردیـم، گفـت: «زینب‌خاتونـه» و برگشـت سـر تلفـن. صحبتش که تمام شـد، آمـد به‌طرف مـا و بـا خوش‌حالی، امـا گله‌آمیـز، گفـت: «یک هفته‌سـت اومـدن تهرون و تازه حـالا خبـر مـی‌دن!»

۱- این داستان در سال ۱۹۹۶ در نشریهٔ زنان (به‌سردبیری شهلا شرکت) در تهران منتشر شد.

زینب‌خاتون خواهر بزرگ‌تر مامان بود که با بقیهٔ فامیل‌های او در بیرجند زندگی می‌کرد.

آقاجون همان‌طور که سرش توی روزنامه بود، پرسید: «حالا چی شده اومدن تهرون؟»

مامان گفت: «کل‌غلامعلی پشتش سر کار صدمه دیده، بیکار شده، اومده تهرون شاید کاری پیدا کنه.» صدایش شادی چند لحظهٔ قبل را نداشت.

من پرسیدم: «پشتش چرا صدمه دیده؟»

مامان گفت :«نمی‌دونم، شاید بار سنگین برداشته یا از داربست افتاده پایین.»

سیمین که داشت کتاب می‌خواند، پرسید: «مگه چه‌کاره‌ست؟»

مامان زیر لب گفت: «معماره.»

من پرسیدم: «معمار چه‌کار می‌کنه؟»

آقاجون سرش را از لای روزنامه برداشت و گفت «بنّایی.»

مامان گفت: «نخیر، نقشهٔ ساختمان رو می‌ده، بناها می‌سازن.»

آقاجون پوزخندی زد و گفت: «یعنی وقتی نقشه می‌کشیده، از داربست افتاده پشتش صدمه دیده؟»

سیمین شروع کرد به خندیدن. مامان سرش را انداخت پایین و جواب نداد. بعد از چند دقیقه گفت: «این جمعه میان اینجا.»

روز جمعه قبل از اینکه ما بیدار شویم، مامان خانه را جارو و گردگیری کرده بود، غذای ظهر را بار گذاشته و حمام کرده بود. من و سیمین که از خواب بیدار شدیم، آب‌گرم‌کن داشت دوباره گرم می‌شد. صدای هُرهُرش آشپزخانه را برداشته بود. مامان به من و سیمین گفت: «صبحونه‌تون رو که خوردین، فوری می‌رین حموم. امروز خاله‌زینب‌اینا میان.»

من با خوشحالی پرسیدم: «با هر سه تا دختراش؟»

مامان همان‌طور که استکان چای را جلوی آقاجون می‌گذاشت، گفت: «حالا چهار تا دختر داره و یه پسر.»

آقاجون گفت: «اینا که نون ندارن بخورن، معلوم نیست چرا این‌قدر بچه پس می‌ندازن.»

مامان رویش را کرد به سیمین که داشت روی اولین تکهٔ نانش کره می‌مالید و گفت: «چقدر فس و فس می‌کنی؟ زودتر صبحونه‌تو بخور و برو حموم.»

سیمین که عزیزدردانهٔ آقاجون بود و همیشه با مامان یکی‌به‌دو می‌کرد، گفت: «چرا من اول برم؟ زرین بره.»

من گفتم: «چرا من برم، تو که بزرگ‌تری و باید همهٔ کارها رو اول بکنی، حموم هم اول تو برو.»

مامان گفت: «زیاد یکی‌به‌دو نکنین. زود باشین کم‌کم موقع اومدنشونه.»

آقاجون گفت: «خانم این‌قدر سربه‌سر بچه‌ها نذار. روز جمعه‌ست، بذار راحت باشن.»

مامان در حال چشم‌غُره‌رفتن به من و سیمین، از در بیرون رفت. من صبحانه‌ام را زود تمام کردم و رفتم حمام، اما از لجم شیر آب گرم را آن‌قدر باز گذاشتم تا آب سرد شد.

نزدیکی‌های ظهر، خاله‌زینب با خانواده‌اش رسیدند. زنگ که زدند، مامان بعد از اینکه اِف‌اِف را زد نتوانست طاقت بیاورد و از خوشحالی، سه طبقه را با عجله رفت پایین تا زودتر ببیندشان. آقاجون از جایش تکان نخورد. من هم پشت سر مامان دویدم پایین. وقتی که رسیدم، مامان و خاله‌زینب دست‌هایشان را انداخته بودند گردن هم، قربان‌صدقهٔ همدیگر می‌رفتند و گریه می‌کردند. خاله‌زینب من را که دید، با آن لهجهٔ غلیظ

بیرجندی‌اش گفت: «خالهَ جان قربونت گردم تو زرینی یا سیمین؟»

گفتم: «من زرینم.»

خاله‌جون گفت: «ماشاالله، چقدر بزرگ شدی.»

بعد با دست آزادش من را بغل کرد و شروع کرد به بوسیدنم. توی بغل خاله‌جون یک پسربچهٔ تُپل‌مُپلِ درشت‌هیکل بود. پشت سرش، چهارتا دخترهایش، شوهرش کل‌غلامعلی و برادرشوهرش حسین‌آقا، که تا به‌حال ندیده بودمش، وارد شدند. کل‌غلامعلی شب‌کلاهی سرش بود که داخل خانه آن را برداشت و کچلی سرش پیدا شد. من فکر کردم حتماً بیرجندی‌ها به کچل می‌گویند کَل. تا رسیدیم بالا، خاله پستان‌های لاغر و درازش را از یقهٔ پیراهنش بیرون آورد و گذاشت توی دهن بچه. آقاجون که هنوز مجله‌اش را می‌خواند، از جایش بلند شد و با کل‌غلامعلی و حسین‌آقا دست داد و با خاله سلام‌علیک کرد و دوباره برگشت سر مجله‌اش. سیمین که مثل من از بوسه‌های خاله‌جون و ماچ آبدار کل‌غلامعلی بی‌نصیب نمانده بود، با دلخوری نگاهی به دخترهای خاله‌زینب انداخت که پیراهن‌های چیت گل‌دار پوشیده بودند و رفت توی اتاق‌خواب و تا موقع ناهار بیرون نیامد. کبرا، صغرا و شوکت، دخترهای خاله‌جون که هم‌سن‌وسال من و سیمین بودند، روسری سرشان بود و زیرِ پیراهنشان شلوار پوشیده بودند. مرضیه که کوچک‌تر بود، روسری سرش نبود، ولی شلوار به پا داشت. احمدکوچولو هم با آب دماغ سرازیرشده مرتب به سینه‌های خاله‌جون مک می‌زد. کل‌غلامعلی و حسین‌آقا مؤدبانه در کنار اتاق چهارزانو نشسته بودند. آقاجون چندبار سرش را از روی مجله‌اش برداشت و از کار و بار کل‌غلامعلی و اوضاع بیرجند پرسید. مامان رفت آشپزخانه ترتیب ناهار را بدهد. خاله‌جون هم احمد را داد دست کبرا و دنبال مامان به آشپزخانه رفت.

چنـد دفعـه کـه به آشپزخانه رفتـم دیدم کـه مامان و خاله‌جون بـا لهجۀ بیرجنـدی و تنـد و تنـد با هم حـرف می‌زنند. خیلـی دلم می‌خواست بدانم در مـورد چـی حـرف می‌زننـد، امـا مامـان آن‌قـدر خوش‌حـال بـود کـه دلم نیامد حرفشان را قطـع کنم.

در سرتاسـر آن تابسـتان، تقریبـاً هـر یک‌جمعه‌درمیان، خاله‌زینـب بـا بچه‌هایـش بـه خانۀ مـا می‌آمدنـد. کل‌غلامعلـی در شـاه عبدالعظیـم، در یـک کارخانـۀ آجرپـزی کاری گیـر آورده بـود و کمتـر می‌آمد. خاله‌جـون، همیشـه برایمـان رشـتۀ خانگی می‌آورد و خـودش بـا مامـان می‌رفتند تـوی آشـپزخانه و مشـغول پختـن آش و درددل‌کردن می‌شـدند. آقاجـون غذایـش را کـه می‌خـورد، می‌رفـت تـوی اتـاق و می‌خوابیـد. بعـد بلنـد می‌شـد چایـش را می‌خـورد و از خانـه بیـرون می‌رفـت. بعـدش هـم تا دو سـه روز بـرای مامـان اخم‌هایـش را در هـم می‌کـرد. اما مامان رعایتـش را می‌کرد و جـواب اشـاره و کنایه‌هایـش را نمی‌داد.

گاه‌گـداری مامـان می‌رفـت سـروقت لباس‌هـای مـن و سـیمین و آن‌هایـی را کـه کهنـه یا کوچـک بودنـد، می‌داد بـه خاله‌جون بـرای بچه‌ها. مـن کـه خیلـی خوش‌حـال می‌شـدم. مامـان قبـلاً لباس‌های کوچک‌شدۀ سـیمین را می‌داد بـه من.

مامـان و خاله‌جـون بعـد از ناهـار تـوی اتاق کنـار هم دراز می‌کشیدنـد و از خاطـرات بچگی‌شـان صحبـت می‌کردند. مـن و کبرا و صغـرا بازی‌مان را ول می‌کردیـم و می‌رفتیـم بغل‌دستشان دراز می‌کشـیدیم و گـوش می‌دادیم. مـن هیچ‌وقـت فکـر نمی‌کـردم مامـان موقـع بچگی آن‌قـدر شـیطان و زرنگ بـوده. وقتـی بابابـزرگ زنـده بوده، باغـی بزرگ و پـر از درخت انگور داشتند کـه جـوی آبـی پـر از ماهی‌های کوچـک از وسطش رد می‌شـده. خاله‌جون می‌گفـت مامـان بـا بچه‌هـا شرط‌بندی می‌کـرد و ماهی‌هـا را زنده‌زنـده

قـورت مـی‌داد. بعضـی وقت‌هـا هـم همـراه با دایـی بزرگـم می‌رفتـند بالای درخت‌هـا و از تـوی لانـهٔ کبوترهـا تخم‌هـا را درمی‌آوردنـد و می‌خوردنـد. یکـی از خاطراتـی را که من از همه بیشـتر دوسـت داشـتم، مـال موقع جنگ بـود که روس‌هـا ریختـه بودند تـوی بیرجنـد. بی‌بی‌جـون همیشـه بچه‌ها را از سـربازها می‌ترسـانده. یـک روز دوتـا سـرباز موبـور و چشـم‌آبی می‌آینـد دِم خانه‌شـان و بـه درخت‌هـای انگـور اشـاره می‌کننـد و بعـد دستشـان را می‌برنـد نزدیـک دهانشـان. خاله‌زینـب در را می‌بنـدد و بـه مامـان می‌گوید محلشـان نگـذارد. اما مامـان از درخـت انگـور می‌چیند و به آن‌ها می‌دهد و بعـدش هـم از بی‌بی‌جـون یـک کتـک حسـابی می‌خورد.

آن سـال تابسـتان، جمعه‌ها، خانهٔ ما پر بود از بوی سـیرداغ و سـروصدای بچه‌هـا و خوشـحالی و قهقهه‌های مامان.

یکـی از جمعه‌هـای اوایـل پاییـز، نزدیکی‌هـای ظهـر، زنگِ درِ خانـه به صـدا درآمـد. منتظر کسـی نبودیم. بدری‌خانـم، دختـر عمویِ آقاجـون بود بـا دوتـا دخترهایش، پروانـه و پرخیده. آقاجـون فوری روزنامه‌اش را بسـت و از جایـش بلنـد شـد و با خوشـحالی گفـت :«به‌به، خـوش اومدیـن. اما چرا این‌طـور بی‌خبـر؟ چرا زنـگ نزدیـن منتظرتون باشـیم؟»

بدری‌خانـم کـه صـورت گـرد و تُپُل مُپلـی داشـت، بـا خندهٔ پُرعشـوه‌ای کـه دوتـا چال کوچک روی صورتـش باقی می‌گذاشـت، گفت: «پسـرعمو، نمی‌خواسـتیم مزاحـم بشـیم. اگر زنـگ می‌زدیـم بـه زحمـت می‌افتادیـن.»

آقاجون گفت: «این حرف‌ها چیه، شما مراحمید، مُزاحم چیه.»

بعـد بـا عجلـه رفـت تـوی اتـاق شلـوارش را روی پیژامه‌اش پوشـید. من و سیمین، همیشـه از آمـدن بدری‌خانـم خوشـحال می‌شـدیم، چـون پروانه و پرخیـده کـه هرکـدام یکـی دو سـال از مـا بزرگ‌تـر بودنـد، معمـولاً خیلی حـرف بـرای گفتـن داشـتند. مامان رفـت تـوی آشپزخانه چای درسـت کند.

آقاجـون بهدنبالـش رفت و به مامـان گفت: «سـریع یـه برنـج بـذار، منـم مـیرم گوشـت بخـرم بـرای ناهـار چلوکبـاب درسـت کنیم.»

آنروز مامـان بـرای ناهـار آبگوشـت بـار گذاشـته بـود. آقاجـون کـه از در رفت بیـرون، مامـان زیـر لـب و بـا حـرص گفـت: «اگـه نمیخواسـتین مزاحـم بشـین، پـس چـرا بعـد از ناهـار نیومدیـن!» بعـد از کمـد ظرفهـا، سـری گیرههـای نقـره را درآورد و استکانها را در آنهـا جـای داد و چـای ریخـت. مامان جلـو بدریخانم خیلی رودروایسـتی داشـت. هـر وقت قرار بـود بیاینـد، از چنـد روز قبـل تـدارک میدیـد. مامـان آنوقتهـا بـا وجـود اصـرار مـن و سـیمین هنـوز چادرش را بـر نداشـته بـود، امـا وقتی بـه خانۀ بدریخانـم میرفتیم، سـر کوچه چادرش را از سـر برمیداشـت و در سـاک دسـتیاش میگذاشـت. بعـد یک حلقـه از موهای فِـردارش را تاب قشـنگی مـیداد و بـه جلو پیشـانی میآورد. آقاجـون بعـد از نیمسـاعت با دسـتهای پر از میوه و شـیرینی و گوشـت برگشـت و فوری بـرای آمادهکردن کباب رفت بـه آشـپزخانه. مـن و پروانـه و پرخیـده رفتیم تـوی اتاق. مامان هـم مشغول آمادهکـردن مخلفـات ناهـار شـد. سـیمین تـوی هال پیـش بدریخانـم ماند تـا سـفره را بچیند.

مـن و پروانـه تـوی اتـاق از پنجره خـم شـده بودیـم و آدمهای تـوی خیابان را نـگاه میکردیـم. تـازه بـوی کبـاب در خانـه پیچیده بـود که چشـم افتاد به سـرِ کچلِ گَلغلامعلـی کـه از اتوبـوس پیاده میشـد. شـبکلاه سـرش نبود و کلـهاش بـرق میزد. بهدنبـال او خالهجـون احمدبهبغـل، و بعد هـم کبـرا و صغـرا و شـوکت و مرضیـه از اتوبـوس پیاده شـدند. کبـرا و صغـرا دوتـا از لباسهـای مـن و سـیمین را کـه پارچـهاش را بدریخانـم از مکـه آورده بـود، پوشـیده بودنـد و روسریهاشـان را محکـم زیر گلو گره زده بودنـد. من فوری رفتـم آشـپزخانه و تـوی گوش مامـان گفتـم: «خالهجـون اینـا دارن میان.»

مامان رنگش پرید و گفت: «از کجا می‌دونی؟»

گفتم: «از پنجره دیدم، از اتوبوس پیاده شدن.»

آقاجون رو کرد به من و مامان و گفت: «چه خبره؟»

مامان هاج‌وواج مانده بود.

من گفتم: «خاله‌جون اینا دارن میان.»

آقاجــون یـک لحظـه ساکت مانـد و بعـد بـا لحـن خشـنی بـه مامـان گفـت: «بـرو ردشـون کـن بـرن.»

قیافهٔ آقاجــون بـا چاقوی خونی در یک دسـت و یک تکه گوشـت راسـته در دسـت دیگـر، ترسـناک شـده بـود. مامـان بـه مـن نـگاه کرد. چشـم‌هاش پـر از اشـک بـود. مـن ساکت بودم. صـدای سیمین و بدری‌خانـم و پرخیده کـه داشـتند بـا هـم صحبـت می‌کردنـد، تـوی آشـپزخانه پیچیـده بـود. یک لحظـه چیـزی بـه فکـرم رسـید و گفتم: «مامـان من مـی‌رم پایین.» بـا عجله از آشـپزخانه آمـدم بیـرون پله‌هـا را دوتا یکی رفتـم پاییـن. تـازه بـه دم در رسـیده بودنـد کـه مـن هـم رسـیدم. قبـل از اینکـه زنگِ در را فشـار بدهند، رو کـردم بـه خاله‌جـون و گفتـم: «مامـان بـا سیمین رفتـن بیـرون و تا شـب نمیـان. آقاجـون بـا چندتـا از دوستاش دارن ورق‌بازی می‌کنن.»

خاله‌زینـب بـه کل‌غلامعلـی نـگاه کـرد و منتظـر عکس‌العمـل او شـد. قبـل از اینکـه کل‌غلامعلـی حرفـی بزنـد، گفتم: «آقاجون کلی پـول باخته، عصبانیـه.» بعـد پریـدم بغـل خاله، چندتا بوسـش کـردم و گفتم: «بـه مامان می‌گـم شـما اومـده بودیـن.» و برگشـتم به‌طـرف خانه.

خاله‌جـون از پشـت سـرم داد زد: «بـه مامـان بگو ما سه‌شـنبه برمی‌گردیم بیرجند.»

مـن یـک لحظـه سـر جایم ایسـتادم. امـا قبل از اینکه پشـیمان بشـوم، پله‌هـا را دوتا یکی برگشـتم بـالا، مسـتقیم رفتـم بـه آشـپزخانه و بـدون

اینکه به آقاجون نگاه کنم، به مامان گفتم: «رفتن.»

بعد از رفتن بدری‌خانم، وقتی مامان داشت ظرف‌ها را می‌شست، بهش گفتم که خاله‌جون چی گفت. مامان شروع کرد به اشک‌ریختن و تا فردا صبحش حتی یک کلمه حرف نزد.

روز بعد داشتم آماده می‌شدم بروم مدرسه که مامان یواشکی گفت: «من امروز دارم می‌رم خونهٔ خاله. به آقاجون هیچی نگو.»

گفتم: «مگه آدرسشون رو بلدین؟»

گفت: «نه. اما آدرس حسین‌آقا رو دارم، می‌رم اونجا آدرسشونو می‌گیرم.»

گفتم: «منم میام.»

گفت: «نه، تو باید بری مدرسه.»

گفتم: «شما که تابه‌حال تنهایی شاه عبدالعظیم نرفتین، چه‌جوری می‌خواین برین؟»

آقاجون که داشت آماده می‌شد برود اداره، متوجه ما شد و گفت: «چیه یواشکی پچ‌وپچ می‌کنین؟»

من گفتم: «سرم خیلی درد می‌کنه فکر کنم تب دارم.»

مامان فوری دستش را روی پیشانی‌ام گذاشت و با لحن نگرانی گفت: «مثل آتیش داره می‌سوزه. امروز لازم نیست بری مدرسه، بمون خونه.»

آقاجون گفت: «خانم همین‌طوری بچه‌ها رو لوس می‌کنی. مدرسه نرو چیه؟ مثل خودت بی‌سواد بار میان.» اما دیگه پاپیچ نشد و از در بیرون رفت. من و مامان فوری صبحانه‌مان را خوردیم، مامان یک بقچهٔ بزرگ لباس که برای بچه‌های خاله پیچیده بود، دست من داد و با هم آمدیم بیرون. سر خیابان یک تاکسی گرفتیم و رفتیم شاه عبدالعظیم.

آن روز خاله‌جون یک آش رشتهٔ خیلی خوشمزه و پر از سیرداغ برایمان درست کرد که مزه‌اش تا مدت‌ها زیر دندانم بود. مامان هم به

کل‌غلامعلـی، کـه دوبـاره بیکار شـده بـود، پول داد که از سـر خیابـان کباب کوبیـده بـا ریحان تـازه و دوغ بخرد و همگی بـا هم خوردیـم. بعدازظهر من و مامـان قبـل از آمـدن آقاجون بـه خانه برگشـتیم.

۱۹۹۴

کتاب دوم

مجموعه‌داستان
کلارا و من

فرخ لقا، دخترِ پطرُس شاه فرنگی [1]

همه‌چیـز برایـم چـون خـواب و خیـال بـود. بـاورم نمی‌شـد در تهران باشـم. بعـد از آن‌همـه سـال برگشتـه بـودم. دلـم می‌خواسـت بـه همـهٔ جاهایـی کـه زمانـی زندگـی کـرده بـودم و بـه همـهٔ آدم‌هایـی کـه خاطـره‌ای از آن‌ها داشـتم، سـر بزنـم. در فـرودگاه، و بعـد در خانـه، عدهٔ زیـادی منتظرم بودند؛ بسـتگان و دوسـتانی کـه مدت‌هـا منتظـر بـودم ببینمشـان، حـالا برایـم غریبـه بودند. روزهـای بعـد هـم چهره‌هـا و اماکنـی را دیـدم کـه برایـم ناآشـنا بودنـد؛ زنان و شـوهرانِ دوسـتانی کـه ازدواج کـرده بودنـد و بچه‌هایـی کـه دیگـر بچـه نبودند و تهـران کـه دیگـر نمی‌شـناختمش و در خیابان‌هایـش گـم می‌شـدم.

چنـد روز بعـد به‌طرف شـیراز پـرواز کردم. شـیراز هـم دیگر شـاد و زیبا و بی‌خیـال نبود.

دلـم بـرای دیدن خیابان‌هـا و آشـنایان قدیم پـر می‌زد، ولی سـراغ هـر کـه را از مـادرم می‌گرفتـم، یا کـوچ کرده بـود یا مـرده بود، یا آدرسـش را گـم کـرده بودند.

باقر آخرین امیدم بود. مادرم قول داد مرا به محل کارش ببرد. حالا می‌بایست حداقل پنجاه‌ساله باشد، اما در خاطرم هنوز پسربچهٔ چهارده پانزده ساله‌ای بود با چشم‌های تنگِ مغولی و گونه‌های ظریف و ریشی که روی چانه‌اش دانه زده بود.

اولین‌باری که او را دیدم ده دوازده سال بیشتر نداشت. پدرم در برگشت از سفری اداری او را با خودش به خانه آورده بود. در قهوه‌خانه‌ای به سراغ پدرم رفته بود و پیشنهاد کرده بود در ازای غذا و مکان، در خانهٔ ما کار کند. به‌تنهایی از زادگاهش که شهری نزدیک به خلیج فارس بود، برای پیداکردن آب و نانی و کشف زندگی، و شاید هم تنها برای ماجراجویی، به شیراز آمده بود. از ماجراها و افراد عجیب و غریبی که سر راهش با آن‌ها روبه‌رو شده بود، داستان‌هایی می‌گفت که ما همهٔ آن‌ها را باور می‌کردیم. در آن روزها برای من، خواهر و برادرم که به‌ترتیب هشت، شش و ده ساله بودیم، باقر شخصیتی احترام‌برانگیز و حیرت‌آور بود. ما او را به چشم یک قهرمان می‌دیدیم. همیشه داستانی داشت که برایمان تعریف کند. داستان‌های هزار و یکشب، حسین کُرد شبستری، سمک عیار، جمشیدشاه و امیرارسلان نامدار؛ قصه‌هایی که از قبل می‌دانست یا از روی کتاب‌هایی که با دستمزد ناچیزش می‌خرید، می‌خواند. باقر در هر فرصتی که در میان کارهای خانه به دست می‌آورد، زمانی که از خرده‌فرمایش‌های مادر و پدرم چند دقیقه‌ای آزاد می‌شد یا شب‌ها وقتی‌که همهٔ ما به خواب می‌رفتیم، به زیرزمین مرطوب خانه‌مان، که محل خوابش بود، می‌رفت و کتاب می‌خواند. ما منتظر می‌ماندیم که کتاب تمام شود و باقر آن را برایمان تعریف کند. ظرف که می‌شست یا مادر که برای خرید نان روانه‌اش می‌کرد، ما هرسه به دورش جمع می‌شدیم و به داستان‌هایش گوش می‌دادیم.

زمانی که بعد از مدت‌ها انتظار، کتاب امیرارسلان نامدار را خرید، آن‌چنان هیجان‌زده بود که نمی‌توانست صبر کند تا کتاب تمام شود:

اما راویان اخبار و ناقلان آثار و طوطیان شکرشکن شیرین‌گفتار و خوشه‌چینان خرمن سخن‌دانی و صرافان سر بازار معانی، توسن خوش‌خرام سخن را بدین‌گونه به جولان در آورده‌اند که در شهر مصر... اسم او را امیرارسلان گذاشتند... همین که خواندن و نوشتن فارسی و عربی را یاد گرفت، او را به معلم فرنگی سپردند... تا اینکه در جمیع علوم به حد کمال رسید و با تمام علمای مصر مباحثه می‌کرد... و اگر حرف می‌زد، کسی نمی‌دانست که رومی یا فرنگی است و... هفت زبان را به‌خوبی می‌دانست... در مدت دو سال چنان سواری شد که با صد سوار شمشیرزن مقابله می‌کرد... بسیار قوی‌پنجه و شجاع و باصلابت و پردل شده بود... تمام مرد و زن مصر اسیر دام زلفش بودند...

ماه‌های بعد تمام هوش و حواس باقر به‌دنبال امیرارسلان بود. ما هم همراه با او، به دنیای جنگ‌ها و رشادت‌ها، عشق‌ها و عاشقی‌ها، شکست‌ها و پیروزی‌های امیرارسلان و به دنیای پر رازورمز دیوان و پریان، عفریت‌ها و جادوگران و جنگ بین خوب و بد وارد شدیم.

وقتی امیرارسلان، برای اولین‌بار به جنگ رفت، باقر هم شمشیری از چوب درست کرد و همراه با او وارد کارزار شد:

ارسلان بند دست او گرفته... چنان بر فرقش نواخت که... مرد و مرکب به خاک افتادند...

اوج داستان و درگیری باقر با امیرارسلان از وقتی شروع شد که امیرارسلان بعد از پیروزی بر قوای کشور فرنگ به پادشاهی روم رسید و در کلیسایی تصویری از فرخ‌لقا، دختر پطرس‌شاه فرنگی، دید:

در عقب پرده چشمش به پانزده‌ساله دختری افتاد که مثل ماه آسمان

نـور بر زمیـن انداخته، از حسـن و ترکیـب و وجاهـت و ملاحـت و قد و ترکیب در ایـن کرهٔ ارض شبیه ندارد. به مجـرد اینکه چشـم امیرارسـلان به ایـن پـردهٔ تصویـر افتـاد، دل و جـان و عقـل و هـوش و خـرد را به تـاراج داد، به‌قدر دو ساعت مات بـود و خیـره تصویـر را نگاه می‌کرد.

یکـی از شـب‌ها کـه بـرای صداکـردن او رفتـه بـودم، دیـدم جلـوی تصویـری از یـک دختـر زیبـا بـا موهـای بلنـد و پرچین‌وشـکن ایسـتاده و به آن خیـره شـده.

... پـردهٔ تصویـر را در مقابـل خـود روی زمیـن نهـاد، کم‌کم شـور عشـق در سرش نشئه کـرد، به‌یک‌بـار صـدای فریـادش بلنـد شـد که

ای یار بی‌وفا

ای گل تازه که بویی ز وفا نیست ترا

خبر از سرزنش خار جفا نیست ترا

رحم بر بلبل بی‌برگ‌ونوا نیست ترا

...ای بی‌مروت تو در عمـارت حـرم پـدرت آسوده‌خاطر بـه عیـش مشغول و خبر از درد دل عاشـق بیچاره و گرفتاری او نداری، که در فراقت خواهـد مـرد، ای یار مهربـان مـن...

مـادر بعـد از دو سـه روز کـه از دیدوبازدیدهـا سـرش خلوت شـد، به قولش وفـا کـرد و بـرای پیداکـردن باقـر، با مـن به راه افتـاد. باقـر متولی امام‌زاده‌ای شـده بـود که در کنار شـاه‌چراغ قـرار داشـت. در آنجا سـراغ او را از هر کس گرفتیـم، خبـری از او نداشـت. بالاخـره فاتحه‌خوان پیری که همـکارش بود، گفـت کـه ناراحتـی قلبی دارد و مدت‌هاسـت کـه به سـر کار نیامـده. بعد ما را بـه دیگـری حوالـه داد و او بـه دیگری، تا اینکـه آدرس خانـه‌اش را از قاری کـوری به دسـت آوردیم.

از وقتـی باقـر خوانـدن کتاب امیرارسـلان را شـروع کـرد، علاقۀ مـا به او چنـد برابر شـد. مرتـب دنبالش بودیم و می‌خواسـتیم که بیشـتر تعریف کند. بـه دکان نانوایـی کـه می‌رفتیـم، بـه باقر التمـاس می‌کردیـم نوبتـش را به نفر بعـدی بدهـد. به جاهای حسـاس داسـتان کـه می‌رسـید، کامـلاً هیجان‌زده می‌شـد، از صـف نانوایـی بـه وسـط خیابـان می‌آمـد تـا نقـش امیرارسـلان نامـدار را بـازی کنـد یـا بـا آهنـگ صدای شـمس وزیـر و قمـر وزیـر و مادر فـولادزره ماجراهای کتـاب را برایمـان بگویـد.

مـا بی‌صبرانـه منتظر روزهایـی بودیم کـه پـدر و مـادرم از خانـه بیرون می‌رفتنـد و مـا را بـه دسـت باقـر می‌سـپردند. نقـش مـا بلافاصلـه عـوض می‌شـد. مـن و خواهرم ظرف‌هـا را می‌شسـتیم و سـبزی‌ها را پـاک می‌کردیم، بـرادرم خانـه را جـارو می‌کرد، باقر امیرارسـلان می‌شـد. تاجی را کـه از مقوا و خرده‌شیشـه‌های رنگـی درسـت کـرده بود بر سـر می‌گذاشـت، بـا ذغـال بر پشـت لبـش سـبیلی می‌کشـید و شمشیر چوبـی را به کمـر آویـزان می‌کـرد. ارسـلان غـرق دریـای دُر و گُوهـر، تـاج به سـر و خنجر زمردنگار به کمر وارد بارگاه شـد...

امیرارسـلان کـه بـه دیدنِ قلعۀ سنگسـار رفت، باقر تیـر و کمانی از چوب و کـش درسـت کـرد، و زمانـی کـه شمشـیر زمردنگار را از دسـت فـولادزره بـه در بـرد، مـا به او کمـک کردیم تا بر شمشـیر چوبی‌اش خرده‌شیشـه‌های سـبزرنگ بچسباند.

او گاه‌گـداری در ازای ایـن کمک‌هـا، اجـرای بخش‌هـای کوچکـی از داسـتان را بـه عهـدۀ ما می‌گذاشـت، امـا همیشـه نقش‌هـای مهـم را خودش بـازی می‌کـرد. گاهـی قمـر وزیرِ مکار می‌شـد کـه عاشـق فرخ‌لقـا بـود و بـرای دسترسـی بـه او امیرارسـلان را فریـب داد:

... پیـش آمـد دسـت ارسـلان را انـدک فشـار داد. خنجـر از کَفَش بیرون

آورد و سیلی محکمی بر او زد که آتش از چشمش پرید...

و گاهی به هیئت شمس وزیر مهربان درمی‌آمد که مسلمان شده بود و از ترس پادشاه فرنگ، بروز نمی‌داد و در صدد کمک به ارسلان بود:

... شمس وزیر سرش را به سینه گرفت و اشک از چشمانش پاک کرد و گفت: فرزند... الحذر از مکر قمر وزیر که پیر هفتادساله را گمراه می‌کند، تو که جوانی و بی‌تجربه و نادان، عمرت به دنیا بود که تو را نکشت...

وقتی نوبت به قسمت‌های مربوط به فولادزره و مادر او که همدستان قمر وزیر و دربندکنندهٔ فرخ‌لقا بودند می‌رسید، هیجان و نفرت باقر به اوج می‌رسید:

... عفریته تعریف آمدن ارسلان و کشتن فولادزره و شجاعت او را کرد که چطور شمشیر زمردنگار از کف فولادزره بیرون کرد و سپاهش را شکست داد و نعش فولادزره را دزدیده و از عقب نعش به باغ فازهر آمد و قمر وزیر را کشت و طلسم باغ فازهر را شکست تا او را فریب دادم و شمشیر زمردنگار را از او گرفتم...

عکسی هم از امیرارسلان کشیده بود که چشمان مغولی و گونه‌های ظریف داشت:

... از قد و ترکیب، چون سهراب یل، از حسن جمال ثانی حضرت یوسف، قد چون سرو آزاد، سینهٔ پهن و بازوی قوی، کمر باریک، چهره چون یاقوت یمانی، ابرو چون کمان رستم کشیده، چشم چون دو نرگس شهلا، پشت لب را تازه به آب بقا سبز کرده...

نقش فرخ‌لقا، اما همیشه با همان تصویرِ زیبای روی دیوار بود که در کنار عکس امیرارسلان قرار داشت:

... به‌محض اینکه نگاه هر دو به‌فاصلهٔ دو قدم بر یکدیگر افتاد، یک‌باره هزار تیر دلدوز از صف مژگان هر یک جستن کرد تا بر سینهٔ هر

دو نشست. زانوهای ملکه سست شد و پاهایش لرزید. نزدیک بود بیفتد...

داستان امیرارسلان رازی بین ما و باقر بود که جلو مادر و پدرم از آن صحبتی نمی‌کردیم. پدرم یک‌بار او را در حین اجرای نقش امیرارسلان غافل‌گیر کرد و کتک مفصلی به او زد. پدر بعد از آن، او را امیرارسلان صدا می‌کرد؛ «امیرارسلان، قلیون بیار.»، «امیرارسلان، بازم که حواست رفت پی فرخ‌لقا ظرف‌ها را درست نشُستی.»، «امیرارسلان، بدو یه مزه برای پای عرق ما درست کن.» باقر صورتش سرخ می‌شد و نگاهش را به پایین می‌انداخت و جوابی نمی‌داد. وقتی‌که اذیت‌ها زیادتر شد، به‌خصوص وقتی پدر عکس فرخ‌لقا را از انباری برداشت و با تمسخر به دوستانش نشان داد، باقر تا چند روز با ما حرف نزد و تا مدت‌ها هرچه التماس کردیم قصه‌ای برایمان نگفت.

خانهٔ باقر جایی دور از شهر و خارج از محدوده بود. رانندهٔ تاکسی ما را تا انتهای خیابان اصلی برد و گفت که بیش از آن قادر به جلورفتن نیست. جلوی‌مان محوطه‌ای خاکی بود با خانه‌هایی کوچک که اینجا و آنجا ساخته بودند.

... توکل به خدا کرد و قدم در بیابان نهاد. دید تا چشم کار می‌کند بیابان خشک و بی‌آب‌وعلف است و جز ریگ روان و خار مغیلان چیزی نیست. دل به کَرَم خدا بسته و یک سمت بیابان را به نظر در آورد و رفت. تا شام به‌قدر پنج فرسنگ رفته پهلوی سنگی نشست...

مدتی طول کشید تا بالاخره کسی را پیدا کردیم که می‌دانست خانهٔ باقر کجاست، اما چون نمی‌توانست آدرس را بدهد، با ما راه افتاد تا راهنمایی‌مان کند. خورشید رو به غروب می‌رفت که خانه را پیدا کردیم.

... ناگاه از دور باغی به نظر آورد. نزدیک شد دید چه باغ باصفایی است؛ درختان سردسیری و گرمسیری عرعر و صنوبر و شمشاد و نوفل و

کاج سر به فلک کشیده‌اند، زمین سبز و خرم، گل‌های الوان مختلف...

دختربچهٔ ده دوازده ساله‌ای با بچهٔ شیرخواره‌ای در بغل، در را باز کرد. آب دماغ بچه تا روی لب آویزان بود و با کنجکاوی ما را نگاه می‌کرد. دو تا از دخترهای باقر بودند. خودش و زنش در خانه نبودند. زنش برای کمک به دختر بزرگش که تازه زاییده بود، رفته بود و باقر در خانهٔ یکی از همسایه‌ها بود. دختر، ما را به داخل دعوت کرد. بعد یکی از پسرها را که هفت هشت سال داشت به دنبال پدر، و دیگری را که کمی بزرگ‌تر بود، به دنبال مادرش فرستاد. در گوشهٔ حیاط دو اتاق قرار داشت که کف یکی از آن‌ها با قالی و دیگری با گلیم فرش شده بود. ما را به اتاق قالی‌دار برد. کفش‌هایمان را درآوردیم و روی زمین نشستیم. اتاق، کوچک، تمیز و روشن بود. روی طاقچه چند تکهٔ قلاب‌دوزی انداخته بودند. روی یکی از آن‌ها قاب عکسی از خمینی دیده می‌شد و روی دیگری شمایلی از حضرت علی. در بالای طاقچه تابلویی از صحرای کربلا و جنگ امام حسین با یزید آویزان بود. در وسط تابلو، یزید سر امام حسین را بر سر نیزه بلند کرده بود. خواهران و اهل بیت امام حسین، با چادر مشکی و روبنده، در اطراف یزید و سرِ بریده جمع شده بودند. در یک گوشهٔ تابلو، حضرت عباس بود با دو دست بریده، که مشک آبی را به دندان گرفته بود. در گوشهٔ دیگر، طفلان مسلم با چشمان معصوم و نگاه‌های غمگین‌شان به نقطهٔ نامعلومی خیره شده بودند.

زن باقر خیلی زود از راه رسید.

... ارسلان دید گویا فرخ‌لقا را عوض کرده‌اند؛ صورت چون بدرش، هلالی و رنگ ارغوانی‌اش به زعفرانی مبدل گشته و بدنش چون نیشکر لاغر... ارسلان بی‌اختیار بنا به گریستن نهاد...

زن کوچک‌اندامی بود با چادری سیاه که رویش را محکم گرفته

بـود. وقتـی دیـد کـه مـردی همراهمان نیسـت چـادرش را گوشـه‌ای انداخت. بـه‌شـدت لاغـر و رنگ‌پریـده بـود. دو دنـدان جلویـی‌اش از طـلا و چنـد تا دنـدان دیگـر ریختـه بودنـد. چشـمانی کمـی چـپ، موهایـی درهم‌رفته و حـرکات تنـد و سـریعی داشـت. بـا هـر دوی مـا طـوری روبوسـی کـرد کـه گویـا مدت‌هاست مـا را می‌شناسـد.

باقر کمی دیرتر رسید.

... ملکـه پـرده را گشـود، چشـمش بر آفتـاب جمال و جوانی... و زلف و خـال امیرارسـلان افتـاد. دیـد تـا آسـمان سـایه بـه زمیـن انداختـه، چشـم جهان‌بیـن فلک چـون او ندیـده...

قـدش خمیـده، موهایـش سـفید و دندان‌هایـش زرد و پوسـیده بود. کت و شـلوار مندرسـی بـر تـن و عرق‌چیـن کوچکی بر سـر داشـت. در دسـتش تسـبیحی بـود کـه مرتـب آن را می‌چرخاند.

یـک سـاعتی آنجـا بودیـم، چـای خوردیـم، از خاطـرات گذشـته، کـه خیلـی از آن‌هـا بـه خاطـر باقـر نمانده بـود، یـادی کردیـم و قبـل از آنکه هوا کامـلاً تاریـک شـود، بـه خانه‌مـان برگشـتیم.

۱۹۹۸

کلارا

کامپیوترم را از زیر صندلی برداشتم و پالتوم را پوشیدم. دختر جوان خلبانمان از داخل کابینش برای من و مسافر دیگر دست تکان داد. ما تنها مسافران آن هواپیمای چهارده‌نفره بودیم. در پای پلکان چمدان چرخ‌دارم انتظارم را می‌کشید. برف زیبایی می‌بارید. دانه‌های چندپَر و نازک برف بر سر و رو و چمدانم می‌نشستند و بعد به‌سرعت آب می‌شدند بدون آنکه اثری از خود به جای بگذارند. هوا به‌آن سردی که انتظار داشتم، نبود.

از طرف مؤسسه‌ای که در آن کار می‌کردم، مأمور شده بودم روی پروژه‌ای کار کنم که امکان ایجاد یک مرکز کامپیوتری متمرکز را برای شرکت بررسی می‌کرد. اَلن‌تاون، شهر کوچکی در غرب پنسیلوانیا، به‌خاطر نزدیکی با بیشتر شعبات شرکت و ارزانی نیروی کار، اولین انتخابمان بود. ماشینی را که از قبل رزرو کرده بودم، تحویل گرفتم و به‌طرف هتل راه افتادم. ساعت به‌وقت محلی یازده شب بود.

صبح با صدای زنگ ساعت به‌سختی از جا برخاستم. محل کارم ساختمانی بود سه‌طبقه، با ظاهری کهنه و دودگرفته در انتهای یک خیابان خلوت. در را که باز کردم، هوای گرم و مطبوعی به صورتم خورد. خودم

را به زنی که پشت پیشخوان نشسته بود معرفی کردم و گفتم که برای دیدن چه کسی آمده‌ام. با خوش‌رویی دفترچه‌ای در برابرم گذاشت تا اسم و زمان ورودم را بنویسم و از من خواست منتظر بمانم. مدتی طولانی به انتظار نشستم. کنار دستم حتی روزنامه و مجله‌ای نبود که خودم را با آن مشغول کنم. همه‌چیز کهنه و دل‌گرفته بود به‌جز قیافهٔ زیبا و جذاب منشی، که هروقت چشمش به من می‌افتاد لبخند دوستانه‌ای می‌زد. صورتِ گرد و پوست روشنی داشت و موهای نقره‌ای‌رنگش را به‌مدلی قدیمی بالای سر جمع کرده بود. خط چشم پهنی بر پلک‌هایش کشیده بود و مژه‌های درشت و سیاهش بر چشمان آبی‌اش سایه می‌انداخت. لایهٔ غلیظی از کرم پودر، پوست صورتش را که دیگر جوان و شاداب نبود، می‌پوشاند. قیافه‌اش به‌نظرم آشنا می‌آمد.

روزهای بعد کارهای زیادی در برابرم بود و هر روز تا دیروقت در محل کار می‌ماندم. منشی زیبا را ـ که حالا می‌دانستم نامش کلاراست ـ فقط صبح‌ها و برای چند دقیقه پشت پیشخوان می‌دیدم و با هم سلام و احوالپرسی می‌کردیم.

آخر هفته به شهر خودم رفتم و سه‌شنبهٔ بعدش به اَلن‌تاون برگشتم. کلارا مرا که دید، تعجب کرد. گفتم در لس آنجلس زندگی می‌کنم و قرار است در چند ماه آینده، هر هفته به آن شهر بروم. نگاهی پر از ناباوری به من انداخت و از هوای لس آنجلس پرسید. گفتم در آنجا از برف خبری نیست و این وقت سال هنوز می‌توان به دریا رفت. با اشتیاق به حرف‌هایم گوش می‌داد و سؤالاتی می‌کرد در مورد محله‌های مشهور لس آنجلس مثل هالیوود، بِورلی هیلز، دیزنی‌لند و مالیبو.

روز بعد، تا مرا دید پرسید بین لس آنجلس تا آنجا چند ساعت

پـرواز اسـت؟ بلـوز سـاتن آبی‌رنگـی پوشـیده بـود کـه چـاک آن تـا میـان پسـتان‌های درشـتش بـاز می‌شـد. گفتـم کـه بیـن آنجـا و آلن‌تـاون پـرواز مسـتقیم وجـود نـدارد. می‌بایـد هواپیمـا را بین راه، در شـیکاگو یا واشـنگتن، عـوض کنـم یا بـه فیلادلفیا بـروم و بعد با ماشـینی کرایـه‌ای تا آنجـا رانندگی کنـم. حرف‌هایـم کـه تمـام شـد، چنـد لحظـه سـکوت کـرد و بـه فکر فرو رفـت. موهـای نقـره‌ای‌اش را به پشـت گوش زده بـود و ابروانـش را با مدادی قهوه‌ای‌رنـگ فـرم داده بـود. بـه او گفتم کـه چقدر قیافـه‌اش برایم آشناسـت. چشـمانش برقـی زد و صورتـش را لبخنـد مرمـوزی پوشـاند.

روز بعـد وقتی وارد شـدم، داشـت با تلفـن صحبت می‌کرد. سـلام کردم و رد شـدم. دسـتش را روی گوشـی گذاشـت و صدایم کرد:

- Can you wait a minute? I have something to show you.[1]

تلفنـش کـه تمام شـد، عکسـی از کیفـش در آورد و بـه دسـتم داد. با تعجب نگاهـی بـه آن انداختم و پرسـیدم:

- Isn't that Marilyn Monroe?[2]

با خندهٔ بلندی جواب داد:

- No! That is me![3]

- No way! That's not you[4]

عکـس شـباهت عجیبـی بـه مریلیـن مونـرو داشـت. حتی خـال سـیاهی در کنـار گونه‌اش بـود. نگاهی به صورت کلارا انداختم. با شـیطنت چشـمانش را خمـار و لبانـش را غنچـه کـرد. حالا می‌توانسـتم شـباهت را ببینـم. گفتم:

- You don't have a beauty mark.[5]

۱- می‌تونی چند دقیقه منتظر بمونی؟ می‌خوام یه چیزی رو بهت نشون بدم.
۲- این مرلین مونرو نیست؟
۳- نه، این منم.
۴- امکان نداره! این تو نیستی.
۵- تو خال نداری.

- Those days I did! This is me when I was 21. I had a fake beauty mark exactly like hers.[1]

هفتـهٔ بعدش از فـرودگاه برایش تی‌شـرتی خریدم که تصاویـری از محل‌های توریسـتی کالیفرنیا داشـت. تی‌شـرت را با اشـتیاق از من گرفت و پرسـید که آیـا هیچ‌وقت بـه دیدن خانهٔ هنرپیشـه‌ها رفته‌ام. جوابـم منفی بود.

یکـی از روزهـا کـه در لـس آنجلس بـودم، بـه هالیـوود رفتم. نقشـهٔ خانهٔ هنرپیشـگان را در کنـار خیابـان می‌فروختنـد. بسـیاری از خانه‌ها روی تپه‌هـای بِورلـی قـرار داشـت. در بـالای تپه‌هـا، خیابان‌هـا پهـن، پردرخـت و سرسـبز بودنـد. جابه‌جـا خانه‌هـای قصرماننـد، کـه هـر کـدام زمانـی بـه هنرپیشـه‌ای تعلـق داشـته، دیـده می‌شـد. از روی نقشـه توانسـتم خانهٔ کلارک گیبـل و گریگـوری پـک را پیـدا کنـم. گوشـهٔ نقشـه، یادداشت‌های کوتاهی نوشـتم. «خانـهٔ الیزابـت تیلـور از همـه باشـکوه‌تر اسـت»، «خانـهٔ همفـری بـوگارت پنجره‌هـای بـزرگ و تیره‌رنگـی دارد. مثل اینکه بخواهنـد آن را از دید توریسـت‌ها پنهـان کننـد»، «در اطراف خانـهٔ لانـا ترنـر پرنـده پـر نمی‌زنـد» و چیزهایـی مثـل آن. خانـهٔ مریلیـن مونـرو را نتوانسـتم پیـدا کنـم. در یکی از خیابان‌هـا، دسـتم را از پنجـرهٔ ماشـین بیـرون آوردم و بـا لبخند بـرای چنـد توریسـت دسـت تـکان دادم. احسـاس می‌کردم کلارا هسـتم، خـال مصنوعی سـیاهی را در کنـار گونه‌هایـم دارم و موهایـم را بـالای سـرم جمـع کـرده‌ام.

در کتابچـهٔ راهنمـا خوانـدم قبـر مریلیـن مونـرو در گورسـتانی نزدیک به آنجـا قـرار دارد. سـر راهـم، در محلـهٔ وسـت‌وود، گورسـتان را پیـدا کـردم. مریلیـن مونـرو در گوشـه‌ای از حیـاط، در زیـر یـک درخـت بلوط بـه خاک سـپرده شده بود.

نقشـه و یادداشـت‌ها را بـا چنـد عکـس، کـه خـودم گرفته بـودم، بـرای کلارا

____

۱- اون روزا داشـتم. این منم وقتی ۲۱ سـاله بودم. یه خال مصنوعی روی گونه‌ام داشتم مثل مال اون.

بـردم. ذوق‌زده شـد. مرتـب در مـورد خانه‌ها سـؤال می‌کـرد. گفتم اگر سـفری به لـس آنجلـس بیایـد، او را بـه دیـدن همـهٔ آن جاها می‌برم. اول سـاکت شـد. بعد آهـی کشـید و گفـت هیچ‌وقـت به جایـی خـارج از آن ایالـت نرفته. گفتم شـاید حـالا وقتش اسـت به کمی ماجراجویی دسـت بزند. لبخنـدی زد و جوابی نداد.

شـب کـه تنهـا در رختخوابـم دراز کشـیده بـودم و بـه تلویزیـون نـگاه می‌کـردم، تکـه‌ای از کیکـی را کـه کلارا برایـم پختـه بـود خـوردم و بـه او فکـر کـردم کـه چطور بـا آن‌همـه زیبایـی و اشـتیاق، تا این سـن در این شـهر کوچـک و در پشـت آن پیشـخوان محبـوس مانـده.

کم‌کـم مأموریتـم بـه پایـان می‌رسـید. سـرم خیلی شـلوغ بـود، صبح‌ها زودتـر از کلارا بـه سـر کار می‌رسـیدم و عصرهـا بعـد از او کار را تـرک می‌کـردم. بـرای مدتـی ندیدمـش.

روز آخـر، همکارانـم برای خداحافظی با من در رسـتوران اداره جمع شـده بودنـد. نیم‌سـاعتی گذشـته بـود کـه دیدم زن کوتاه‌قـدی کـه یکـی از پاهایش را بـه دنبالـش می‌کشـید وارد شـد. یـک پایـش به‌طور محسوسـی از دیگری کوتاه‌تـر بـود. بـا همـان موهـای مرتـب و آرایـش غلیـظ، و بـا بلوزی از سـاتن قرمـز کـه پسـتان‌هایش را برجسـته‌تر نشـان می‌داد. کلارا بـود. چنـد دقیقـه‌ای در کنـارم نشسـت اما خیلـی زود خداحافظی کـرد و رفت. موقع رفتن بسـته‌ای کادوپیچی‌شـده را بـه مـن داد و گفـت کـه کاردسـتی خودش اسـت.

داخـل هواپیمـا بسـته را بـاز کـردم. یـک تابلـو گل‌دوزی‌شـده بـود با تصویـری از خـودش با دامنی از حریر سـفید، ظاهری بازیگوش، چشـمانی خمـار، لبانـی غنچـه و خـال سـیاهی بر گونـه‌اش. دامـن حریـرش از هجوم وزش هـوا بـالا رفته بـود و پاهـای زیبـا و کشـیده‌اش را آشـکار می‌کـرد.

۱۹۹۸

داستان غم‌انگیز یک جنایت هولناک[1]

اصـلاً بـاورم نمی‌شـود کـه قضیه‌ای به‌این سـادگی بتوانـد در آخر بـه اینجاها بکشـد. قضیـه‌ای کـه در اول بـا یـک نگاه سـاده و طبیعی شـروع شـد؛ بعد ریشـه پیـدا کـرد و جـدی و جدی‌تر شـد تا بالاخـره آنچه نبایـد بشـود شـد و ایـن جنایـت غم‌انگیـز و هولناک اتفـاق افتاد.

مشـکل اسـت بـه یاد بیـاورم کدام‌یـک از مـا پیش‌قدم شـد. شـاید، نگاه اول را مـن بـه او انداختـم. البته زیاد هم مطمئن نیسـتم، شـاید هم او شـروع کـرد. امـا آیـا اهمیتی دارد که چه کسـی شـروع کرده باشـد؟

اوایـل، نگاهمـان تنهـا بـرای لحظـه‌ای کوتـاه به‌هم گـره می‌خـورد. اما کم‌کـم مـدت گره‌خوردگـی نگاه‌هـا بیشـتر و بیشـتر شـد تا اینکـه یـک روز فهمیـدم چشـم‌هایش بـه مـن چیـزی می‌گوینـد. یک چیـز خوب و شـیرین کـه بـا تمام سـلول‌های بدنم احساسـش می‌کـردم. بعد هیجان‌زده می‌شـدم، تپـش قلبـم شـدیدتر می‌شـد و گونه‌هایـم گُـر می‌گرفتنـد.

<hr>

بعد از آن رؤیاهایم شروع شدند.

چشم‌هایم را که می‌بستم، می‌دیدم که در وسط معبدی بر جایگاه بلندی، نشسته‌ام و به اطراف نگاه می‌کنم. از دوروبرم بخارهای خوش‌بو و غلیظی بلند بود و بدنم آن‌قدر سبک می‌شد که می‌توانستم پرواز کنم. بعد از مدتی بوی بدنش به نگاه‌هایش اضافه شد. از کنارم که رد می‌شد، بوی عجیبی از بدنش متصاعد می‌شد که مثل هیچ بوی دیگری نبود. اول فکر کردم که بوی ادکلنش است. از آن ادکلن‌هایی که کهنه شده‌اند و عطر آن‌ها از بین رفته. بعدها متوجه شدم که آن بو وحشی‌تر و قوی‌تر از هر ادکلنی است. هم دماغم را می‌سوزاند و برای یک لحظه دلم را به‌هم می‌زد، و هم احساسی خوب در تنم به جا می‌گذاشت.

رؤیاهایم هم تغییر کردند. حالا، بعد از مدتی که روی آن جایگاه می‌ماندم، او با ملایمت درِ معبد را باز می‌کرد و وارد می‌شد. از پله‌های سکو به‌آرامی بالا می‌آمد، تاج گل قشنگ و خوش‌بویی را روی سرم می‌گذاشت، در کنارم می‌نشست و به چشم‌هایم نگاه می‌کرد. دست‌هایم را در دست‌هایش می‌گرفت و آن‌ها را نوازش می‌کرد. بعد پاهایم را به لب‌هایش نزدیک می‌کرد و بر یکی‌یکِ انگشتانم بوسه می‌زد. بعد از رفتنش، تا مدتی از خوشی و شادی نمی‌توانستم سر جایم بند شوم. از سکو پایین می‌آمدم، با قدم‌هایی موزون و بدنی در پیچ‌وتاب، به تمام گوشه‌وکنار معبد سر می‌زدم و آواز می‌خواندم.

در بیداری، از کنارم که رد می‌شد، بدن‌هایمان به‌آرامی به‌طرف هم متمایل می‌شدند. نفسم تندتر می‌شد و دلم می‌خواست آواز بخوانم.

روزی در یک کتاب‌فروشی، کارت‌پستالی توجهم را جلب کرد؛ کارت‌پستالی سیاه‌وسفید از زن و مردی که همدیگر را بغل کرده بودند. زن دستش را دور گردن مرد حلقه کرده بود و لب‌های او را می‌بوسید.

مـرد دسـت‌هایش را دور کمـر زن انداختـه بـود و او را طـوری بـالا کشیده بـود کـه بدن‌شـان هم‌سـطح شـده بـود. در زیـر عکـس بـا خـط ظریـف و قشـنگی نوشـته بود:

I found true love in your hands.[1]

بـرای چنـد دقیقـه یـادم رفـت کجا هسـتم و بـرای چه به آنجـا آمـده‌ام. اما آن بـو و آن نـگاه را بـا تمام وجودم احسـاس می‌کـردم. کارت‌پسـتال را خریـدم و بـه خانـه آوردم و روی میز آرایـش روبه‌روی تخت‌خوابم گذاشـتم.

آن شـب، وقتـی آمـد، بعـد از اینکـه مـرا نـوازش و نیایـش کرد، دسـتش را گرفتـم و بـا هـم از پله‌هـا پاییـن رفتیم. لبـاس بلنـد حریـرم را از روی شـانه‌هایم بـه پاییـن سـراندم. تـاج گل را از سـرم برداشـتم و موهایـم را روی شـانه‌هایم ریختم. بعـد دسـت‌هایم را دور گردنـش حلقـه کـردم و لب‌هایم را بـر لبانـش گذاشـتم. او دسـتش را دور کمـرم حلقـه کـرد و طوری مـرا بالا کشـید کـه بدن‌هایمـان بـا هـم هم‌سـطح شـدند.

ایـن داسـتان تا مدت‌ها به‌همین صـورت ادامه داشـت؛ در بیداری همدیگر را نـگاه می‌کردیـم و می‌بوییدیـم و مـن رؤیایـش را می‌دیدم. کارت‌پسـتال هم همان‌طـور و به‌همـان زیبایـی روی میـز آرایشـم بـود. روزبه‌روز بـا او بیشـتر احسـاس نزدیکـی می‌کـردم. دلم می‌خواسـت کـه او را بغـل کنـم و ببوسـم و بـا هـم عکسـی مثـل آن کارت‌پسـتال بیندازیـم. دلم می‌خواسـت دست‌دردسـت هـم در خیابان‌هـا قـدم بزنیـم و برقصیم.

یـک روز وقتی‌کـه از کنـارم رد می‌شـد، همان‌طـور کـه بدن‌هایمان به‌هـم نزدیـک شـده بـود و نگاه‌هایمان به‌هـم گـره خـورده بـود، دسـتم را دراز کـردم و دسـتش را گرفتـم. همین‌کـه انگشـت‌هایمان به‌هـم رسـید و فلز سـرد و زردرنـگ حلقه‌هایمـان بـا هـم تماس پیدا کـرد، توفان عجیبی شـروع

____

۱- عشق واقعی را در دست‌های تو پیدا کردم.

شــد. اطرافم تاریک شــد، ســرمای شــدیدی به مـن هجوم آورد و بـاران تندی از سنگ‌هـای ریـز و نوک‌تیـز از هـر طـرف بـه سـویم پرتـاب شـد. شـدت ضربـات به‌قـدری بـود کـه تمـام بدنـم را بـه درد آورد و کبـودی و کوفتگـی تـا مدت‌هـا در تنـم باقـی مانـد. بعـد از آن هـر وقـت به‌طرفـش می‌رفتـم، توفـان دوبـاره شـروع می‌شـد و دنیـا در سیاهی و تاریکـی فـرو می‌رفـت. کم‌کـم بـوی خـوب بدنش بـا احسـاس درد و وحشـت و اضطراب تـوأم شـد و شـیرینی نـگاه و شـادی نزدیک‌بودنـش را از خاطـرم بـرد.

نمی‌توانسـتم بـاور کنم کـه دیـدن او می‌توانـد آن‌قدر دردناک شـود. خیلی زود آن‌چنان دچـار عجـز و نـاامیدی شـدم کـه در تمام مدت گریـه می‌کردم. وقتـی می‌دیدمـش راهـم را کـج می‌کـردم، بـه یـک طـرف دیگـر می‌رفتـم و از دور نگاهـش می‌کـردم. حـالا دیگـر از آن شـادی‌ها و آوازخواندن‌هـا و از تپـش و فروریختگـی قلـب خبـری نبـود. رؤیاهـای خـوب و لذت‌بخـش آن‌قـدر از مـن دور شـده بودند کـه انگار قرن‌هـا از آن می‌گذشـت. معبد زیبا و رؤیایـی مـن بـه قلعـه‌ای تیره و تاریـک با دیوارهای سنگی تبدیل شـده بود و جایـگاه بلنـد و مرتفـع مـن بـه گودالـی عمیـق کـه مـرا تـا گـردن در خاک سـرد و تیـره‌اش مدفـون کـرده بـود. یـک روز کـه در اتاقـم تنها نشسـته بودم و در آینـه بـه قیافـهٔ غمگینم نـگاه می‌کردم، دیدم رنگ کارت‌پسـتال زرد شـده و گوشـه‌هایش کـج شـده‌اند. زن داشـت کم‌کـم از آن محـو می‌شـد.

آن وقـت بود که فهمیدم قضیه جدی‌سـت و باید کاری کرد.

آن شـب بعـد از مدت‌هـا دوبـاره در رؤیاهایـم دیدمـش. در پـای آن جایـگاه بلنـد نشسـته بـودم و انتظـار او را می‌کشـیدم. هیچ‌چیـز مثل قدیـم نبـود. تـاج گل روی سـرم پژمـرده و برگ‌هایـش ریختـه بـود. از بخارهـا بوی گنـدی می‌آمـد کـه دلـم را به‌هـم می‌زد. لبـاس حریـرم پاره‌پاره بـود و رنگ سـفیدش بـه زردی چـرک و کثیفـی می‌زد. احسـاس تنهایـی می‌کـردم و از

خودم بدم می‌آمد. او درِ معبد را باز کرد. نگاهی به من انداخت و در همان‌جا ایستاد. صدایش کردم. به‌طرفم آمد. نگاهی طولانی و پر از عشق به سرتاپایش انداختم و از او خواستم که در جایی خارج از رؤیاهایم همدیگر را ببینیم. با هم در رستورانی نزدیک محل کارم که جای شلوغ و پررفت‌وآمدی بود، قرار گذاشتیم.

ظهر، درست سر ساعتی که قرار داشتیم، رسید. کت و شلوار زیبا و خوش‌دوختی پوشیده بود که به تنش برازنده بود و ادکلن خوش‌بویی زده بود. اما بوی ادکلنش احساسی را در من برنمی‌انگیخت. مثل بوی خودش نبود. مؤدب و رسمی روبه‌روی هم نشستیم و مشغول نگاه‌کردن به صورت غذاها شدیم. بعد از چند دقیقه هر دو چیزی سفارش دادیم و صورت غذا را به کناری گذاشتیم. خیلی نزدیکم نشسته بود. از نگاه‌کردن به چشم‌ها و تماس با دست‌هایش می‌ترسیدم. مطمئنم که او هم به من نگاه نمی‌کرد. چون اگر نگاه می‌کرد، وقتی چاقو را برداشتم و خونسردانه به قلبش فرو بردم، مرا می‌دید. چاقو را که بیرون کشیدم، خون با شدت بیرون زد و به سر و صورتم پاشید. دستمال سفره را برداشتم و شروع کردم به پاک‌کردن خون‌ها. همان موقع بود که چشمم افتاد به چشم‌هایش. به‌همان شیرینی و زیبایی قدیم نگاهم می‌کرد. قبل از اینکه پشیمان شوم، با عجله از جایم بلند شدم و از رستوران بیرون رفتم.

چند دقیقه بی‌برنامه و سرگردان در آن دوروبر قدم زدم. بعد به یاد آن عکس و آن معبد و آن جایگاهِ بلند و آن لحظات خوب افتادم و با غیظ شروع کردم به دویدن. سرتاسر راه را می‌دویدم. وقتی به خانه رسیدم، دیدم که هنوز چاقو را در دست دارم و لباسم از خون و اشک خیس شده است. چاقو را به کناری انداختم، به رختخواب رفتم و آن‌قدر گریه کردم تا خوابم برد.

بعـد از آن، مدت‌هـا رؤیایـی ندیـدم. تـا اینکـه دوبـاره آن بـوی دل‌انگیز و آن نـگاه سـحرآمیز در جایـی دیگـر و به‌صورتـی متفـاوت بـه سـراغم آمد.

۱۹۹۴

بعـد از آن، مدت‌هـا رؤیایـی ندیـدم. تـا اینکـه دوبـاره آن بـوی دل‌انگیز و آن نـگاه سـحرآمیز در جایـی دیگـر و به‌صورتـی متفـاوت بـه سـراغم آمد.

۱۹۹۴

میلا و دانیل

خورشـید بهآرامـی و بااحتیـاط از زیـر ابرهایـی کـه در تمام روز آسـمان را پوشـانده بـود، بیـرون می آمـد و گرمای مطبوعـی در تن می دوانـد. موج هـا آرام تـا کنار پایمان می آمدنـد و دوبـاره بـه میـان دریـا بـاز می گشـتند. مرغ هـای سـفید دریایـی، بـا قدم هـای تنـد و به دنبـال طعمـه، موج هـا را تعقیـب می کردنـد. کشـتی های نفت کـش، باعظمـت و بی اعتنـا، در فاصلـهٔ کمـی از سـاحل ایسـتاده بودنـد. سـوزان کـه در کنارم قـدم می زد، بـدون مقدمـه گفت:

- Have you noticed Milla and Daniel lately?[1]

بدون اینکه سرم را برگردانم پرسیدم:

- What about them?[2]

خندهٔ ریزی کرد و گفت:

- Don't tell me you haven't noticed.[3]

۱- تازگی به میلا و دانیل توجه کردی؟

۲- منظورت چیه؟

۳- نگو که تا حالا متوجه نشدی.

- Anything new?[1]

- I think there is something going on between them![2]

بـا تعجـب نگاهـش کـردم. صورتـش پـر از خنـده بـود و چشـمان مُوربـش باریک‌تر شـده بـود. از صورتـش نمی‌شـد فهمیـد شـوخی می‌کنـد یا جدی اسـت. حرفـش بیشـتر بـه شـوخی می‌خـورد. میلا و دانیـل! بـا یـک مـن سـریش هـم نمی‌شـد آن‌هـا را بـه هـم چسـباند. سـوزان کـه فهمیـد حرفـش را بـاور نکـرده‌ام، گفت:

- Hate and love relationship![3]

و دوبـاره خنـده‌اش را سـر داد. سـوزان از نسـل سـوم ژاپنی‌هـای مهاجـر بـه آمریـکا و مثـل مـن طـراح و برنامه‌نویـس کامپیوتر بـود. کارکـردن و قدم‌زدن بـا او در سـاعات فراغـت لذت‌بخـش بود اما گاهی نمی‌شـد حرف‌هایش را جـدی گرفـت. درسـت مثـل این حرفـش در مـورد میلا و دانیل. فکـر کردم اگـر میلا بشـنود، سـکته می‌کند.

دانیـل را از مدتـی پیـش می‌شـناختم. چنـد سـال قبـل بـرای مدتـی بـا همین شـرکت فعلی قـرارداد داشـتم که قسـمتی از یک سیسـتم حسـابداری را برایشـان برنامه‌نویسـی کنـم. دانیل به‌تازگی اسـتخدام شـده بـود. دفتر کارش روبه‌روی دفتـر مـن بـود. می‌توانسـتم ببینمش کـه اغلب یـا با تلفن به‌زبان چینـی و بـا صـدای بلنـد حرف می‌زنـد یا با سـری آویخته، پشـت کامپیوتر در حـال چـرت‌زدن بـود. دانیـل و چرت‌هایش موضوع شـوخی و خنـدهٔ بقیه بـود. سـر و رویـی آشـفته داشـت بـا موهای صـاف و مشـکی و پـر از چربی و شـوره. قـدِ بلنـد و هیـکل ورزشـکارانه‌اش به چینی‌هـا نمی‌خـورد. بیش از چهـل سـال داشـت امـا هیچ‌وقت ازدواج نکـرده بـود و بـا مـادرش زندگی

می‌کـرد. لهجـهٔ غلیظی داشـت و موقع حـرف‌زدن مِن‌ومِن‌کنان دنبـال کلمهٔ مناسبی می‌گشت. دانیـل از نظـر فنی یکـی از بهتریـن کارمنـدان شـرکت بـود. مـن معمـولاً سـؤالات فنـی‌ام را از او می‌پرسیدم، هرچند کـه اغلب با خنـده‌ای مصنوعـی می‌گفت:

- You want all my secrets?[1]

و تا آنجایی که می‌توانست جوابم را نمی‌داد. گاهی هم می‌گفت:

- I have to ask my manager. She wants to know everything I do.[2]

رئیـس دانیـل، میلا بود که همیشـه از او بـا احترام و به‌عنـوان «My man-ager»[3] یـاد می‌کـرد. برخلاف دانیل بیشـتر کسـانی که با میلا کار می‌کردند، علاقـهٔ چندانی به او نداشـتند و از کارکردن بـرای او طفره می‌رفتنـد. در غیابش از او بدگویـی می‌کردنـد و ادای صحبت‌کردنـش را در می‌آوردند.

سـوزان و مـن بـرای خـوردن نهـار و قـدم‌زدن بـه کنار دریـا آمـده بودیم. سـاختمان شـرکتمان با دریا ده دقیقه بیشـتر فاصله نداشـت. وقتی برگشـتیم، درِ اتـاق میـلا بسـته بـود و صدایـی از آن شـنیده نمی‌شـد. در کـه بـاز بـود، صـدای خشـن میـلا در هـال می‌پیچیـد. از پشـت شیشـه می‌شـد دیـد کـه دانیـل بـا اوسـت. سـوزان با سـر اشـاره‌ای بـه درِ بسـته کـرد و آهسـته گفت:

- You didn't believe me![4]

گفتم:

- They are talking about work[5]

گفت:

۱- می‌خوای همهٔ اسرار من رو بدونی؟

۲- باید از رئیسم بپرسم، اون می‌خواد در مورد هر کاری که می‌کنم بدونه.

۳- رئیسم

۴- حرفم رو باور نکردی، ها!

۵- حتماً دارن در مورد کار حرف می‌زنن.

- So why do they need to close the door?[1]

فکر کردم باز دستم انداخته.

به یـاد اولین‌بـاری افتـادم کـه میـلا را دیـدم. یـک روز همـراه با بیـل و دنـی، دو تـا از مشاورانی کـه با من روی یک طـرح کار می‌کردنـد، در راهرو ایسـتاده بودیـم و صحبـت می‌کردیـم. میلا از جلومان رد شد و بعـد از چند دقیقـه بـا فنجانی قهوه برگشـت. می‌دانسـتیم که همان روز استخدام شـده. بیـل کـه خوش‌اخـلاق و زودآشـنا بـود، بـه او سـلام کـرد. میـلا بی‌اعتنـا از کنارمـان رد شـد. قیافـه‌ای اخمـو و جـدی داشـت. بیل بـا کمـی دلخوری و زیـر لـب گفت:

- How rude![2]

دنی آهسته، مثل اینکه رازی را برملا می‌کند، گفت: «مال یوگسلاویه.»

میـلا زنـی باریک‌انـدام و خوش‌هیـکل بـود و لباس‌هـای شـیک و گران‌قیمـت می‌پوشـید. موهـای کوتاهـش کـه باریکه‌هایی از آن بـا دقت طلایی‌رنـگ شـده بودنـد، خطوط صورتـش را ملایم‌تر نشـان مـی‌داد. لهجۀ بسـیار بـدی داشـت و نوشـته‌هایش پـر از غلط‌هـای املایـی و انشـایی بود. بـا تمـام این‌هـا، خـودش را به‌سـرعت بـا شـرایط و محیـط کار وفـق داد و خیلـی زود مدیـر یکـی از پروژه‌هـا شـد. وقتی‌کـه بعـد از مدتی به آن شـرکت برگشـتم، میـلا مدیـر بخـش تولیـد پروژه‌هـای جدیـد بـود و چهار پنـج نفر برایـش کار می‌کردنـد.

رفتـار میـلا با کسـانی کـه بـرای او کار می‌کردنـد، به‌خصوص بـا دانیل، خشـن و بی‌ادبانـه بـود. اغلب حـرف او را در میـان صحبتش قطـع می‌کرد و سـرش داد می‌کشـید. چندیـن کار را هم‌زمـان بـه او محـول می‌کرد. سـاعت رفـت و آمـدش را کنتـرل می‌کـرد و او را به دروغ‌گویـی و تنبلـی متهم می‌کرد.

امـا دانیـل مرتـب در راهـرو به دنبـال میـلا راه می‌افتـاد و جزئیـات کارش را بـرای او توضیـح می‌داد. بارها شنیده بودم که میـلا با عصبانیـت داد می‌زد:
- That is enough! That's enough! I don't want to know all the details.[1]

بـا این وجود، میلا همیشـه دانیل را بـرای کارکـردن روی پروژه‌های جدیدش انتخـاب می‌کرد و دانیـل هم با خوشـحالی می‌پذیرفت.

میـلا تنهـا کسـی بـود کـه گاهـی در مـورد مشـکلات و مسـائل دانیل برایمـان حرف می‌زد. در این مواقع لحنـش آرام و مهربـان می‌شـد. بـا همـدردی می‌گفت کـه دانیل در مـورد خریـد یـا تعمیـر خانه، این یـا آن مشـکل را داشته، یـا اینکـه مـادرش را بـه دکتر بـرده یا علـت چرت‌زدن‌های روزانـهٔ دانیـل کار دوم اوسـت کـه چنـد شـب در هفتـه انجـام می‌دهـد.

از زندگی و مسـائل میـلا کسـی خبر نداشـت. فقط یـک بار برایـم گفته بـود کـه بعـد از آمدنش بـه لس آنجلـس با داشـتن دو بچه و شـوهر سال‌ها در یـک رسـتوران کار کـرده و در همـان حـال بـه کالـج رفتـه و مدرکـش را در برنامه‌نویسـی کامپیوتـر گرفتـه اسـت. یکـی از آرزوهایـش ایـن بـود کـه خانـه‌ای در کشـورش بخـرد و زمانـی بـه آنجـا برگـردد.

پشـت میز کارم که نشسـتم، دوباره نگاهـی به پنجرهٔ اتاق میـلا انداختم. دانیل برخـلاف همیشـه کـه در لبـهٔ صندلـی مؤدبانه و آمـادهٔ بلندشـدن می‌نشسـت، بـه پشـتی صندلـی تکیـه داده بـود و بـا حوصلـه بـه حرف‌هـای میـلا گـوش می‌کرد و سـر تکان می‌داد. یـاد روزی افتـادم که سـوزان پاکتی خرمـا بـا خود به سـر کار آورده بـود و روی میزش گذاشـته و بـه همه تعارف می‌کـرد. دانیـل کـه از کنار اتاقش رد شـد، صدایـش زد و بـا مهربانـی خاص خـودش گفت:

\- Daniel, would you like to have a date?[1]

دانیـل نگـاه شـرمگینی بـه او کـرد، صورتـش سـرخ شـد و بـدون جـواب از کنـارش گذشـت. چنـد دقیقـه بعـد وقتی‌کـه سـوزان داشـت به کـس دیگری خرمـا تعـارف می‌کـرد، دانیـل برگشـت و بـا خنـده و خجـالـت گفت:

\- You mean this kind of date? I thought you meant a real date![2]

همگـی خندیدیـم و سربه‌سـر دانیل گذاشتیم. سـوزان چنـد روز بعـد برایم تعریـف کـرد کـه دانیـل آن‌روز بعـد از رفتن مـا با لکنـت زبان و بـا خجالت از او پرسیده کسـی را می‌شناسـد کـه بخواهـد بـا او دِیـت[3] بگذارد؟

میـلا در طرف دیگر میـز، و درسـت روبـه‌روی دانیل نشسـته بـود و با حـرارت موضوعـی را بـرای او تعریـف می‌کـرد. حالتـش با آنچـه روز قبل از او دیـده بـودم، کامـلاً متفـاوت بـود. روز قبل در جلسـه‌ای بر سـر مسئله‌ای فنـی بـا هـم اختلاف‌نظـر پیـدا کردیم. دانیل را صـدا زد تا نظر او را بپرسـد امـا در وسط صحبتِ او بی‌دلیـل عصبانی شـد و سرش داد کشـید. بعد از آنکـه دانیـل اتـاق را تـرک کـرد، میـلا کنترلـش را از دسـت داد و شـروع کرد بـه گریه‌کـردن. اصـلاً انتظـار دیـدن گریـهٔ میـلا را نداشـتم. درِ اتاق را بسـتم و قوطـی دسـتمال کاغـذی را کنـار دسـتش گذاشـتم. در میـان هق‌هـق گریه مرتـب می‌گفت کـه از کارکـردن در این شـرکت و همهٔ افراد آن متنفـر اسـت. می‌گفت کـه هیچ‌کـس او را درک نمی‌کنـد و همـه در حـال توطئـه علیه او هسـتند. می‌گفت کـه از انگلیسی‌صحبت‌کردن متنفـر اسـت و دلـش می‌خواهـد فقـط به‌زبـان «کُریشـی»[4] حـرف بزند. می‌گفـت کـه از کارکردنِ

۱- دانیل خرما می‌خوری؟

۲- منظورت خرما بود؟ من فکر کردم منظورت راندوونه.

۳- در انگلیسی date هم به‌معنی خرماست، هم به‌معنای راندوو.

۴- Croatian، زبان کرواتی

دائم خسـته شـده اسـت. دلش می‌خواسـت بـه یوگسـلاوی برگردد امـا دیگر جایـی به‌نام یوگسـلاوی وجود نداشـت. می‌گفت از سـؤالات مـردم در مورد کشـورش خسـته شـده. چـرا دیگـران نمی‌فهمنـد او صِـرب نیسـت و اهـل «کُریشـیا»[1] اسـت. می‌گفت شـوهر و پسـرانش قدر زحماتـش را نمی‌دانند. شـوهرش بیسـت و پنجمیـن سـالگرد ازدواجشـان را فرامـوش کـرده بـود و پسـرانش انتظار داشـتند او شـبانه‌روز کار کند و خرج دانشگاهشـان را بدهد.

میـلا حـالا آرنج‌هایـش را روی میـز گذاشـته بـود و صورتـش را بـه کف دست‌ها تکیـه داده بـود و بـا لبخنـد بـه حرف‌هـای دانیـل گوش می‌داد.

سـوزان کـه دیـد در حـال نگاه‌کردن بـه پنجرهٔ اتاق میـلا هسـتم، دوبـاره لبخنـد شـیطنت‌آمیزی صورتـش را پـر کـرد و گفت:

\- What do you think?[2]

جوابی برایش نداشتم.

۱۹۹۶

۱- Croatia، کشور کرواسی
۲- چی فکر می‌کنی؟

کاوه

پرواز شمارهٔ ۱۲۱ بریتیـش ایرویـز از لندن نیم‌ساعت دیگر تأخیر خواهد داشت.

ایـن بارِ سـوم بود کـه اعلام می‌کردنـد هواپیمـا تأخیر دارد. دل‌شـوره‌اش شـدت گرفت. از جایـش بلنـد شـد. دوری در سـالن زد. دقیقـه‌ای خـودش را بـا کتاب‌هـا و مجـلات فروشـگاهِ کنـارِ سـالن مشـغول کـرد. بعـد، بـاز به همـان صندلـی خالـی کنار پنجره برگشـت و بـه انتظار نشسـت.

آیـا می‌شناسـدش؟ عکس‌هـای او را مرتـب دیـده بـود. آخریـن عکـس مربـوط به دو سـه مـاه پیش بـود. سـیاهی محوی بـالای لب‌هایش به چشـم می‌خـورد و موهـای پرپشـتش تا روی گـردن باریکش کشـیده شـده بـود، اما نگاهـش دیـده نمی‌شـد. در تمـام عکس‌هایـی کـه فرسـتاده بودند، بـه سـویی خیـره بـود؛ نمی‌شـد فهمید غمگین اسـت یا شـاد.

یـک مـاه پیـش بود کـه زنگ زد. صـدای دورگه‌ای از پشـت گوشـی تلفن گفتـه بـود: «مامـان... سـلام.» حتمـاً شـماره را عوضـی گرفتـه! یـک لحظه سـکوت کرد. صـدای غریبـه ایـن بـار گفت: «مـن کاوه‌ام.» عضـلات گلوی

ناهید منقبض شد. مامان!... مامان!... کاوه!... چند وقت بود کسی «مامان» صدایش نکرده بود؟

عکس‌های کاوه، روی تلویزیون و میز کارش بود. در مهمانی‌ها، پابه‌پای مادرهای دیگر، از خاطرات زایمان، شیرخوارگی، زبان‌بازکردن، راه‌افتادن و مدرسه‌رفتن او گفته بود. اما خاطرات آزارش می‌داد. کم‌کم آن‌ها را در گوشه‌ای از قلبش پنهان کرد.

کاوه شش سال داشت که ناهید گریخت. مدرسه را تازه شروع کرده بود. حالا سال دوم دبیرستان بود. ماندانا خبرهای مربوط به او و بهرام را برایش می‌نوشت. یکی دو سال اول بهرام زندگی همه را به جهنم تبدیل کرده بود. مست و لایعقل به خانهٔ پدر و مادر ناهید می‌رفت و فریاد می‌زد: «همه‌ش تقصیر شماهاست. شما فرستادینش پیش برادرش. اون محسن دیوث بردش که بذارتش سر کار، برد ازش پول بسازه!» بعد به گریه می‌افتاد: «به‌خدا ناهید عاشق منه، همیشه عاشق من بوده. اینا از من جداش کردن.»

ناهید بارها تهدید کرده بود که اگر با طلاق موافقت نکند، همه‌چیز را رها می‌کند و می‌رود. بهرام فقط می‌خندید. ناهید که اصرار می‌کرد، به جانش می‌افتاد و کتکش می‌زد.

پرواز شمارهٔ ۱۲۱ هواپیمایی بریتیش ِ ایرویز از لندن، به زمین نشست.

تپش قلبش شدت گرفت. آینهٔ کوچکی از کیف در آورد. ماتیکش زیادی قرمز بود. با دستمال، ماتیک را پاک کرد.

«جنده... جنده...»، «جنده برگرد سر خونه و زندگی‌ت، جندگی دیگه بسه. بسه. برگرد سر خونه و زندگی‌ت.» زنگ زده بود با کاوه صحبت کند،

خواهر بهرام گوشی را برداشته بود. دیگر زنگ نزد.

مسافران با چهره‌های خسته و باعجله بیرون می‌آمدند. هر پسربچهٔ مومشکی‌ای را به‌جای او می‌گرفت. داشت ناامید می‌شد که دیدش. قدبلند و باریک، با صورتی پر از جوش. کرک‌های نرمی بالای لب‌هایش سایه انداخته بود. کاوه بود؟ نه این نمی‌توانست او باشد. کاوه خیلی از او کوتاه‌تر بود، با صورتی گِرد و کمی چاق و صدایی نازک. به او نزدیک شد. ناهید بی‌حرکت در جایش باقی ماند. هیچ شباهتی به او نداشت. اگر منتظرش نبود، نمی‌توانست بشناسدش. صورتش نرمی سابق را نداشت و قدش از ناهید بلندتر بود.

در ماشین سکوت برقرار بود. ناهید سرش را برگرداند تا نگاهی به او بیندازد، کاوه هم از گوشهٔ چشم نگاهش می‌کرد. چرا زبانش بند آمده بود؟ چقدر با او حرف داشت! فقط پرسید «مدرسه‌ت رو دوست داشتی؟» کاوه جوابش را به‌کوتاهی داد.

... پدر که رفت، مامان او را به مدرسه می‌برد. مامان که می‌رفت، ناهید ترس برش می‌داشت. می‌ترسید برنگردد. می‌ترسید هیچ کس برای برداشتنش از مدرسه نیاید و شروع می‌کرد به گریه. می‌ترسید وقتی به خانه برود، مامان خودش را کشته باشد. خودش شنیده بود که مامان به خاله‌اعظم می‌گفت نمی‌داند با سه بچه چکار کند و همین روزها خودش را می‌کشد. آن‌قدر گریه می‌کرد تا معلمش خسته می‌شد و می‌فرستادش دفتر...

وقتی کاوه زنگ زد بهرام اجازه داده که پیش مادرش برود، ناهید باعجله به یک آپارتمان دواتاق‌خوابه اسباب‌کشی کرد. از کارش یک هفته مرخصی گرفت، می‌خواست کاوه را به تمام جاهای دیدنی شهر ببرد. دیزنی‌لند اولین جایی بود که می‌باید می‌رفتند. می‌خواست صدای خندهٔ او را از بالای چرخ‌وفلک بشنود، همان‌طور که صدای بچه‌های محسن را شنیده بود.

شـش مـاه اول را بـا محسـن، کـه کمکش کـرده بـود بیایـد، زندگـی کـرد. امـا بهـرام هـر شـب زنـگ زد. تهدیدشـان کـرد، هـم او را و هـم محسـن و خانـواده‌اش را. بعـد هـم التمـاس و گریه. مـادر و برادرِ بهرام هـم زنگ زدند. حتـی مانـدانـا و پـدر و مـادر خـودش. همـه خواسـتند برگـردد. محسـن هم.

بعـد در قسـمت فروش لـوازم آرایـش فروشـگاهی بـزرگ کاری پیدا کرد و اتاقـی در یـک خانـه اجـاره کـرد. شـب‌هـا بافتنـی می‌بافـت و قـلاب‌دوزی می‌کـرد. ژورنال‌هـای فرانسـوی و ایتالیایـی می‌خریـد و از روی آن‌هـا ژاکت و بلـوز می‌بافـت. روی سـینه، دور گـردن و آسـتینشـان را گل‌دوزی می‌کـرد یا بـا تـور، طرحـی بـه آن می‌داد. شـیرینی‌پزی هـم بلد بـود. مدتی بـرای یک قنـادی ایرانـی شیرینی‌های خامـه‌ای پخت. پنجمین سـال آمدنش، مسئول فـروش همان مـارک لـوازم آرایـش در منطقه‌ای بـزرگ شـد.

بـرای کاوه تلویزیـون خریـد و میـز تحریـر و تختخـواب. ملافه‌هـا و حوله‌هـا را نمی‌دانسـت چـه رنگـی بخـرد. سـلیقۀ کاوه را نمی‌دانسـت. بـه فکـرش رسـید به مانـدانـا زنـگ بزنـد و از او بپرسـد. حالا خوشـحال بود این کار را نکـرده. همـۀ آنچـه کـه مانـدانا گفتـه بـود، حـالا به‌نظرش بی‌معنی می‌آمـد. مانـدانـا از چشـمان و نـگاه گریزانـش چیـزی نوشـته بـود. مانـدانا برایـش ننوشـته بـود کـه بوسـه‌اش او را بـه دلهـره می‌انـدازد. حتـی کفـش و شـلواری را کـه برایش فرسـتاده بـود، در تنش آن‌جـور که او تصور کـرده بود، نبـود. مانـدانا هیچ‌وقـت خبرهـا را کامـل نمی‌داد.

... مانـدانا سـر کوچـه منتظرش بـود. حتمـاً در خانـه خبـر جدیـدی بود. پـدر برگشـته بـود! بـاورش نشـد. مانـدانا قسـم خـورد. خـودش دیـده بـود کـه پـدر، مامـان را بوسـیده. پـدر تغییـر زیـادی نکـرده بـود. «دیـدی گفتم بالاخره سـرش بـه سـنگ می‌خـوره و برمی‌گـرده.» ایـن را خالـه‌اعظم چند روز بعد گفت. مامـان خندیـد. خالـه‌اعظم کـه رفـت، مامـان بـا پـدر بـه اتاق خـواب

رفتند و در را از پشت بستند. صدایشان از پشت در شنیده می‌شد. مامان یواش‌تر حرف می‌زد. حرف‌هایشان را دوست نداشت...

کاوه از دیدن آپارتمان و اتاق سر شوق آمد. چقدر شبیه عکس‌های جوانی بهرام شده بود! چشم‌هایش اما، شباهتی به چشم‌های او نداشت. وقتی ناهید با او آشنا شد، سی و هشت ساله بود. ناهید خودش را برای کنکور آماده می‌کرد. بهرام، در کافه‌تریای سرِ خیابانِ کلاس انگلیسی، چند میز آن‌طرف‌تر از او و دوستانش می‌نشست و آن‌ها را وارسی می‌کرد. از نگاهش خوشش نمی‌آمد. اصلاً از ریخت و قیافه و لباس‌پوشیدنش که مثل کارمندهای دولت بود، خوشش نمی‌آمد. یک روز منتظر دوستش بود که بهرام به سراغش آمد. بهرام صحبت می‌کرد و او فقط گوش می‌داد. بار سوم بهرام پیشنهاد کرد به جای خلوتی بروند.

... راه‌پله‌ها کثیف بود و باریک؛ آپارتمان کوچک و تاریکی در طبقهٔ سوم یک ساختمان کهنه در خیابان شاهرضا. دلهره داشت. نمی‌توانست حرف بزند. بهرام لباس‌های او را بیرون آورد، لب‌هایش را بوسید و پستان‌هایش را در دست گرفت. چندشش شد. زبانش بند آمد. کار بهرام که تمام شد، لباس‌هایشان را پوشیدند. بهرام با یک تاکسی تا سر خیابان خانه بردش...

شب اول ناهید به‌سختی خوابش برد. صبح زود از خواب بیدار شد. مدتی در جایش بی‌حرکت ماند. وقتی کاوه کوچک بود، ناهید صبح‌ها زودتر از او بیدار می‌شد و به رختخوابش می‌رفت. او را در میان بازوانش می‌گرفت، می‌بوسیدش و پشتش را می‌مالید تا از خواب بیدار شود. بعد او را آماده می‌کرد و به مدرسه می‌برد. چقدر دلش می‌خواست دوباره در بغل بگیردش. مثل آن روزها. مثل زمانی که بچه بود. از تخت‌خواب بیرون آمد و آهسته به‌طرف اتاق کاوه رفت. صدای نفس‌های کاوه از پشت در به

گوش می‌رسید. به کنار تختش رفت. مدتی نگاهش کرد. بعد لحاف را به گوشه‌ای زد و در کنارش دراز کشید. می‌خواست بغلش کند. کاوه بیدار شد و با تعجب نگاهش کرد. با تردید دست‌هایش را باز کرد و ناهید را در آغوش گرفت. قدش از ناهید بلندتر بود و دست‌هایش از دست‌های او بزرگ‌تر. دیگر بوی بچگی‌اش را نمی‌داد. ناهید چند ثانیه بی‌حرکت ماند، بعد وحشت‌زده از جایش بلند شد و به اتاقش گریخت.

بعد از یک هفته به سر کار برگشت. صبح‌ها کاوه را به مدرسه می‌رساند و بعد از کار بلافاصله به خانه برمی‌گشت تا شام را حاضر کند. کاوه بیشتر در اتاقش به‌تنهایی تلویزیون تماشا می‌کرد یا درس‌هایش را می‌خواند. بچهٔ ساکتی بود و زیاد حرف نمی‌زد.

نیمه‌شب ناهید از صدای ناله‌های او از خواب بیدار شد. کاوه تب سختی داشت. حولهٔ خیسی روی پیشانی‌اش گذاشت و پاشویه‌اش کرد. نفس‌هایش تند و بلند بود. کلمات نامفهومی زیر لب زمزمه می‌کرد. چشم‌هایش را باز نمی‌کرد. ناهید پهلویش نشست و دست‌هایش را در دست گرفت. نمی‌دانست چکار کند.

... کسی خانه نبود. مامان صبح گفته بود با ماندانا می‌روند خانهٔ خاله‌اعظم. هوا گرم بود. لخت شد و جلو آینه ایستاد. پستان‌هایش به‌اندازهٔ یک گردوی درشت شده بودند. لبخندی زد. بزرگ شده بود. لباس نازک بی‌آستینی پوشید. پدر خیلی زود آمد. مامان و ماندانا هنوز نیامده بودند. نگاه پدر به هراسش انداخت. به اتاق خودش رفت. پدر بعد از چند دقیقه صدایش کرد. می‌خواست ناهید کتاب‌هایش را بیاورد تا در درس‌هایش به او کمک کند. هنوز روی صندلی کنار میز نشسته بود که پدر دستش را کشید و او را روی زانوانش نشاند. زبانش بند آمد. کتابش را باز کرد. پدر دستش را به دور او حلقه کرد. شروع

کرد به خواندن یکی از صفحات کتاب. دست پدر روی بدنش شروع کرد به حرکت. به پستانش که رسید با خنده پرسید: «اینا چیه؟ چقدر بزرگ شدن. داری زن می‌شی.» بدنش یخ کرد. دست و پاهایش حرکت نمی‌کردند. پدر شروع کرد به مالیدن پستان‌های او. بعد گفت: «خوشت میاد؟» زبانش بند آمد. اشک‌هایش نزدیک بود سرازیر شود. صدای چرخیدن کلید در قفل، پدر را از جا پراند. محسن به خانه برگشته بود. فوری از بغل پدر پرید بیرون و در صندلی کناری نشست. پدر خود را به خواندن کتاب مشغول کرد...

پاشویه و حولهٔ خیس تب را پایین آورد. کاوه حالا آرام‌تر نفس می‌کشید. ناهید کنارش نشست. نزدیکی‌های صبح، کاوه چشم‌هایش را باز کرد و لبخندی زد. چقدر صورتش معصوم بود! اشک از چشم‌های ناهید سرازیر شد. کاوه را محکم در آغوش گرفت و تمام صورتش را بوسید. کاوه با تعجب نگاهش می‌کرد. بعد او هم دست‌هایش را دور شانهٔ ناهید حلقه کرد و گونه‌اش را بر صورت او گذاشت. بغض ناهید ترکید و با صدای بلند گریه کرد.

۱۹۹۴

موش‌ها و آدم‌ها
Of Mice and Women[1]

روی تخـتـم دراز کشـیده بـودم و بـا بی‌حوصلگـی مجلـه‌ای را ورق مـی‌زدم. سـرم را کـه بلنـد کـردم، چشـمم افتاد بـه موش درشـت خاکسـتری‌رنگی که در وسـط اتـاق به‌آرامـی به‌طرفـم می‌آمـد. هـر دو بـا هـم و در یـک لحظه، از جـا پریدیـم. مـوش بـه داخـل کمد فـرار کـرد و مـن روی دو پـا، روی تخت ایسـتادم. یعنـی چـه؟ یـک مـوش درشـت در وسـط اتاق‌خـواب مـن در یـک سـاختمان نوسـاز در لـس آنجلـس چه‌کار می‌کرد؟!

به‌آرامـی در گوشـۀ تخـت نشـسـتم. نمی‌توانسـتم چشـمم را از درِ کمـد، کـه نیمه‌بـاز بـود، بـردارم. بعـد از چنـد دقیقـه مـوش سرش را بیـرون آورد و بـه مـن خیـره شـد. دوبـاره از جایـم پریـدم و روی تخـت ایسـتادم. مـوش هـم پریـد داخـل کمـد. هم خنـده‌ام گرفتـه بـود و هـم بدنم مورمور می‌شـد. فکـرش را بکنیـد! آخـرِ شـب در خانه تنهاییـد و یـک مـوش بزرگ سـرش را از کمـد لباسـتان بیـرون بیـاورد و به شـما خیـره شـود!

دوبـاره نشـسـتم روی تخـت و حواسـم را شـش‌دانگ دادم به‌طرف کمد. تـازه چـراغ را خامـوش کـرده بـودم کـه دیدم مـوش در زیـر نور ملایـم ماه که

۱- «موش‌ها و خانم‌هـا» در مقابـل تیتـر انگلیسـی رمـان «موش‌هـا و آدم‌هـا»ی جـان اشتین بک کـه Of Mice and Men اسـت.

از پنجـره بـه درون اتـاق می‌تابیـد، از کمـد بیـرون آمـد. نگاهـی بـه دوروبر انداخـت و بـه‌طـرف تخـت راه افتـاد. آرام و سـنگین راه می‌رفـت. هیکلش از یـک مـوش عـادی بزرگ‌تـر بـود و بـه تـر و فـرزی موش‌هایـی کـه قبـلاً دیده بـودم، نبـود. بـه چندقدمـی تخت کـه رسیـد، شـهامتم تمام شـد و دوبـاره از جایـم پریـدم. مـوش هـم از جایش پریـد و فـرار کـرد. از تخـت پاییـن آمدم و درِ کمـد را بسـتم. دو تـا لگـد هـم بـه آن زدم. لگدهـا کار خـودش را کرد و مـوش دیگر برنگشـت.

سـرِ کار مـوش به‌کلـی از خاطـرم رفتـه بـود تا اینکـه دسـتم خـورد به مـاوس کامپیوتـرم و خـودم را بی‌اراده کنـار کشـیدم. قضیـۀ مـوش را بـرای همـکارم آنیتـا کـه متوجـه شـده بـود، تعریـف کـردم:

- You won't believe what I saw in my bedroom last night![1]

- A burglar?[2]

- No! A mouse![3]

- A mouse?![4]

- Yes, and it was a big one.[5]

- How big?[6]

انگشت شست و اشاره‌ام را تا آنجایـی که می‌توانستم از هم باز کردم.

گفت: «نمی‌تونه موش باشه! حتماً موش صحرایی بوده.»

– موش صحرایی؟ امیدوارم که نه.

چند ثانیه‌ای فکر کرد و بعد گفت:

۱- باورت نمی‌شه که من دیشب توی اتاق‌خوابم چی دیدم!

۲- یک دزد؟

۳- نه، یک موش.

۴- یک موش؟!

۵- آره، یک دونه بزرگش هم.

۶- چقدر بزرگ؟

- You got to get a mouse trap. They could be dangerous![1]

سرم را به موافقت تکان دادم.

در تمام روز چندین‌بار مجبور شدم دربارهٔ موش با افراد مختلف صحبت کنم. اول آنیتا با آب‌وتاب شروع می‌کرد: «مهرنوش یک موش توی آپارتمانش پیدا کرده.»

بعد من ماجرا را تعریف می‌کردم. هر کس اظهارنظری می‌کرد و در آخر هم یک سفارش: «یک تله‌موش بخر و تا دیر نشده او را گیر بینداز.»

عصر، مصمم به خرید تله، از اداره بیرون آمدم، ولی وسط راه پشیمان شدم و مستقیم به خانه رفتم. بااحتیاط همه‌جا را بررسی کردم. از موش اثری نبود. خیالم راحت شد و تا شب به‌کلی از یادم رفت که اصلاً موشی در کار بوده.

موقع خواب دوباره به یاد موش افتادم که چطور آرام و سنگین در وسط اتاق قدم می‌زد. چشم‌های گرد و براقش بااحتیاط اطراف را می‌پایید و گوش‌های ظریف و بلندش چون دو رادار در پی گرفتن امواج خطر بود. یک‌جوری، با موش‌هایی که قبلاً دیده بودم متفاوت بود. به‌طرف درِ کمد غلتیدم و چشم‌هایم را باز کردم. منتظر بودم که دوباره از گوشه‌ای بیرون بیاید، اما بعد از چند دقیقه چشم‌هایم روی هم رفت و به خواب رفتم.

چند روز بعد، در آشپزخانه نشسته بودم که دوباره پیدایش شد. آرام و ترسان از زیر یکی از کمدها بیرون آمد. دوباره بازی پریدن من روی صندلی، فرار موش و برگشتش تکرار شد. با این وجود، قبل از ترک خانه، کمی شیر در کنار همان کمدی که از زیرش بیرون آمده بود گذاشتم و به سر کار رفتم.

─────────────────────

۱- باید یک تله‌موش بگیری. می‌تونن خطرناک باشن.

از برگشتِ موش با کسی صحبت نکردم. می‌دانستم باز هم سفارش‌های مربوط به خرید تله شروع می‌شود. عصر، موقع ترکِ کار، از آنیتا پرسیدم معمولاً به موش‌های خانگی چه غذایی می‌دهند. خندهٔ بلندی کرد و گفت: «چی؟ موشه را آوردی پیش خودت ازش نگه‌داری کنی؟»
ـ نه، نه. فقط کنجکاوم.

آنیتا بعد از چند دقیقه سربه‌سرگذاشتن و شوخی و خنده، اطلاعاتش را در مورد غذای موردعلاقهٔ موش‌ها در اختیارم گذاشت. سرِ راهم، یک بسته کرهٔ بادام‌زمینی خریدم و به خانه رفتم. نعلبکی شیر دست‌نخورده مانده بود، ولی کنار یکی از کمدها چند فضلهٔ موش دیده می‌شد.

چند هفته از موش خبری نشد. یکی از شب‌ها که احساس تشنگی می‌کردم از جایم بلند شدم تا قدری آب بخورم. درِ یخچال را که باز کردم موش از زیر یخچال بیرون پرید و زیر یکی از کمدها آن‌طرف آشپزخانه، پنهان شد. به‌قدری تند از کنارم رد شد که فقط سایهٔ سیاهی از او دیدم. وقتی تپش قلبم آرام گرفت، چند دقیقه‌ای روی یکی از صندلی‌ها بی‌حرکت نشستم و منتظر ماندم. از موش دیگر خبری نشد. درست ندیده بودمش، اما چیزی متفاوت در او احساس می‌کردم. موش این بار برخلاف دفعات قبل سریع فرار کرده بود و کُندی و آرامش قبل را نداشت.

روزهای بعد، باز موش چند بار از زیر یک کمد بیرون پرید و در زیر یکی دیگر پنهان شد. فاصلهٔ زمانی بین دیدن موش هر دفعه کمتر می‌شد. وقتی که هم‌زمان، در دو طرف آشپزخانه، موش را دیدم که به‌سرعت فرار می‌کند، شستم خبردار شد که با بیش از یک موش سر و کار دارم. چندبار در کنجی، آرام نشستم و به گوشه‌وکنار آشپزخانه خیره شدم تا بالاخره مطمئن شدم که موش‌ها چندتا هستند و قدوقواره‌شان هم از موش اولی خیلی کوچک‌تر است. موش‌های کوچولوی ملوس و خاکستری‌رنگی

که بعد از چند روز ترسشان از من می‌ریخت و از کنارم آرام‌تر حرکت می‌کردند. حالا می‌توانستم چشمان براق و گردشان را ببینم.

ماجرا را برای آنیتا تعریف کردم. دوباره نصیحت کرد حتماً سم موش و تله بخرم و تا دیر نشده خودم را از شرشان راحت کنم. عصر سرِ راهم، در فروشگاهی توقف کردم تا نگاهی به وسایل موش‌گیری و موش‌کُشی بیندازم. در قفسه‌های فروشگاه، انواع و اقسام وسایل موجود بود. از دانه‌های سمی گرفته تا تله‌هایی که بدن موش را در زیر گیره‌های خود خرد می‌کرد و مقواهایی چسبناک، که غذای موردعلاقهٔ موش را روی آن می‌ریزی و وقتی موش برای خوردنشان روی آن می‌رود، دست و پایش به آن می‌چسبد و نمی‌تواند فرار کند. روی هر کدامشان هم عکسی از یک موش شریر انداخته بود. عکس‌ها شباهتی به موش‌های من نداشتند. بعد از جست‌وجوی زیاد، نوعی تله پیدا کردم که تا حدی قابل‌قبول بود. قوطی کوچکی که می‌بایست مقداری غذا در آن ریخت و درش را باز گذاشت و منتظر ماند تا موش به داخلش برود بعد درش را می‌بندی و آن را به خارج از خانه می‌بری. به خانه برگشتم و تله را در گوشه‌ای از آشپزخانه گذاشتم.

شب، قبل از خواب دوباره به فکر آن‌ها افتادم. حالا مطمئن بودم که موش اولی که آرام و سنگین راه می‌رفت، حامله بوده و موش‌های بعدی بچه‌های او هستند؛ او برای زاییدن آن‌ها به آشپزخانه من آمده تا در خلوت آنجا، با خیال راحت بچه‌هایش را به دنیا بیاورد. به یاد تله افتادم. شاید امشب موش مادر یا یکی از بچه‌هایش برای خوردن غذا به درون تله می‌رفت و در آنجا گیر می‌کرد و من فردا او را به جایی دور می‌بردم و رها می‌کردم. از جایم بلند شدم و به سراغ تله رفتم. هنوز خالی بود. آن را از کنار آشپزخانه برداشتم و در سطل آشغال انداختم.

روز بعـد وقتی داشـتم خانـه را تمیـز می‌کـردم متوجـه شـدم کـه کیسهٔ برنج سـوراخ شـده و دانه‌هـای برنج همـراه بـا فضله‌هـای ریـزی در گوشه‌وکنار آشپزخانه ریخته‌انـد. در کمدهـا هم، وضع به‌همیـن منوال بود. بعـد از تمیزکردن آشپزخانه تلـه را از سـطل آشـغال درآوردم و دوبـاره در گوشـه‌ای گذاشـتم.

طرف‌هـای عصـر، یکـی از بچه‌موش‌هـا در تلـه گیـر کـرد. صـدای حرکاتـش از داخـل جعبـه می‌آمد. جعبـه را بااحتیـاط، بـا گیرهٔ بلنـدی، به خـارج از خانـه بـردم و در گوشـه‌ای رهـا کـردم. دو سـه قدمی که دور شـدم، برگشـتم، درِ جعبـه را بـاز کـردم و بـا سـرعت پـا بـه فـرار گذاشـتم.

روز بعـد وضـع کمدهـای آشـپزخانه بدتـر شـده بـود. در هـر کنجـی، نوعـی مـواد غذایـی ریخته بـود. دیگـر داشـتم عصبانی می‌شـدم. آشـپزخانه را کـه تمیـز کـردم، بـه فروشـگاه رفتم و سـه چهـار تلهٔ دیگـر خریـدم و آن‌ها را در گوشـه‌وکنار گذاشـتم. صبـح روز بعد، یکـی دیگر از موش‌هـا در جعبه گیـر کـرد. صـدای حرکاتـش شـنیده می‌شـد. جعبـه را برداشـتم و سـرِ راهم آن را بـه گوشـه‌ای پرتـاب کردم.

شـب کـه برگشـتم جعبه‌ها خالـی بودنـد، امـا دوبـاره دانه‌هـای برنج در گوشـه‌وکنار ریخته بـود. وقت و حوصلهٔ تمیزکردن نداشـتم. شـب با کسی قـرار داشـتم و می‌بایسـت آمـاده می‌شـدم. کمـد زیر دست‌شـویی را کـه بـاز کـردم، چیـزی بـا شـدت به‌طرفـم پریـد. وحشـت‌زده بـه گوشـه‌ای پرتـاب شـدم. هم‌زمـان بـا آن، دو مـوش کوچـک از دو طرف حمام به داخـل اتـاق، و از آنجـا بـه درون کمدهـا، فـرار کردنـد. قلبـم به‌تنـدی می‌زد و به‌شـدت عصبانـی بـودم. در گوشـه‌وکنار حمـام فضله‌های سیاه و کثیف ریخته بود. موش‌هـایِ کثیـف و بدجنـس! تمـام خانـه‌ام را اِشـغال کرده‌انـد. بایـد فکری جـدی برایشـان بکنـم. حـالا نشانشان می‌دهم!

قـرار شـبم را بـه هـم زدم و بـه فروشـگاه رفتـم. این بـار با دقت بیشـتری

به تله‌ها نگاه کردم. جعبه‌های موش‌گیری به‌نظر بی‌فایده می‌آمدند. رفتم به‌طرف تله‌های واقعی؛ تله‌هایی که در آن پنیر می‌گذاری و موش که برای خوردن آن می‌رود دست و پایش در تله گیر می‌کند. عکس‌های روی جعبه خیلی شبیه موش‌های خانه‌ی من بود. سه چهار تله خریدم و آن‌ها را در آشپزخانه و حمام گذاشتم و به رختخواب رفتم.

نیمه‌های شب، از صدای جهش شدیدی از خواب پریدم و به‌طرف حمام دویدم. موش کوچکی در میان گیره‌های تله برای رهایی خود تلاش می‌کرد. چند قطره خون در اطراف ریخته بود. دلم به هم خورد. درِ حمام را به‌هم کوبیدم و به اتاق نشیمن فرار کردم.

صبح، بدون استفاده از حمام و دست‌شویی به اداره رفتم. نزدیکی‌های ظهر، به برادرم زنگ زدم و جریان را برایش تعریف کردم. قدری به من خندید و در مورد رابطهٔ تاریخی زن‌ها و موش‌ها سخنرانی بلندبالایی کرد، اما بالاخره دلش سوخت و قول داد به کمکم بیاید.

سه چهار روز اول، چندبار به برادرم زنگ زدم و از او برای بیرون‌بردن جنازهٔ موش‌ها کمک خواستم. بار آخر، وقتی که دو روز صبر کردم و خانه بوی موش مرده گرفت، خودم موش را برداشتم و در سطل آشغال انداختم.

زمانی که فکر کردم سِری اول بچه‌موش‌ها تمام شده‌اند، موش‌های ریزتری پیدا شدند. این گروه سرعت بیشتری داشتند و با اطمینان و اعتمادبه‌نفسِ بچه‌هایی که در خانهٔ ارثی آباواجدادی‌شان زندگی می‌کنند، در سرتاسر خانه رفت و آمد می‌کردند. هیچ‌جای خانه در امان نبود. اتاق خواب را کاملاً اشغال کرده بودند. شب‌ها زیر تخت‌خواب با پررویی گُرگم‌به‌هوا بازی می‌کردند. هر چه مواد غذایی می‌خریدم خیلی زود مورد دستبرد آن‌ها قرار می‌گرفت و در کمدها و کف آشپزخانه پخش و پلا می‌شد.

دوباره از آنیتا کمک خواستم. با هم به فروشگاهی که او می‌شناخت رفتیم و انواع و اقسام تله‌های موجود را خریدیم و آن‌ها را در سرتاسر خانه جاگذاری کردیم. بهترینشان همان تکه‌مقوای چسبناک بود. روی آن مواد غذایی می‌گذاشتی. بچه‌موش‌ها که روی آن می‌رفتند، دست و پایشان به مقوا می‌چسبید و همان‌جا آن‌قدر می‌ماندند تا از گرسنگی و تشنگی بمیرند. گاهی، یکی دو تا از آن‌ها که زرنگ‌تر بودند با تلاش زیاد خودشان را نجات می‌دادند، اما همیشه قسمتی از پوست، مو، گوشت یا تکه‌ای از دست و پایشان روی چسب‌ها می‌ماند و من از رد خونی که به‌دنبال خود به جا می‌گذاشتند، می‌توانستم آن‌ها را تعقیب کنم و با ضربهٔ جارو، یا با پاشنهٔ کفش، بکشمشان.[1]

۱۹۹۶

۱– یادداشت ناشر: در این داستان نویسنده به‌خوبی روند تغییر رفتار شخصیت اصلی داستان را، از دلسوزی برای موش‌های مزاحم تا کشتن آن‌ها با استفاده از تله‌های چسبی، به‌تصویر کشیده است؛ بازتابی از زندگی واقعی که در آن عافیت‌طلبی و احساس تهدید منافع کوتاه‌مدت، برخی افراد را از خصایل انسانی‌شان دور می‌کند و البته باید خاطرنشان کرد که تحلیل کامل و جامع این داستان در این مجال کوتاه امکان‌پذیر نیست. هرچند مطرح‌شدن مقولات مختلف در ادبیات داستانی به‌معنای تصدیق آن‌ها از سوی نویسنده یا ناشر نیست، ناشر اشاره به این موضوع را لازم می‌داند که استفاده از تله‌های چسبی، یکی از خشن‌ترین و غیرانسانی‌ترین راه‌ها برای کنترل جمعیت موش‌هاست. این تله‌ها زندگی جانداران دیگر مانند پرندگان، گربه‌ها، جوندگان دیگر و حتی زنبورها، پروانه‌ها و حلزون‌ها را نیز به خطر می‌اندازند. برای راندن موش‌ها از محیط زندگی شیوه‌های مسالمت‌آمیزی هست که می‌توان آن‌ها را در وب‌سایت‌های حقوق حیوانات یافت.

حلقهٔ گمشده

هواپیما خلوت بود. در صندلی‌های کنار دستم کسی ننشسته بود. می‌توانستم به‌راحتی در جایم حرکت کنم و حتی اگر بخواهم دراز بکشم. در طرف دیگر راهرو، در قسمت هم‌ردیف من، زن و شوهری چینی در کنار هم نشسته بودند. تقریباً همقد بودند، با موهای سفید و کفش‌های تنیس همرنگ و همشکل، و دو کیف دستی شبیه به‌هم. در سالن انتظار هم دیده بودمشان. هواپیما تأخیر داشت و یک ساعتی به انتظار نشسته بودیم. در تمام مدتی که در کنار هم بودیم، ندیدم که با هم کلمه‌ای ردوبدل کنند.

وقتی خلبان اعلام کرد مسافران می‌توانند کمربندهایشان را باز کنند، مرد از کنار زن برخاست و روی صندلی کنار پنجره نشست. بعد کتابی از جیبش در آورد و به خواندن مشغول شد. زن که صورت آرام و محجوبی داشت، به بیرون چشم دوخته بود و فکر می‌کرد. از شکاف بین صندلی‌ها، زن و مرد جوانی را می‌دیدم که روی صندلی جلوی من نشسته بودند. زن موهای بلوندی داشت که بر شانه‌هایش ریخته بود و مرد شب‌کلاه سفیدی بر موهای مشکی‌اش گذاشته بود. زن جوان از

جایش برخاست تا چیزی از قفسهٔ بالای سر بردارد. با بلندشدن او صدای افتادن و غلتیدن شیئی توجهم را جلب کرد. زن فریاد کوتاهی از تأسف کشید و با صدای بلند به مرد گفت که کاملاً فراموش کرده بود که انگشتر و حلقه‌اش را روی دامنش گذاشته است و حالا هر دو به زمین افتاده‌اند.

زن پس از دو سه دقیقه انگشتر را در زیر کمربند صندلی پیدا کرد و برای پیداکردن حلقه روی زمین نشست. من هم خم شدم زیر صندلی‌های ردیفم را نگاه کردم. اما خیلی زود چون نشانی از آن ندیدم، به سر جایم برگشتم. زن جوان اول زیر صندلی زن و شوهر مسن چینی را جست‌وجو کرد، اما بعد از چند دقیقه ناامید شد و به‌طرف صندلی‌های دیگر رفت. زن مسن که توجهش کاملاً به او جلب شده بود، از جایش برخاست و چهار دست و پا روی زمین نشست و با حرکت انگشتانش، گوشه‌وکنار راهرو و زیر صندلی‌ها را جست‌وجو کرد. مرد هنوز کتاب می‌خواند. زن با زبان چینی چند کلمه با او گفت‌وگو کرد. مرد سرش را از روی کتاب برداشت و با بلندکردن پاهایش به زن اجازه داد تا زیر پایش را بگردد. بعد خود او نیز کتاب را به کناری گذاشت و همراه با زن، بدون ردوبدل‌کردن کلمه‌ای، تمام گوشه‌وکنار اطراف را با دقت زیرورو کرد. بعد از دو سه دقیقه مرد به صندلی‌اش برگشت. زن چینی به‌طرف زن جوان رفت و با جملاتی شکسته و با هیجان، مشخصات حلقه را از او پرسید. زن جوان که هنوز همراه با شوهرش زیر صندلی‌های ردیفشان را می‌گشت، به‌طرف او برگشت و بعد از تشکر توضیح داد: «یک حلقهٔ درشت و سنگین طلا با سه برلیان کوچک.» بعد انگشترش را به او نشان داد و گفت که حلقه و انگشتر جفت هم‌اند. هواپیما به تکان افتاده بود. خلبان از مسافران خواست که سر جایشان بنشینند و کمربندهایشان را ببندند. زن و شوهر جوان در جایشان نشستند، اما همچنان با چشم‌هایشان اطراف را می‌گشتند. زن

چینـی بـه جسـت‌وجو در زیر صندلـی ردیف‌های جلـو ادامه داد. حالا دیگر از حجـب و آرامـش چنـد دقیقـۀ قبل خبـری نبود. مثـل دختربچـه‌ای کنجکاو و پرتحـرک بـا چالاکـی روی زمیـن می‌خزیـد، پـای مسـافران را عقـب می‌زد و زیـر صندلی‌هـا را نـگاه می‌کـرد. یکـی از مهمانـداران کـه متوجهـش شـده بـود، مؤدبانـه از او خواسـت کـه در جایـش بنشـیند و کمربنـدش را ببنـدد. بعد پرسـید کـه به‌دنبال چـه می‌گـردد. زن بـا لهجـۀ غلیظـش گفت کـه به‌دنبال حلقـه‌ای گمشـده است. زن جوان نیـز در مـورد گم‌شـدن حلقـه توضیحاتی داد. مهمانـدار قول داد کـه بعـد از آرام‌گرفتـن هواپیما به آن‌ها کمـک کند. زن مسـن بـه صندلی‌اش برگشـت و کمربنـدش را بسـت، اما همچنان سـرش را به اطراف می‌چرخانـد و چشـمان کنجـکاوش در جسـت‌وجو بود.

بـه‌محض اینکـه خلبـان اعـلام کـرد می‌تـوان کمربندهـا را باز کـرد، هر دو زن به‌سـرعت و هم‌زمـان بـا هـم از جایشـان بلنـد شـدند و بـه کارشـان ادامـه دادنـد. حـالا مهمانـدار هـم بـه کمـک آن‌هـا آمـده بـود. زن چینـی به‌طـرف جلـو و زن جوان همـراه بـا مهمانـدار، به‌سـمت عقـب حرکت کردنـد. توجـه مسـافران دیگر هم جلب شـده بـود و با حرکت چشـم و گردن آن‌هـا را دنبـال می‌کردنـد. چنـد دقیقـه بعد زن مسـن بـا هیجـان از جایـش پریـد و بـا صدایـی بلنـد، اعـلام کرد کـه حلقه پیدا شـد! دختر از خوش‌حالی نفـس بلنـدی کشـید و حلقـه را در انگشـت دسـت چـپ، در کنـار انگشـتر کـرد. زن چینـی کـه صورتـش از خنـده پـر بـود و چشـمان ریزش از شـادی بـرق می‌زد، بـه صندلی خودش برگشـت و شـروع کـرد بـه صحبت‌کردن با شـوهرش. هـر دو ضمن صحبت مرتب سرشـان را به‌طرف زن و مرد جوان برمی‌گرداندنـد و بـا آن‌هـا لبخنـدی رد و بـدل می‌کردنـد. بعـد از مدتی هر دو سـاکت شـدند. مرد چینی به سروقت کتابش برگشـت، و زن دوباره آرام و بی‌صـدا بـه پشـتی صندلـی تکیـه داد و بـه فکـر فـرو رفت.

طی چند ساعت بعد زن چینی همچنان ساکت، در جایش نشسته بود. مرد حتی یک بار سرش را از روی کتاب بلند نکرد تا کلمه‌ای با او صحبت کند. به مقصد که نزدیک شدیم، زن آینه و شانهٔ کوچکی از کیف دستی‌اش درآورد، با دقت موهایش را شانه زد و ماتیک کم‌رنگی به لبانش مالید. با یک دست گوشهٔ پلک چشمش را کشید تا چروک آن را صاف کند و با مداد ابرو خط باریکی بر بالای مژه‌های کوتاه و کم‌پشتش کشید. بعد لوازم آرایش و آینه را در کیف‌دستی جا داد و در انتظار رسیدن به مقصد، به جلو چشم دوخت.

۱۹۹۷

سیلویا[1]

شاخه‌های درهمِ درخت‌های خانهٔ همسایه، به داخل حیاط خانهٔ ما ریخته بود و حالتی سرسبز و آرامش‌بخش به آن می‌داد، اما دانه‌های کوچکی که از آن‌ها بر کف حیاط می‌ریخت زیر پا مایع سرخ‌رنگ و کثیفی بر جای می‌گذاشت. بعد از مدتی از تمیزکردن حیاط خسته شدم و به شوهرم پیشنهادِ بریدن شاخه‌ها را دادم. محسن اول مخالفت کرد، اما اصرار مرا که دید رضایت داد. چند ماهی بیشتر نبود که به آن خانه آمده بودیم و همسایه‌ها را نمی‌شناختم. فقط از میان شاخه‌ها چند بار پیرمردی را دیده بودم که به گل‌ها و گیاهان خانه رسیدگی می‌کرد.

روز بعد به دیدن همسایه‌ها رفتم، می‌بایست رضایتشان را می‌گرفتم.

زن مسن کوچک‌اندامی در را باز کرد. خودم را که معرفی کردم، به‌گرمی از من استقبال کرد. داخل خانه، برخلاف حیاطشان، کوچک و تاریک بود

۱- داستان سیلویا (Sylvia) پیش از این به‌زبان فرانسه در رسانهٔ زیر منتشر شده است:

«عشق ایرانی، آنتولوژی داستان معاصر ایران»، انتشارات گالیمار، فرانسه، ژانویهٔ ۲۰۲۱

Amours Persanes, Anthologie De Nouvelles Iraniennes Contemporainesn, Gallimard, France, Janvier 2021

همچنین این داستان به‌زبان ترکی استانبولی در رسانهٔ زیر منتشر شده است:

نشریهٔ «داستان‌های جهان» Şubat Dunyanin öyküsü 14، شمارهٔ ۱۵، ژوئن - ژوئیهٔ ۲۰۱۶، استانبول، ترکیه

و اسباب و اثاث زیادی در آن گنجانده بودند. زن که چین‌وچروک عمیقی صورتش را پوشانده بود، کلاه‌گیس پرپشتی بر سر داشت و ماتیک سرخابی تندی بر لب مالیده بود. شوهرش، باب ـ پیرمردی که به گل‌ها رسیدگی می‌کرد ـ به‌همان خوش‌رویی و گرمی او بود و همان‌طور هم کوچک‌اندام و خوش‌پوش. الیزابت در یک فنجان تمیز و کهنه برایم قهوه آورد. دست‌های کوچکش پر از رگ‌های برجسته و خال‌های قهوه‌ای بود. هر دو کنجکاو بودند بدانند قبلاً کجا زندگی می‌کرده‌ام، چند بچه دارم و به محله و آدم‌هایش عادت کرده‌ام یا نه. باب، دندان‌های مصنوعی براقی داشت و موهایش کاملاً سفید بود. هنگام صحبت‌کردن بادقت به چشم‌هایم نگاه می‌کرد. وقتی متوجه شد خارجی‌ام، حرف‌زدنش را شمرده‌تر کرد. الیزابت مرتب حرف باب را قطع می‌کرد و با حرارت موضوعی را که او به‌آرامی شروع کرده بود، ادامه می‌داد. در همان نیم‌ساعتی که آنجا بودم، دانستم بیش از چهل سال است در آن خانه زندگی می‌کنند، سه دختر دارند که آخرین آن‌ها در همان‌جا به دنیا آمده، درخت بزرگ جلوی خانه را دختر کوچکشان، وقتی پنج‌ساله بوده کاشته. دخترهای اول و آخر ازدواج کرده‌اند و هرکدام دو بچه و یکی از آن‌ها نوه دارد. دلم می‌خواست وقت بیشتری با آن‌ها بگذرانم اما کامی، پسرم، در خانه تنها بود. موافقت آن‌ها را برای قطع شاخه‌ها گرفتم و به خانه برگشتم.

خانهٔ ما تقریباً خالی بود. هنوز اسباب و اثاثیهٔ زیادی نداشتیم. محسن اصرار می‌کرد بچهٔ دیگری داشته باشیم، اما یک بچهٔ دیگر برای من، به‌معنی پایبندی بیشتر بود. تقریباً تمام مسئولیت نگهداری کامی به‌عهدهٔ من گذاشته شده بود. کارِ خانه و بچه‌داری، تمامِ وقت بعد از ساعات اداری‌ام را می‌گرفت. هرچند خرید و اسباب‌کشی به این خانه نوعی توافق با ادامهٔ زندگی مشترک بود، اما هنوز تردید

داشتم. آیا زندگی من سرمشق خوبی برای فرزندانم خواهد بود؟

چند روز بعد، الیزابت و باب جانسون به دیدنمان آمدند. محسن خیلی زود با باب گرم گرفت و او را برای دیدن درخت‌ها و گل‌هایی که خودش کاشته بود، به حیاط برد. الیزابت هم با آب‌وتاب، تاریخچه‌ای از زندگی همسایه‌ها و صاحبان قبلی خانه در اختیارم گذاشت. موقع رفتن، باب که هیجان‌زده به‌نظر می‌آمد و دیگر شمرده حرف نمی‌زد، دست‌های مرا در دست‌های استخوانی‌اش گرفت و با لحنی که از او انتظار نداشتم، گفت ساعات خوبی را در کنار ما گذرانده است. بعد، به من رو کرد و گفت که چقدر زیبا هستم و از محسن پرسید که آیا تمام زنان ایرانی زیبا هستند؟ آن‌ها که رفتند، محسن تا مدتی سربه‌سرم می‌گذاشت و می‌گفت که دیگر جرئت نمی‌کند مرا در خانه با همسایه‌ای چون باب تنها بگذارد!

آن شب در رختخواب محسن دوباره بند کرده بود که بچهٔ دیگری می‌خواهد. خوابم می‌آمد، اما او می‌خواست عشق‌بازی کند. حوصله‌اش را نداشتم. شاید اگر بیشتر اصرار می‌کرد، باز مانند دفعات پیش تسلیم می‌شدم تا زودتر از دستش خلاص شوم. اما خوشبختانه زیاد پاپی نشد، پشتش را به من کرد و خوابید.

چند روز بعد، وقتی به خانه رسیدم، متوجه شدم که کلیدم را در اداره جا گذاشته‌ام. برای تلفن به محسن، به خانهٔ جانسون‌ها رفتم. باب در خانه تنها بود. سگ کوچک و پشمالوی آن‌ها از زیر چتر موهای خاکستری‌اش بادقت به من نگاه می‌کرد. باب لیوانی شراب برای من و لیوانی برای خودش ریخت و در کنارم نشست. خانه تاریک و دم‌کرده بود. عکس قدیمی و رنگ‌ورورفته‌ای از مراسم عروسی باب و الیزابت روی پیانو بود. روی طاقچه‌ها، عکس‌هایی از دخترها و نوه‌ها در سنین

مختلف، به چشم می‌خورد. چند تابلوی کوبلن‌دوزی از کارهای الیزابت به در و دیوار اتاق آویزان بود. باب بعد از خوردن گیلاس دوم، پرحرف شد. گونه‌هایش سرخ شده بود و در حین صحبت به من خیره می‌شد. وقتی داشتیم در مورد عکس‌ها صحبت می‌کردیم، حرف مرا قطع کرد و گفت می‌خواهد برایم پیانو بزند. بعد، پشت به من، روی صندلی پیانو نشست و به نواختن پرداخت. بدنش با ریتم موزیک حرکت می‌کرد. دیگر به پیرمردی هشتادساله شباهتی نداشت. در میان نواختن ملودی زیبایی، وقتی نظر مرا کاملاً به خودش جلب کرده بود، از نواختن ایستاد. چند دقیقه‌ای انگشتانش بی‌حرکت ماند. بعد به‌طرف من چرخید و پرسید: «می‌دانی تو مرا به یاد چه کسی می‌اندازی؟» و بدون آنکه منتظر جواب من بماند، گفت: «زنی که شصت سال پیش عاشقش بودم.»

نمی‌دانستم چه جوابی بدهم. ادامه داد: «از وقتی شما به همسایگی ما آمده‌اید، من هر روز به یاد او هستم.»

چشمان آبی‌رنگش مرطوب شده بود و صدایش می‌لرزید. بعد یک لیوان دیگر شراب برای خودش ریخت. روی مبل، کنار دستم نشست و به حرف‌هایش ادامه داد: «بیست‌ساله بودم که در مجلس رقصی با سیلویا آشنا شدم. دختری جذاب و کوچک‌اندام، با موهایی تیره و نگاهی که در چشمانت گره می‌خورد و اسیرت می‌کرد.» نگاه باب آن‌چنان در فضا گم بود که گویا سیلویا در جلوی چشمانش در حال رقص است: «تمام بدنش همراه با موسیقی به حرکت در می‌آمد. چشمانش را با دل‌فریبی به چشمان شریک رقصش می‌دوخت و طوری سِحرش می‌کرد که نمی‌توانست از او چشم بردارد. تمام پسران مجلس منتظر بودند که یکی بعد از دیگری با او برقصند. با من چندین بار رقصید و بعد از تمام‌شدن مجلس به آپارتمانم آمد.» لبخندی تمام

صورت باب را پوشاند: «شش ماه بعد، ما با هم ازدواج کردیم. خودم را خوشبخت‌ترین مرد دنیا احساس می‌کردم. حاضر بودم برای رضایت سیلوی هر کاری بکنم.»

با صدای زنگ خانه، باب به زمان حال برگشت. محسن به دنبالم آمده بود. باب موقع خداحافظی دست‌های مرا گرم و صمیمانه فشار داد اما کلمه‌ای بر زبان نیاورد. محسن سربه‌سرم می‌گذاشت که کلید را بهانه کرده‌ام تا با پیرمرد تنها باشم. می‌گفت دیدی که چه نگاه‌های عاشقانه‌ای به تو می‌کرد. گفتم که او هم باید به الیزابت جدی‌تر فکر کند چون من و باب تصمیم گرفته‌ایم که با هم به شهر دیگری فرار کنیم!

در هفته‌های بعد فرصتی پیش نیامد تا جانسون‌ها را ببینم. اغلب روزهای یکشنبه از حیاط خانه‌شان صدای خنده و صحبت بلند بود. دخترها و دامادها همراه با بچه‌هایشان به آنجا می‌آمدند. از بالای دیوار کوتاه حیاط، می‌توانستم باب را ببینم که همراه با دامادهایش بساط باربیکیو راه انداخته‌اند. در این‌جور مواقع، پیش‌بند کوتاهی به کمر می‌بست و کلاه سفیدی بر سر می‌گذاشت که قیافه‌اش را خنده‌دار می‌کرد. صدای بازی و خندهٔ بچه‌ها که تمام روز به‌دنبال هم می‌دویدند و واق‌واق شاد سگ کوچکشان، فضای خانه را پر می‌کرد. یک بار که باب متوجه حضور من در حیاط خانه‌مان شد، با صدای بلند مرا به دخترها و دامادهایش به‌عنوان همسایهٔ محبوب خود معرفی کرد و از من دعوت کرد که برای ناهار به آن‌ها بپیوندم. دلم می‌خواست در فرصتی با باب تنها شوم و داستان سیلویا را بشنوم.

یک روز باب به‌تنهایی به دیدنم آمد. هنوز چند ساعتی به آمدن محسن مانده بود. کار زیادی داشتم. می‌بایست ظرف‌های از شب پیش مانده را می‌شستم و شام محسن و کامی را آماده می‌کردم. تصمیم گرفتم

ظرف‌ها را به حال خودشان رها کنم و برای شام پیتزا سفارش دهم. ویدئوی کارتون موردعلاقهٔ کامی را گذاشتم و به سراغ باب رفتم. بعد از مقدمه‌چینی کوتاهی، خودش شروع کرد: «یک‌سالی که با سیلویا زندگی کردم، بهترین و شادترین زمان زندگی‌ام بود. شب‌ها تا نیمه‌شب بیدار بودیم. اگر به بیرون و به باری نمی‌رفتیم، دوستانمان به آپارتمانمان می‌آمدند. من پیانو می‌زدم. سیلوی ستارهٔ رقص و مرکز توجه بود. همسایه‌ها چند بار برایمان پلیس آورده بودند. یک بار هم از خانه بیرونمان کردند. اما ما عین خیالمان نبود. شب‌ها تا صبح عشق‌بازی می‌کردیم و روز بعد تا دیروقت می‌خوابیدیم. خیلی زود تمام پس‌اندازم تمام شد و مجبور شدم شب‌ها در یک بار پیانو بزنم. سیلویا بعضی مواقع در رستوران‌های نزدیک خانه کاری می‌گرفت، اما همیشه دیر می‌کرد یا سر کار خواب‌آلود بود. بعد بیرونش می‌کردند و مجبور می‌شد که دوباره به دنبال کار بگردد. اما روزبه‌روز زیباتر می‌شد. تمام مردهای اطراف به‌ترتیبی به‌دنبال جلب‌توجه او بودند. به خودم افتخار می‌کردم که او مال من است.» باب برای چند دقیقه ساکت شد. سرش را پایین انداخت و با یخ‌های لیوان بازی کرد. بعد با صدایی که به‌سختی شنیده می‌شد، ادامه داد: «یک شب که به خانه برگشتم، سیلوی در خانه نبود. مدتی بود که شب‌ها دیر به خانه می‌آمد، اما این بار یادداشتی برایم گذاشته بود. نوشته بود برای زندگی زناشویی ساخته نشده. می‌خواست به دنبال چیزی بگردد که به او رضایت بیشتری بدهد.»

باب کاملاً احساساتی شده بود. لیوان نوشابه‌اش را پر کردم و دست‌هایش را در دست گرفتم. چند قطره‌اشکی که در چشمانش جمع شده بود از لابلای خطوط صورتش، به پایین سرازیر شد. دست مرا به لب‌هایش نزدیک کرد و بوسید. بعد سرش را روی دست‌هایم گذاشت و دیگر حرفی نزد.

خیلـی زود بـرای اتـاق مهمانخانه کـه خالـی بود، مبلمـان جدیدی خریدم و دوسـتان و آشـنایانی را کـه می‌خواسـتند بـه دیـدن خانـهٔ جدیدمـان بیاینـد، بـرای شـام دعـوت کـردم. درخت‌هـا و گل‌هایـی کـه محسـن کاشـته بـود، داشـتند بـزرگ می‌شـدند و حیـاط خانه‌مـان کم‌کـم از لُختـی در می‌آمـد.

یـک روز یکشـنبه، بـا محسـن به سـراغ بـاب و الیزابـت رفتیـم و از آن‌ها خواسـتیم کـه بـرای قدم‌زدن و خـوردن صبحانـه بـه مـا بپیوندنـد. هـر دو با خوش‌حالـی پذیرفتنـد. الیزابـت و محسـن جلـو افتادنـد. من و کامـی همراه بـا بـاب پشـت سـر آن‌ها بودیـم. خیلـی زود آن‌قـدر از مـا فاصلـه گرفتند که دیگـر نمی‌دیدمشـان. بـدم نمی‌آمـد کـه بـا بـاب تنهـا باشـم. بعـد از چنـد دقیقـه کـه از آب و هـوا و اخبـار محلـی صحبـت کردیـم، از او پرسـیدم بعد از آن آیـا سـیلویا را دیـده و یـا خبـری از او داشـته اسـت؟ جوابـم را نـداد. مدتـی بـدون آنکـه صحبتی بیـن مـا ردوبـدل شـود، پابه‌پـای هـم راه رفتیم. به اولیـن کافی‌شـاپ کـه رسـیدیم، بـاب پیشـنهاد کرد چنـد دقیقه‌ای اسـتراحت کنیـم. دو قهـوه و لیوانـی آب‌پرتقـال خریـدم و روبه‌روی بـاب نشـسـتم. قبل از آنکـه قهـوه‌اش تمـام شـود، شـروع کـرد: «مدتـی طول کشـید تا بـه دوری سـیلویا عـادت کنـم. همـراه با دوسـت نزدیکـم رَنـدی وارد ارتش شـدم. بعد از یـک دورهٔ تعلیماتـی، مـا را به شـهری کوچـک در کنتاکی فرسـتادند. تمام هفتـه در پـادگان بودیـم و آخـر هفته‌هـا می‌توانسـتیم به شـهر برویـم. بعد از یکـی دو مـاه در یـک مهمانـی، من و رَنـدی، با الیزابت و دوسـتش کلر آشـنا شـدیم. بعـد از آن، بیشـتر تعطیـلات را بـا آن‌هـا می‌گذرانـدیم. الیزابت دختر زیبایـی نبـود، اما خیلـی مهربان بـود. خانواده‌اش در شـهر تقریباً سرشـناس بودنـد؛ خانـواده‌ای یهـودی در شـهری کوچـک و سـنتی. مـا از نظر فرهنگی متفـاوت بودیـم و روحیاتمـان بـه هـم نمی‌خـورد. الیزابـت عاشـق خیاطـی و خانـه‌داری بـود و تمـام عمـرش را در همـان شـهر کوچـک به سـر بـرده بود.

لس آنجلس برایش دنیای دیگری بود. دنیایی پر از عجایب. بار اول که مرا به خانواده‌اش معرفی کرد، زیاد خوششان نیامد. علاقه‌ای نداشتند که تنها دخترشان، با پسری مسیحی ارتباط داشته باشد. اما بعد از مدتی که من و پدرش همدیگر را بیشتر شناختیم، توانستیم به هم علاقه‌مند شویم. او هم پیانو می‌نواخت و به همان موزیکی که من دوست داشتم، علاقه‌مند بود. مادرش هم مرا مثل پسری که همیشه دلش می‌خواست داشته باشد، دوست داشت. الیزابت مرتب برایم شال‌گردن، دستکش و ژاکت می‌بافت و مادرش غذاهای موردعلاقه‌ام را می‌پخت. بعد از یک‌سال با هم نامزد شدیم. خیلی زود در مراسم باشکوهی که بیشتر آدم‌های شهر و دوستان پادگان من در آن شرکت داشتند، عروسی کردیم و بعد برای ماه عسل به هاوایی رفتیم. روزی که برگشتیم، در میان نامه‌های رسیده نامه‌ای از سیلویا پیدا کردم.»

الیزابت و محسن از راه رفته برگشتند و ما را در آن کافه پیدا کردند. باب در تمام راهِ بازگشت، ساکت بود. محسن می‌خواست بداند چه بر سر باب آورده‌ام که هروقت با من تنها می‌شود، چشمانش گریان می‌شود یا در دنیای دیگری سیر می‌کند!

چند روز بعد الیزابت به‌تنهایی به دیدنم آمد. از حال باب پرسیدم. گفت باب این روزها حوصلهٔ دیدن و صحبت با کسی را ندارد. بعد گفت: «هرازگاهی از تمام دنیا کناره می‌گیرد. اوایل ازدواجمان، گاه‌گداری مقدار زیادی مشروب می‌خورد و شروع می‌کرد به نواختن پیانو با صدای بلند که تا نیمهٔ شب ادامه داشت. بعد هم تا چند روز خودش را در اتاق حبس می‌کرد..»

برای مدتی از خانه‌شان صدای شلوغی و بازی بچه‌ها نمی‌آمد. من و محسن هم دوباره به جان هم افتاده بودیم. او شب‌ها دیرتر می‌آمد و

در کارهـای خانـه و بچـه‌داری وظایفش را انجـام نمی‌داد. مرتب بـه من ایراد می‌گرفت کـه بی‌حوصلگی و بهانه‌جویـی می‌کنـم. دلم می‌خواست چند روزی کامـی را بـا او تنهـا بگـذارم و از آن شـهر بـروم، امـا جایی را نداشتم. کار و گرفتـاری هـم اجـازه نمی‌داد.

بعـد از دو سـه هفته، یـک روز از روی دیـوار خانه، باب را دیدم. داشـت بـه گل‌هـای باغچه رسـیدگی می‌کـرد. به‌نظرم کوچک‌تر و خمیده‌تـر آمد. تا مـرا دید، بـا صدای بلنـد صدایم زد و خوش‌وبـش کرد. دوبـاره به سرخوشی سـابق برگشـته بـود. مرتب از مـن تعریـف می‌کـرد و می‌گفت کـه چقـدر دلـش بـرای گپ‌زدن بـا من تنـگ شـده است. دلم می‌خواست از سیلویا بپرسـم. گویـا خودش حـدس زد. سـرش را از روی حصار چوبی خانه بالا آورد، صدایـش را آرام کـرد و گفـت: «تـا وقتـی تـو در اطـراف مـن هسـتی، راهـی بـرای فرار از سیلویا نـدارم. سـال‌ها طول کشـید تـا او را فراموش کنم امـا حـالا بایـد خـودم را بـه حضـور دائـم او عـادت بدهم.»

روز بعـد، الیزابـت سـر راهـش بـه خانۀ دخترشـان، مـرا صـدا زد و گفـت بـاب خواسـته اسـت کـه اگـر کاری نـدارم بـه خانه‌شـان بـروم. از خدا می‌خواسـتم. در آینـه نگاهـی بـه خـودم انداختـم. صورتـم پریده‌رنـگ و موهایـم بی‌حالـت بـود. تصویـر روشـنی از سـیلویا نداشـتم. بـاب فقـط از نـگاه و رقصیدنـش تعریـف کـرده بـود. زنـی کـه شصت سـال پیش نـگاه، رنـگ مـو و قـد و بـالای مرا داشـته. کمـی آرایش کردم و لباسـی را کـه مدلی قدیمـی داشـت پوشـیدم. سیلویا را مجسـم می‌کـردم کـه حـالا پیرزنی بـه سـن و سـال بـاب اسـت بـا چین‌وچروک‌هـای عمیقـی روی صورتـش و دسـت‌هایی بـا رگ‌هـای برجسـته و خال‌هـای قهـوه‌ای.

بـاب منتظـرم بـود. بلـوز و شـلوار همرنگی برتن داشـت و موهای سـرش را به‌دقت شـانه کـرده بـود. صـدای موزیک آرامـی می‌آمـد. یـک شیشـه

شراب همراه با دو لیوان کریستال روی میز بود. برای لحظه‌ای احساس گناه کردم. آیا به قرار ملاقات با معشوقی آمده بودم؟

باب دست‌هایم را در دست گرفت، بوسه‌ای بر آن زد و تشکر کرد که به دیدنش رفته‌ام. بعد از نیم‌ساعت که از هر دری صحبت کردیم، گفت دلش می‌خواهد برایم پیانو بزند. دوباره همان آهنگ قبلی را زد. بعد از تمام‌شدن آهنگ، برای مدتی همان‌طور که دست‌هایش روی شستی‌های پیانو بود، ساکت نشست. به کنارش رفتم. دست‌هایم را بر شانه‌اش گذاشتم و پرسیدم که سیلویا در نامه چه نوشته بود؟

گفت: «نامه تاریخ یک ماه قبل را داشت و به آدرس خانه‌ای که با هم زندگی می‌کردیم، فرستاده شده بود. بعد از جدایی از من به شهرهای مختلفی رفته بود و با مردهای دیگری آشنا شده بود. اما حالا دیگر آماده بود که پیش من برگردد. می‌خواست زندگی جدیدی را با هم شروع کنیم. اولین فکرم برگشت به لس آنجلس و پیداکردن او بود. سیلوی زیبای من آمادهٔ برگشتن به‌طرف من بود. من در این شهر کوچک در کنار این دختر ناآشنا چه می‌کردم؟ دختری که برای جلب رضایت من شال‌گردن می‌بافت، لباس‌های ازمدافتادهٔ بی‌قواره می‌پوشید، و هر روز غذای جدیدی می‌پخت. نامه بوی او را می‌داد. چند بار آن را خواندم. باید برمی‌گشتم! سیلوی تنها عشق زندگی‌ام بود. چشم‌های قشنگ و لبخندهای شیرین او را با الیزابت مقایسه می‌کردم. سه روز خودم را در اتاق زندانی کردم و اشک ریختم. الیزابت از تغییر حالتم متعجب شده بود. نامه را از او پنهان کردم. نقشهٔ رفتن می‌کشیدم. اما نمی‌دانستم که چطور به الیزابت بگویم. حتی یک بار تصمیم گرفتم که بدون گفتن کلمه‌ای او را ترک کنم و برایش فقط یک یادداشت بگذارم. اما در آخرین لحظه فکر اینکه چه بر سر او خواهد آمد و چطور در آن شهر کوچک انگشت‌نما می‌شود، مرا از رفتن پشیمان

کـرد. او چـه گنـاهی کـرده بـود کـه آنطـور بـه مـن عشـق میورزیـد؟ خانوادهاش حـالا بـرای مـن خانـوادهای بـود کـه هیچوقت نداشـتم. مـادر و پـدرش به من افتخـار میکردنـد. چطـور میتوانسـتم تمـام اینهـا را نادیده بگیـرم و بـه سـوی عشـق و زندگیام فـرار کنم؟»

رویـش را بهطرفـم برگردانـد. سـرش را روی سینهام گذاشـت و ماننـد پسـربچهای زار زد. دسـتهایم را دور شـانهاش حلقـه کـردم و بـه نـوازش موهایـش پرداختـم.

از پشـت پنجـره میتوانسـتم ببینـم کـه شـاخههای تازهرشـدکردهٔ درخـتها از روی دیـوار بـه حیاط خانـهٔ ما سـایه انداختهاند.

۱۹۹۸

کتاب سوم

مجموعه‌داستان
خاکستری

خاکستری[1]

زن، ساکت، نگاهش را به زیر انداخت. مرد از عشق گفته بود؛ گفته بود دوستش دارد، گفته بود آماده است تا در کنارش به آرامش برسد. چگونه می‌توانست به آرامش فکر کند؟ به او بگوید؟ مرد باید بداند آنچه را او سال‌ها از دیگران پنهان کرده. باید بفهمدش، اگر می‌خواهدش به‌همان اندازه که او دوستش دارد. و گفته بود. مرد نگاهش کرده بود، بی‌هیچ سخنی. به او گفته بود از آن‌همه سال بی‌خوابی، از نگاه وحشت‌زدۀ دخترک در پشت پنجره؛ منتظر که بیاید به سینما ببردش، پس از ماه‌ها که می‌آمد خانواده‌اش را ببیند.

دختر لباس‌پوشیده و آماده، از پشت پنجره دیده بودشان. سه نفر بودند، سر خیابان به انتظار. پدر که از تاکسی پیاده شد، یکی‌شان به راه افتاد. دیگری علامتی داد به آن‌که در طرف دیگر بود و او به‌تأیید سری تکان داد. آن‌که جلو رفت، بلندقد بود و باریک، با بارانی خاکستری و موهای سیاه. دستش را از جیب بیرون آورد. دخترک دید، اما صدایی نشنید. نه از آنچه بین او و پدر رد و بدل شد و نه از اسلحه. پدر دستش

را بر قلب گذاشت و از پهلو به زمین افتاد. بهتش زد، و بعد جیغی بلند. صدا در خانه پیچید. در بیرون هم شاید. مردِ بلندقدِ بارانی‌پوش سر بلند کرد تا نگاهش کند. خونسرد، با سبیلِ پرپشت. بعد دستش را که در هوا بی‌حرکت بود، در جیب برد، به‌سرعت برگشت و با آن دوتای دیگر، در خم کوچه ناپدید شد.

باریک، بلند، با سبیل پرپشت، موهای سیاه، نگاهِ سرد، و بارانيِ خاکستری.

حالا می‌رفت که او را ببیند. ببیند؟ شاید. شاید هم از پشتِ سرِ کار را تمام کند. اسلحه را از کیف بیرون بیاورد و در یک لحظه از پشت، نه، نه، باید همان‌طور باشد که دیده بود. جلو می‌رود. چند کلمه صحبت می‌کند، بعد اسلحه را بیرون می‌آورد. درست در قلبش. باید از پهلو به زمین بیفتد. خبری کوچک در صفحهٔ حوادث («مردی به دست یک ناشناس کشته شد.» نه، نه، نه. متنی می‌نویسد و برایشان پست می‌کند. ای‌کاش بارانی خاکستری‌اش را پوشیده باشد!

ناشناس که زنگ زد و آدرس پاتوق او را داد، باورش نشد. بعد از آن‌همه سال پیدایش کرده بود! گفته بود که او سه‌شنبه‌شب‌ها به آنجا می‌رود. سه‌شنبه‌ها از ساعت هشت شب. جمعه بود. شنبه محل رستوران را بازرسی کرد. یکشنبه هم. باید زودتر برود و در پناه دیوار پارکینگ منتظر بماند. از ماشین که پیاده شود جلو می‌رود، خودش را معرفی می‌کند و بعد... می‌شناسدش؟ بی‌شک. تمام خطوط چهره‌اش را در ذهن ثبت کرده بود. و تا که یادش نرود، هر روز آن را مرور می‌کرد. هر روز طی بیست سال؛ باریک، بلند، با سبیلِ پرپشت، موهای سیاه، نگاهِ سرد، بارانيِ خاکستری. و آن یادداشت که مادر پیدا کرده بود در کنارش.

مرد بعد از آن هنوز دوستش خواهد داشت؟ همه‌چیز را اعتراف خواهد کرد. مرد درکش می‌کند. کشتن یک قاتل که جنایت نیست! او

تـاوان پـس داده اسـت؛ تـاوانِ قتـل یـک پدر، تـاوانِ تنهایـی مادر؛ زنـی با نام و نشـانی تغییریافتـه و فـراری از همه‌کس، فـراری از همه‌جـا. مـرد کمکش خواهـد کـرد تـا آن‌همه را پشـت سـر بگـذارد، فرامـوش کند.

مـرد، مهربـان بـود و دوست‌داشـتنی، از همـان اولین‌بار کـه ملاقاتـش کـرد در خانـۀ یـک دوسـت. ساعت‌ها گفت‌وگو کـرده بودنـد، از هـر دری، و از هرآنچـه هـر دو دوسـت داشـتند. مـرد خطـوط چهـره‌اش عمیـق بـود و پیشـانی‌اش بلنـد، امـا جذاب و خواسـتنی. شانه‌ها، دست‌هایش، پناهگاهی بـرای او، و مهربانیِ نگاهـش جایگزینِ تمامِ نامهربانی‌هـا. بعـد، مـرد به دیدنـش آمـد. بی‌خبـر، در یک بعدازظهـر آفتابی. در را که باز کرد، پشـت در ایسـتاده بـود. آمـده بـود تـا بـا هم بـه سـینما بروند.

چنـد مـاه اول ورودش فقـط جسـت‌وجو کرده بـود. در پیِ خاکسـتری به آن شـهر آمـده بـود. سـال‌ها بـه دنبالش بـود اما نشـانی نیافتـه بـود. بالاخره، آن‌کـه بـا همدسـتی‌اش پـدر را کشـته بودنـد، اعتـراف کـرده بـود: «اعـدام انقلابـیِ یـک خائـن». اعضـای گـروه حـالا هـر کـدام در یکـی از شـهرهای دنیـا پراکنـده بودنـد. نشـانی‌های آن‌کـه ماشـه را کشـیده بـود، واضح‌تـر بود. حتـی اسـمِ شـهرِ محـل اقامتـش را گفته بـود. وقت را تلـف نکـرد. از کارش اسـتعفا داد، تیرانـدازی یـاد گرفـت، اسـلحه را در صنـدوق عقب ماشـین جاسـازی کـرد و راه افتـاد، به‌هـوای نوشـتن تـز دکترایـش «جو انقلابـی و اعدام‌هـای سیاسـی.»

نیم‌سـاعت زودتر رسـید. سر سـاعت هفت و نیم.

وقـت دارد کـه نقشـه‌اش را دوبـاره بررسـی کند، چطـور اسـت همین‌جا، دمِ در، بـه کمیـن بنشـیند؟ نـه، بهتریـن جـا همان اسـت کـه قبلاً نشـان کرده. به‌قـدر کافـی تاریـک، کـه دیده نشـود. تا که آمـد از ماشـین بیرون می‌رود، به او نزدیـک می‌شـود، و تیرانـدازی می‌کنـد. نـه، نه، خـودش را معرفی می‌کند

و قبل از آنکه فرار کند تیری در قلبش خالی خواهد کرد. بعد چه؟ بهتر است تا وقت دارد یادداشت کوتاهی بنویسد تا در کنارش بگذارد. «قاتلی بعد از بیست سال...»، نه نه، «اعدام انقلابیِ یک قاتل»، یادداشتی در کنار جسدش. مادر حتماً خوشحال خواهد شد. چه امضایی پایش بگذارد؟ «دختر یک خائن»؟ یا... «یک قربانیِ بی‌گناه»؟ از شهر فرار می‌کند، شاید هم از کشور. هفت و چهل و پنج دقیقه. هنوز یک ربع مانده. پس مرد چی؟ دیگر نخواهدش دید؟ چشمان مهربانش را؟ بازوان لاغرش را که آن‌قدر دوست دارد در آن جای بگیرد؟ شاید او هم همراهش شود. گفته بود که دوستش دارد، گفته بود برای رضایت خاطر او حاضر است هرکاری بکند. هفت و پنجاه دقیقه. رازش را که گفته بود، مرد درکش کرده بود. چرا سخنی نگفته بود؟ آیا آرامشی را که در انتظارش بود، به دست خواهد آورد و سروسامانی که هر دو می‌خواستند؟ هفت و پنجاه و پنج دقیقه. فقط پنج دقیقهٔ دیگر. اگر نیاید، چی؟ شاید به‌جای او پلیس‌ها سر برسند. اما او که نمی‌داند. هیچ‌کس نمی‌داند، حتی مادر. اما...؟ یک دقیقه بیشتر به هشت نمانده. چرا نیامد؟ هر لحظه ممکن است برسد. این ماشین اوست؟ یک مردِ تنها، صورتش پیدا نیست، کجا پارک خواهد کرد؟ چقدر نزدیک. پیاده شد. دارد می‌آید به این طرف. این صدای چیست که این چنین با شدت می‌تپد؟ خودش است! قدبلند، باریک، با همان بارانی خاکستری. آرام بگیر! حالاست که از قفسهٔ سینه بیرون بزنی. اما موهایش! نه، موهایش سیاه و پرپشت نیست! کنار شقیقه‌ها ریخته و بقیه خاکستری. و نگاهش! دارد نزدیک می‌شود. این کیست؟ اشتباهی رخ داده! نمی‌تواند او باشد. اما نه، خودش است: لاغر، بلندقد با بارانی خاکستری. سبیلش را تراشیده. چرا این طور نگاهم می‌کند؟ چرا سوئیچ نمی‌گردد؟ روشن شد. باید دنده‌عقب بزند و قبل از آنکه ببیندش، بگریزد. نه، نه، جلو نیا.

چـرا جلـو ماشـین ایسـتاده اسـت؟ در انتظـار چیسـت؟ چـرا کنار نمی‌رود؟ بایـد فـرار کنـم. نـه نمی‌خواهم بـا تو روبه‌رو شـوم. نه این خاکسـتری نیسـت! چـه نوازشـگر نگاهـش می‌کنـد. کنار بـرو، دور شـو، این‌طور نگاهـم نکن. از پشـت ماشـین کنار بـرو. نمی‌خواهد تـو را دوبـاره ببینـد. چـه‌کار می‌کنی؟ نه، حـق نـداری وارد ماشـینش بشـوی. بایـد در را قفـل کنـم. برگـرد، بـا او حرف نـزن، حتـی یک کلمـه. نمی‌خواهـد دوبـاره در بازوانت جای بگیرد. دسـتانت را بـه دورش حلقـه نکـن. سـرش را بـر شـانه‌ات نگـذار. بـه هِق‌هِق گریه‌اش گـوش نـده. نوازش‌هایـت را نمی‌خواهـد. اشـک‌هایش را پاک نکـن! صورتش را نبـوس! بگذار تنها باشـم!

مـرد آرام و خمیـده دور شـد. زن با حسـرت، از میان پلک‌هـای بادکرده و چشـمان سرخ‌شـده‌اش او را دید که سـوار ماشین شـد و از راه آمده بازگشت.

۲۰۰۱

سنگام[1]

دوشنبه ۹ اوت ۱۹۹۹

امـروز بالاخـره بعـد از یـک هفتـه انتظـار در اولیـن جلسـهٔ بررسـی پروژهٔ جدید، با افرادی کـه قـرار اسـت با آن‌ها کار کنم، آشـنا شـدم. کتی، سـاندرا، مایـک و شـالپا. کتی لاغـر و بلندقـد اسـت با موهای بلونـد. سـاندرا نژاد چینـی دارد و هیکلـی کوچـک. مایـک در عوض بلندقد اسـت بـا سـبیل‌های روشـن و باریکـی کـه تا دقت نکنی نمی‌توانی آن را تشـخیص بدهی. شـالپا هنـدی اسـت. موهـای مشـکی و براقی دارد با پوسـتی روشـن، چشـمانی درشـت و دو حلقـهٔ سـیاه دور چشـمانش. در اوایل جلسـه قیافـه‌اش تلخ و اخمـو بـود. بعـد از چنـد لحظه موهایـش را بـه یـک طرف برد و روی شـانهٔ چـپ انداخت. بعـد، انگار کـه گرمـش شـده باشـد، موهـا را با سـنجاقی

۱- داستان «سنگام» پیش از این چهار بار به‌زبان فارسی منتشر شده است:

۱. هشتاد سال داستان کوتاه ایرانی (ایران)، اولین چاپ، ۱۳۸۴، آخرین چاپ، ۱۴۰۱/۰۳/۱۸

۲. نقش ۸۲، داستان‌های برگزیدهٔ داوران، دورهٔ چهارم جایزهٔ بنیاد گلشیری (ایران)، سال ۱۳۸۳

۳. کارگاه داستان‌نویسی بنیاد گلشیری (ایران)، اردیبهشت ۱۳۸۲

۴. نشریهٔ کانون نویسندگان در تبعید

برگردان این داستان به‌زبان ترکی استانبولی نیز در این نشریه منتشر شده است:

نشریهٔ «داستان‌های جهان» Şubat Dunyanin öyküsü 14، (استانبول ترکیه) Sayı 11 ekim kasim 2015

(شمارهٔ ۱۱، اکتبر- نوامبر ۲۰۱۵)

در بـالای سـر جمـع کـرد. وقتی دیـد نگاهش می‌کنم لبخنـدی زد که همهٔ تلخـی صورتـش را گرفـت و چهـره‌اش دلپذیر و جذاب شـد. بعـد از اتمام جلسـه بـا هـم به‌طرف اتـاق کارمـان راه افتادیم. پرسـید اهـل کجایی؟ قبل از آنکـه جوابـش را بدهـم خـودش گفـت. اول فکر کـرده هنـدی‌ام، بعد از لهجـه‌ام فهمیـده ایرانـی‌ام. گفتـم مـا شـرقی‌ها شبـاهت‌های زیـادی با هم داریـم. گفـت خیلی‌هـا فکـر می‌کنند دخترش مینـا، ایرانی اسـت. برایش از علاقـه‌ام بـه فیلم‌هـای هنـدی در دوران تین‌ایجـری، و از خاطراتـی که از ایـن فیلم‌هـا داشـتم، گفتـم ـ به‌خصـوص از فیلم «سنگام». بعـد صدایم را نـازک کـردم و یـک سـطر از آواز فیلم سنگام را خوانـدم. نمی‌دانم چطـور این سـطر به یـادم مانـده. معنـی آن را اصلاً نمی‌دانـم. مطمئنم که بیشـتر کلماتـش را عوضـی تلفـظ کـردم. هـردو به‌شـدت خندیدیـم. بعد، چنـد دقیقـه در مـورد مثلـث عشـقی فیلم و دخـتر قهرمـان داستان که در انتخـاب دو مـردی کـه عاشـقش بودنـد نقشـی نداشـت، صحبـت کردیـم. از او پرسـیدم «سـنگام» چـه مفهومـی دارد. گفـت در هنـد محلی هسـت به‌نـام سنگام نزدیـک الله‌آبـاد کـه در آنجـا سـه رود مقـدس گنـگ، جَمُنـا و ساراسـواتی بـه هـم می‌پیونـدنـد و بعـد از هـم جـدا شـده و هرکـدام به راه خـود ادامـه می‌دهند.

شـالپا گفـت خـودش به سـینما چنـدان علاقـه‌ای نـدارد امـا شـوهرش عاشـق سینماسـت. گفـت همـراه بـا او چنـد فیلم خـوب ایرانـی دیـده‌اند. یـک فیلـم از کیارسـتمی و یکـی هـم از مخملبـاف. برایـم جالـب بـود که او سـینمای پیشـروِ ایـران را می‌شناسـد.

دوشنبه ۱۶ اوت ۱۹۹۹

امـروز از جلـوی اتـاق شـالپا کـه رد شـدم عکس‌هـای روی میزش توجهـم

را جلب کرد. روی میز پر است از قاب عکس و مجسمه‌های تزئینی. یک عکس از او با مردی همسن و سال خودش و یک دختر و دو پسر در سنین بیست‌سالگی. حتماً خانواده‌اش هستند. همه صمیمی و نزدیک به‌هم ایستاده‌اند و می‌خندند. شالپا و دخترش ساری پوشیده‌اند و مردها بلوز و شلوارهای سفیدِ هندی. شالپا به میان ابروهایش یک خال قرمز چسبانده و صورتش را لبخندی از رضایت پوشانده است. یک عکس تکی از دخترش دارد. خیلی شبیه ایرانی‌هاست. یک عکس هم از همان مرد با کت و شلوار و کراوات. با پوستی کاملاً تیره، موهای مشکی، نگاهی خندان و خیره به دوربین.

جمعه ۲۰ اوت ۱۹۹۹

از شالپا در مورد مردِ داخل عکس‌ها پرسیدم. گفت شوهرش «سان‌جی»، است. گفتم به‌نظر ورزشکار می‌آید. گفت هم اسکی می‌کند، هم کوهنوردی. از نزدیک به عکس نگاه کردم. باید آدم جالبی باشد. هم ورزشکار است، هم علاقه‌مند به سینما.

چهارشنبه ۱ سپتامبر ۱۹۹۹

با شالپا برای خوردن ناهار رفتیم بیرون. برخلاف من رستوران‌ها و خیابان‌های اطراف را خوب می‌شناسد. قرار گذاشتیم یکی از روزها به رستوران ایرانی‌ای برویم که در همان اطراف است. گفت با شوهرش چند بار به این رستوران رفته. قبلاً گفته بود که خانه‌اش از اداره دور است. تعجب کردم که چطور آن‌همه راه را برای رفتن به یک رستوران می‌آیند. گفت شوهرش قبلاً در این اداره کار می‌کرده، اغلب روزها با هم ناهار می‌خورده‌اند.

جمعه ۲۴ سپتامبر ۱۹۹۹

امـروز شالپا کـت و دامـن بنفشـی پوشـیده بود بـا یک بلـوز مشـکی یقه‌باز. یـک ردیـف مرواریـد کبـود هم بـه گـردن داشـت. از لباسـش تعریـف کردم و گفتـم کـه چقـدر رنـگ بنفـش و ترکیـب آن بـا مشـکی را دوسـت دارم. گفت شوهرش از رنـگ بنفش خیلـی خوشـش می‌آید. بعـد گردن‌بنـد را با دسـتش لمـس کـرد و گفـت آن را سـان‌جی موقـع به‌دنیاآمـدن دختـرش به او هدیـه داده. چـه مـرد خوش‌سـلیقه‌ای! رنـگ بنفش معمـولًا رنـگ موردعلاقۀ فمینیست‌هاسـت.

پنجشنبه ۳۰ سپتامبر ۱۹۹۹

بـا شالپا بـرای ناهـار بـه رسـتوران «خیـام» رفتیـم. گفـت جوجه‌کبـاب این رسـتوران، غـذای مـورد علاقۀ سـان‌جی اسـت. حق بـا او اسـت. از بهتریـن جوجه‌کباب‌هایـی اسـت کـه تـا به‌حـال خـورده‌ام. شالپا خـودش گیاه‌خوار اسـت، کشـک بادمجـان و ماسـت‌وخیار سـفارش داد.

دوشنبه ۱ نوامبر ۱۹۹۹

شالپا در کارش خیلـی وارد اسـت. در اداره برایـش احتـرام زیـادی قائل‌اند. امـروز بـا کتـی در مـورد او صحبت می‌کردم. گفت سـطح کار شالپا خیلی بالاتر از شـغلی اسـت کـه در اینجا دارد. قبلاً به‌عنوان حسـابدارِ قسم‌خورده در یـک شـرکتِ بین‌المللـی کار می‌کـرده. تعجب کـردم که چرا این شـغل را قبـول کـرده اسـت. گفـت بعد از مـرگ شـوهرش به ایـن اداره آمـده. این‌طور بهتـر می‌توانـد خاطـرات او را زنـده نگه دارد.

تمـام روز از دیـدن شالپا پرهیز کـردم. نمی‌دانسـتم چطور بـا او برخورد کنـم. هنـوز هم بـاورم نمی‌شـود. سـان‌جی مرده؟

دوشنبه ۲۹ نوامبر ۱۹۹۹

امـروز کـه به اتـاق شالپا رفتم، به عکس خانوادگی روی میز اشاره کردم و پرسـیدم عکس مال چند سـال پیش اسـت؟ گفت سـه سـال پیش. پرسـیدم عکـس شـوهرت چطـور؟ قـاب را از روی میـز برداشـت، غبـار روی آن را پـاک کـرد و گفـت چهار سـال پیش گرفته شـده. می‌خواسـتم در مـورد مرگ سـان‌جی بپرسـم، امـا او چنـان باهیجان در مـورد روزی کـه سـان‌جی عکس را گرفتـه بـود حرف زد که پشـیمان شـدم.

دوشنبه ۶ دسامبر ۱۹۹۹

ظهـر کـه بـا شـالپا بـرای پیاده‌روی رفتـه بودیم، از او پرسـیدم سـان‌جی را خیلـی دوسـت دارد؟ گفـت زندگـی بـدون او برایـش بی‌مفهوم اسـت. گفتم حـالا بایـد زندگـی جدیـدی را شـروع کنـد. صورتـش بـاز تلـخ شـد. گفتم کـه می‌دانـم در قسـمت‌هایی از کشـورش هنـوز زنـان بیـوه را بـا شوهرانشـان می‌سـوزانند. قـدری در هـم رفـت، بعد گفت که آن‌هـا از ایالـت «کِرالا»ی هندنـد. بیـن هندوهـای این منطقـه قوانیـن مادرتبـاری برقرار اسـت. بچه‌ها بـه خانـوادۀ مـادر تعلق دارنـد و شـوهر بعـد از ازدواج به خانـوادۀ زن ملحق می‌شـود. زن‌هـا هروقـت بخواهنـد شوهرشـان را طـلاق می‌دهنـد و بعـد از مـرگ او خیلـی راحـت ازدواج می‌کنند. برایـم خیلـی جالب بود. پرسـیدم آیا خانـوادۀ او و سـان‌جی هنـوز از ایـن قوانیـن پیـروی می‌کننـد؟ گفت بعـد از مـادرش، او و خواهـرش، تنهـا وارثان املاک موروثی خانواده خواهند بود. املاکـی کـه قرن‌هـا به خانـوادۀ مـادرش تعلق داشـته.

خیلـی برایـم جالـب بـود که بدانـم در هنـد هم مناطقی وجـود دارد که زنـان هنوز صاحب‌اختیـارِ زندگـی و وارثان ثروت خانوادگی‌انـد؛ درسـت مثـل بعضـی قبایـل آمریکای لاتیـن که هنوز قوانیـن مادرتباری دارند.

دوشنبه ۳ ژانویهٔ ۲۰۰۰

امـروز شـالپا از سـفرش بـه هنـد برگشـت. خوش‌به‌حالـش. چقـدر دلـم می‌خواسـت مـن هـم می‌توانسـتم مدتـی بـه مرخصـی بـروم. خیلـی درهـم و غمگیـن بـه نظـر می‌آیـد. کمی هـم لاغر شـده. هـر دو تمـام روز گرفتـار بودیم و نتوانسـتیم بیـش از چنـد دقیقـه صحبت کنیـم. قرار شـد چنـد روز دیگر با هم بـه یک رسـتوران هنـدی برویـم و سـر فرصـت گـپ بزنیم.

جمعه ۷ ژانویهٔ ۲۰۰۰

امـروز بـرای ناهـار با شـالپا، کتی و سـاندرا به یک رسـتوران هنـدی رفتیم. نمی‌دانسـتم غذاهـای هنـدی این‌قـدر بـه غذاهـای ایرانـی شـبیه‌اند. حتی نوشـابه‌ای به‌نـام «لاسـی» دارنـد کـه دوغ خودمـان اسـت. همراه بـا ناهار «دال» خوردیـم کـه همان عدسـی اسـت و بـرای دسـر شـیربرنج! شـالپا از سـفرش صحبـت کرد. ایـن اولین سـفر او بـه هند بدون سـان‌جِی بـوده. دیدن خانوادهٔ سـان‌جِی خاطراتـش را از او زنده کرده اسـت.

سه‌شنبه ۱۸ ژانویهٔ ۲۰۰۰

شـالپا عکسـی جدیـد از خـودش و سـان‌جِی روی میز گذاشـته؛ عکسِ روز عروسی‌شـان. عـروس و دامـاد را بـا طنابـی از گُل بـه هم بسـته‌اند. عکـس را مادرشـوهرش بـه او داده. گفـت کـه سـان‌جِی در آن روز چقـدر جـذاب و دوست‌داشـتنی بـوده. در دلـم گفتـم مثـل همیشـه. گفـت از همـان روز عاشـقش شـده. طـوری صحبت می‌کنـد که گـویا خوشبخت‌تریـن عـروس دنیاسـت. چقدر خوب اسـت کـه آدم این‌قدر عاشـق باشد.

سه‌شنبه ۸ فوریهٔ ۲۰۰۰

در یک ماه گذشته شالپا زیاد سرحال نبود. بیشتر وقتش را به‌تنهایی در اتاقش می‌گذراند. میزش را پر از عکس‌های سان‌جی کرده. فکر می‌کنم بیشتر آن‌ها را از هند با خودش آورده.

از او پرسیدم که اگر به‌جای سان‌جی او زودتر مرده بود، سان‌جی چه رفتاری می‌کرد؟ گفت سان‌جی حتی انتظار نداشته که شالپا بعد از او تنها بماند. بعد خیلی آهسته، طوری‌که دیگران نشنوند، گفت یکبار سان‌جی به او گفته بود که اگر او مُرد، حتماً خیلی زود ازدواج کند چون یک بدن خوب و لطیف، حیف است که حرام شود. موقع گفتن این حرف گونه‌هایش از شرم گل انداخته بود، اما صدای خنده‌اش توجه همه را جلب کرده بود.

سه‌شنبه ۴ آوریل ۲۰۰۰

امروز کامپیوترم از کار افتاده بود. به اتاق شالپا رفتم تا از کامپیوتر او استفاده کنم. دیروز چهارمین سالگرد مرگ سان‌جی بود. دختر و پسر بزرگش از شمال کالیفرنیا برای شرکت در مراسم آمده‌اند. شالپا چند روز مرخصی گرفته تا با آن‌ها باشد.

در اتاق شالپا که نشسته‌ای، دوروبرت را عکس‌های سان‌جی احاطه کرده است. فاصلهٔ بین عکس ازدواجشان با آخرین عکس بیش از بیست سال است، اما سان‌جی زیاد تغییری نکرده. موهایش همان‌طور مشکی و براق مانده. فقط یک سبیل کم‌پشت به بالای لبش اضافه شده که به صورتش جذابیت بیشتری داده است.

تمام روز به هر طرف که می‌چرخیدم سان‌جی از گوشه‌ای به من نگاه می‌کرد. در لباس شنا، در حال اسکی، روی یک قایق با یک ماهی بزرگ

در دسـت، و عکسـی هـم با کـت و شـلوار و کراوات. عکـس را برداشـتم و از نزدیـک بـه صورتش نگاه کـردم. چشـمانش پر از خنـده بود.

پنجشنبه ۶ آوریل ۲۰۰۰

امـروز شالپا از مرخصی برگشـت. مجبـور شـدم وسـایلم را از اتاقش جمع کنـم و بـه دفتـر خودم بـروم. چقـدر در و دیـوار اتاقم خالی اسـت. حتی یک عکس هـم روی میزم نیسـت.

چهارشنبه ۱۲ آوریل ۲۰۰۰

شـالپا می‌گفـت برایـش خیلی سـخت اسـت بـه مـردی بـه‌جز سـان‌جی فکر کنـد. امیـدی بـه پیداکردن کسـی بـا تمـام خصوصیـات او را نـدارد. فکـر می‌کنـد نمی‌تـوان عاشـق مـردی شـد کـه با سـان‌جی متفاوت باشـد. گفت سـان‌جی برایـش شـوهر ایـده‌آل بـوده. گفتم بهتر اسـت زندگی‌اش را با یک مُـرده به هـدر ندهد.

پنجشنبه ۴ مۀ ۲۰۰۰

دیشـب شـالپا بـرای شـام بـه خانۀ زن و شـوهری از دوسـتان قدیمـش رفته بـود. دوسـت دیگـری هـم کـه زنـش چند سـال پیـش مـرده، دعوت داشـته. گفـت دوسـتانش اصـرار دارنـد کـه راج جفت خوبـی برای اوسـت. می‌گفت اصـلاً آمادگـی ازدواج نـدارد. گفتم بایـد به خودش این فرصـت را بدهد تا بـا مـردان دیگـر آشـنا شـود. شـالپا اصـرار داشـت کـه هیـچ مـردی نمی‌تواند جـای سـان‌جی را بگیـرد. گفتـم کـه اشـتباه می‌کند. چطـور می‌شـود میان این‌همـه مـرد در دنیـا کسـی را پیـدا نکرد؟

جمعه ۲۶ مۀ ۲۰۰۰

امروز روزی است کـه زنـان هنـدو روزه می‌گیرنـد و دعـا می‌کنند کـه در زندگی‌هـای بعـدی دوبـاره بـا شـوهر خودشـان ازدواج کنند. وقتـی شالپا ایـن را گفـت، پرسـیدم کـه نکنـد او هـم روزه گرفتـه باشـد! خندیـد و گفت سـان‌جی همیشـه بـه او التمـاس می‌کـرده کـه چنیـن کاری نکنـد. می‌گفته همیـن یک‌بـار بـرای هـر دومان کافـی اسـت، بگـذار در زندگی‌هـای بعـدی تجربیـات دیگری داشـته باشـیم!

دوشنبه ۵ ژوئن ۲۰۰۰

شـالپا بـاز از خانه‌اش کـه بـا سـلیقۀ سـان‌جی سـاخته شـده، صحبت کـرد. گفـت هـر قسـمت از خانه نشـانی از او دارد. از حیاط خانه کـه پر از گل‌های رز بـود گفـت، و از بـارِ گِـردی کـه در کنـار مهمانخانه سـاخته بـود. و گفت کـه چطـور در مهمانی‌هـا همه دور آن جمع می‌شـده‌اند و سـان‌جی برایشان مشـروب‌های مختلـف درسـت می‌کـرده. گفت سـان‌جی یک کلکسـیون لیوان‌هـای شـراب‌خوری کریسـتال دارد کـه از آن‌هـا فقـط بـرای پذیرایـی از مهمان‌هـای خیلـی عزیـز اسـتفاده می‌کـرده اسـت.

دلـم می‌خواهـد خانه‌اش را ببینـم. خانـه‌ای کـه در سـالن آن یک بـارِ گِرد قـرار دارد!

جمعه ۷ ژوئیۀ ۲۰۰۰

شـالپا بـرای فـردا بـا راج قـرار دیـدار دارد. مرتب تأکیـد می‌کنـد کـه فقط یک دیـدار دوسـتانه اسـت. مطمئن اسـت راج مردی نیسـت کـه او را جلب کند. تشـویقش کـردم کـه سـخت نگیرد.

سه‌شنبه ۵ سپتامبر ۲۰۰۰

امـروز سـر ظهـر راج بـرای بـردن شالـپا بـه ناهـار، بـه ادارهٔ مـا آمـده بـود. کنجکاو بـودم کـه ببینمـش. به‌بهانهٔ خریـد، هم‌زمان بـا شالـپا از اداره بیرون رفتـم. مـردی اسـت میانه‌سـال بـا موهـای خاکسـتری و شکمی برآمـده.

به‌جای خریـد رفتم به رستوران خیام و تنهایی جوجه‌کباب خوردم.

شـالـپا کمـی دیرتـر از ناهـار برگشـت. بـه اتاقـش رفتم. همـهٔ عکس‌های سـان‌جی هنـوز روی میز اسـت. راج اصلاً با سـان‌جی قابل‌مقایسـه نیسـت.

جمعه ۱۵ سپتامبر ۲۰۰۰

امشـب شالـپا و راج قـرار ملاقـات دارنـد. این دومین بـاری اسـت کـه با او شـام می‌خـورد. هرچنـد خـودش انکار می‌کنـد، امـا فکر می‌کنـم از راج خوشـش می‌آیـد. ایـن روزها بیشـتر به خودش می‌رسـد. هفتهٔ پیش رفته بـود پیش دکتر پوسـت و کِرمـی بـرای ازبین‌بردن حلقهٔ سیاهِ دِور چشـمش گرفته بـود. دیروز بعـد از کار بـا هـم رفتیـم مال. لباسـی تـازه خریـد؛ پیراهنی خاکسـتری‌رنگ با کتـی قرمـز. گفت این اولین لباسـی اسـت کـه بعد از مـرگ سـان‌جی می‌خرد. مـن هـم یـک کـت و دامن بنفش خریدم. چقـدر از ایـن رنـگ خوشـم می‌آید.

یکشنبه ۱۷ سپتامبر ۲۰۰۰

کـت و دامنـی را کـه خریـده بـودم در تنم امتحان کـردم. خیلی زیباسـت، اما بـه نظر می‌رسـد چیـزی کـم دارد. فـردا وقـت ناهـار مـی‌روم خریـد، شـاید یـک گردن‌بنـد مناسـب برایش پیـدا کنم.

شنبه ۲۱ اکتبر ۲۰۰۰

دیشـب بـا فریـده و سـارا و سـهیلا رفتـه بودیـم بیرون. فریـده یک رستوران

خــوب در خیابــان «مِــل رُز» پیداکــرده، مــا را بــرد نشــانمان بدهــد. بچههــا از لبــاس و گردنبنــدم تعریــف کردنــد. تــا بهحــال نمیدانســتم کــه اینقــدر از مرواریــد کبــود خوشــم میآیــد. بایــد یکــی شــبیهش بخــرم. شــالپا هنــوز چیــزی نگفتــه، امــا خــودم رویم نمیشــود آن را بیشــتر نگــه دارم. بــرای یک شــب بــه مــن قــرض داد، حــالا تقریبــاً یــک مــاه اســت کــه آن را نگــه داشــتهام. در ایــن مــدت بهقــدر کافــی از آن اســتفاده کــردهام. خیلــی بــا کــت و دامــن بنفشــم جــور اســت. بــه بچههــا گفتــم هدیــهای اســت از یــک دوســت. فریده خیلــی کنجــکاو شــده بدانــد کــه بهقــول خــودش، این «مِســتر رایت» کیســت کــه چنیــن هدیــهٔ گرانقیمتــی بــه من داده اســت.

سهشنبه ۷ نوامبر ۲۰۰۰

شــالپا ایــن روزهــا خوشــحال بــه نظــر میرســد. برعکسِ من کــه هیــچ حوصله نــدارم. هفتــهٔ پیــش گردنبنــد را بــه شــالپا برگرداندم. گفت اصلاً یــادش رفته بــود کــه آن را بــه من قــرض داده.

دوشنبه ۱۳ نوامبر ۲۰۰۰

امــروز بعــد از کار رفتم به جواهرفروشــی نزدیک محل کارم. قبلاً یک ســری مرواریــد کبــود در ویترینــش دیــده بودم. امــا راستش وقتی آنهــا را آزمایش کــردم، زیــاد خوشــم نیامــد. مرواریدهای شــالپا چیز دیگریست. شــاید از شــالپا مرواریدهایــش را بخــرم. بهنظــر نمیرســد کــه دیگــر علاقــهای به آنها داشــته باشــد. در چهــار پنــج مــاه گذشــته ندیــدهام کــه از آنهــا اســتفاده کند. امــروز شــالپا بــاز خیلــی ســر حال بــود. «ویکاِنــد» گذشــته بــا راج رفته بــود لاسوگاس. خیلــی بــه آنهــا خــوش گذشــته بــود. شــالپا مرتــب از راج صحبــت میکنــد، امــا عکســی از او روی میــزش نگذاشــته. اتاقــش هنــوز پر

از عکس‌های سان‌جی است. هروقت از کنار اتاقش رد می‌شوم، نگاه خندان سان‌جی از داخلِ قاب تعقیبم می‌کند.

جمعه ۱۵ دسامبر ۲۰۰۰

شالپا امروز به اداره نیامده بود. امشب در خانه‌اش مهمانی دارد. خودش هندوست اما تصمیم گرفته که مهمانی بزرگی به‌مناسبت کریسمس بدهد. فکر می‌کنم می‌خواهد به رابطهٔ خودش با راج رسمیت بیشتری بدهد. بیشتر دوستان خودش و راج را به مهمانی دعوت کرده. من و کتی هم دعوت داریم.

دیروز، قبل از ترک اداره، تمام عکس‌های سان‌جی را از روی میزش جمع کرد و در کشو گذاشت.

شنبه ۱۶ دسامبر ۲۰۰۰

امروز دیر از خواب بیدار شدم. هنوز سرم درد می‌کند. مهمانی شلوغی بود. دو پسر سان‌جی هم آمده بودند. دخترش نبود. دلم می‌خواست همهٔ بچه‌هایش را ببینم. پسر بزرگش خیلی شبیه اوست، با همان چشمان درشت و خندان، و موهای مشکی براق.

خانهٔ جالبی است. خیلی بزرگ نیست، اما باسلیقه ساخته شده و دکوراسیون خوبی دارد. فکر می‌کنم که همه‌چیز هنوز سلیقهٔ سان‌جی را دارد. از بارِ گِردِ کنارِ سالن خیلی خوشم آمد؛ باری از سنگِ مرمرِ سیاه و براق. از سقف بالای بار ویترینی ظریف پر از لیوان‌های کریستال آویزان است. انعکاس عکس بزرگی از سان‌جی که بر دیوار کنار آن نصب شده، روی سنگ بار دیده می‌شود.

اول شب، همه در کنارِ بار جمع شدیم. بعد از شام رفتیم به اتاق

نشـیمن. یک گـروه نوازنـده و خواننـدۀ هندی قـرار بـود در آنجـا برنامه اجرا کننـد. حوصلۀ جمـع را نداشـتم، رفتم به دیـدن بقیۀ قسمت‌های خانه.

اتاق‌خـواب سـان‌جِی در تـه آخریـن راهـرو قـرار داشـت. نـورِ کم‌سـوی قرمزرنگـی همـراه بـا دود خوش‌بویـی تمام فضـای اتـاق را پر کرده بـود. در وسـط اتـاق یـک تختخـواب بزرگ قرار داشـت بـا چهـار میلۀ بلنـد در چهار گوشـۀ آن. تـور سـفیدی از روی میله‌ها تـا روی زمین آویزان بـود. تور را کنار زدم و روی تخـت دراز کشـیدم. روتختـی دسـت‌بافِ نرمـی کـه سرتاسـر آن را گل‌هـای صورتـی پوشـانده مـرا در آغوش گرفـت. روبه‌روی تخـت، معبد کوچکی سـاخته شـده که مجسـمه‌ای از بودا در میان آن قـرار دارد. دو چوبِ باریـکِ عـود، در دو طـرف مجسـمه دود می‌کردند.

سـاعتی بعد برگشـتم کنارِ بـار. از اتاق نشـیمن صدای موسیقی می‌آمد. تصویـر سـان‌جِی از درون قاب عکس بر سـنگِ سیاهِ بـار افتاده بـود. لیوانی برداشـتم و در آن شـراب ریختم. یـک نفـر بـا صـدای نـازک آوازی هنـدی می‌خوانـد. روی یکـی از صندلی‌هـا نشسـتم. لیـوان را به‌طرف سـان‌جِی بلنـد کـردم و آن را تـا تـه سرکشـیدم. بعد لیوان‌هـای کریسـتال را یکی‌یکی از ویتریـن برداشـتم، در هرکـدام کمی شـراب ریختـم و به‌سـلامتی او خوردم. نمی‌دانـم لیـوان چنـدم بـود کـه کتی و شـالپا بـه سـراغم آمدند. کتی مرا بـه خانه رساند.

۲۰۰۱

گُرگرفتن

گرمـا دوبـاره هجـوم آورد. گوشـهٔ لحاف را با پا پس زد. گرما شـدت گرفت. غلتـی خـورد و لحـاف را به کنـاری انداخت. مـرد بدون آنکه چشـم‌هایش را بـاز کنـد دسـت‌ها را دور بـدن او حلقـه کرد و او را به‌طرف خود کشـید. سـر را میـان موهایـش فـرو بـرد، گردنـش را بوسـید و زیـر لـب گفت: «چـه بوی خوبـی می‌دی.»

شـاید هـم نگفـت. آن‌قدر ایـن را گفته بود که هـر بار گردنش را می‌بوسـید، زن آن را می‌شنید.

بعـد، دسـت‌ها را زیـر لبـاس خـواب او بـرد شکمش را نـوازش کرد. زیـر لـب گفت: «چـه داغـی!» این را حتمـاً گفتـه بـود. اولین‌بار بـود که می‌شـنید. قبـلاً می‌گفت: «چقدر بدنت نرمه.» گرما شـدیدتر شـد. دسـت مـرد را کنـار زد و نشسـت. لبـاس خـواب را تـا روی سـینه بـالا بـرد. بدنش مرطـوب بـود. قطرات عرق بر پسـتان‌ها و پیشانی‌اش نشسـته بود. دسـت‌ها را روی گونه‌هـای گُرگرفته‌اش گذاشـت. موهـای چسـبیده بر پیشانی‌اش را کنـار زد. کـف دسـتش خیس شـد. از جـا بلند شـد و به دسـت‌شـویی رفت. اوایـل، هفتـه‌ای چندبـار حملـه می‌کردند، حالا هر شـب می‌آمدنـد و بدنش

را تسـخیر می‌کردنـد. گاهـی هم در روز ـ با شـدتی کمتر و بـرای چند لحظه.

التهـاب کـه فـرو کشـید، نگاهـی بـه آینـه انداخت. خطـوط کنـار دهان، نگاهـش را معطـل کـرد؛ این‌هـا از کـی پیـدا شـده بودند؟

بـه اتـاق برگشـت. مـرد بـه خـواب رفتـه بـود. خـودش را پشـت بـه او، در بغلـش جـای داد و لحـاف را روی بـدن سـردش کشـید. مـرد دوبـاره دسـت‌هایش را دور او حلقـه کـرد. زن دسـت او را گرفت و بـرد زیـر لبـاس خـواب و گذاشـت روی شـکمش. مـرد حلقـهٔ دسـتش را محکم‌تـر کـرد. چقدر گرمای بدن او را دوست داشت!

۲۰۰۰

دیوید و بوریس

هلـن تلفـن زد و مـرا بـه مهمانیِ بازنشسـتگی دیویـد دعـوت کـرد. عـدهای از دوسـتان دیویـد در رسـتورانی در مرکـز شـهر جمـع میشـدند تـا بـا او خداحافظـی کننـد. چـه کسـانی میآمدنـد؟ بوریـس هـم دعـوت داشـت؟ شـاید. هلـن مدتـی بـود از او خبری نداشـت. دیویدِ خوب و مهربان، دوسـتان زیـادی نداشـت، همانهـا نیـز بـا او رفتوآمـدی نداشـتند ــ بهجـز هلـن و شـوهرش، مـن و یکی دو دوسـت قدیمی. من هـم فقط چند دفعـه او را خارج از محـل کار دیـده بـودم. یـک بـار در خانـهٔ هلـن، چنـد بـاری کـه بـا او و هلـن بـرای شـام بیرون رفتـه بودیم و در مهمانیِ خانـهٔ خودم، کـه بوریس هـم دعوت داشـت. از وقتـی کارم را عـوض کـرده بـودم آنها را ندیـده بـودم. دیوید هنوز بـا بازنشسـتگی چنـد سـالی فاصله داشـت. هلن گفـت بعد از یک افسـردگی طولانـی تصمیـم گرفتـه کـه خـودش را بازنشسـته کند و بـه زادگاهـش برگردد.

دیویـد رئیـس دپارتمـان کامپیوتـر ادارهای بـود کـه مـن تا مدتـی قبـل در آنجا کار میکـردم. همیشـه صبـح زود بـه سـر کار میآمـد و بعدازظهـر دیـر بـه خانـه میرفـت. روزهـای تعطیـل را در خانـه بهتنهایـی بـه تماشـای تلویزیون

می‌گذراند، و فقط گاه‌گداری برای عکاسی که تنها سرگرمی‌اش بود، به کوه و صحرا می‌رفت. در وسط هفته هر روز صبح، بعد از رسیدگی به گزارش اپراتورهای شب‌کار و در حال خوردن قهوه، به مادرش زنگ می‌زد و نیم‌ساعتی با او صحبت می‌کرد.

پرهیجان‌ترین حادثهٔ زندگی دیوید، مسافرت هرساله‌اش به کنتاکی و دیدن مادرش بود. مدتی قبل از مسافرت شروع می‌کرد به گفتن از شهری که در آن به دنیا آمده بود، شهری که مادرش همهٔ عمر را در آن گذرانده بود و دیوید، همهٔ سال انتظار دیدنش را می‌کشید.

یک بار از صبح خیلی زود با دیوید روی نقصی که برای یکی از سیستم‌های کامپیوتری اداره پیش آمده بود، کار می‌کردیم. او شب قبلش از خانه روی مسئله کار کرده بود. ساعت سهٔ بعد از نیمه‌شب زنگ زد و از من کمک خواست. وقتی بعد از دو سه ساعت نتوانستیم مشکل را از راه دور و به‌وسیلهٔ تلفن حل کنیم، هر دو تصمیم گرفتیم به اداره برویم تا شاید در آنجا با کمک هم، کاری بکنیم. تا نزدیکی‌های ظهر تلاش‌مان بی‌نتیجه ماند. دیوید وقتی کاملاً از حل مسئله عاجز شد، سرش را بالا کرد و گفت:

- Where are you, Ken? I know you are here watching me. I need your help.[1]

لحنش غمگین بود و نگاهش در جست‌وجوی کِن. منهم بی‌اختیار و امیدوار، با نگاهم کِن را جست‌وجو کردم.

اولین‌باری بود که اسم کِن را از دیوید می‌شنیدم. کِن مدت‌ها قبل، از بیماری ایدز مرده بود. هلن گفته بود که دیوید بعد از مردن کِن دچار افسردگی شدیدی شد و از دیگران بیشتر فاصله گرفت.

استخدام بوریس روحیهٔ دیوید را تغییر داد.

۱- کجایی کِن؟ می‌دونم که همین‌جایی داری به من نگاه می‌کنی. به کمکت احتیاج دارم.

بعد از آمدن بوریس، دیوید شروع کرد به حرف‌زدن از کِن. دیوید، که رئیس من و بوریس بود، اغلب برای دیدن بوریس، به اتاق ما می‌آمد و بعد از صحبت‌های متفرقه، از هوش و استعداد و کاردانی کِن صحبت می‌کرد. دیوید حالا پرحرف شده بود. بیشتر جوک می‌گفت و به جوک دیگران با صدای بلندتری می‌خندید.

در جلسات اداری، صندلی کنار دست دیوید، همیشه متعلق به بوریس بود. وقتی بوریس حرف می‌زد با دقت به او گوش می‌کرد و سؤالاتش را مشتاقانه جواب می‌داد.

بوریس اغلب از دیگران فاصله می‌گرفت و در اتاقش خود را به کار مشغول می‌کرد. حتی به من و هلن که برای دوستی با او پیش‌قدم شده بودیم، علاقهٔ چندانی نشان نمی‌داد. اما رفتارش با دیوید کاملاً متفاوت بود. اگر روزی دیوید به اتاق ما نمی‌آمد، بوریس به‌بهانه‌ای به او سر می‌زد. یک بار که سرزده به اتاق دیوید وارد شدم، دیدم که بوریس دستش را روی پای دیوید گذاشته، در چشم‌هایش خیره شده و با او صحبت می‌کند. با دیدن من صورت بوریس سرخ شد و دستش را عقب کشید.

اواسط تابستان، بوریس همراه با پدر و مادرش برای گذراندن تعطیلات به مسکو رفت. وقتی برگشت، ساکت‌تر به نظر می‌رسید. از دیوید هم دوری می‌کرد، اما دیوید همچنان هر روز، چندین بار به اتاق ما می‌آمد و مدت‌ها در مورد موضوعات مختلف با او صحبت می‌کرد.

چند شب قبل از کریسمس، هلن همهٔ ما را برای شام به خانه‌اش دعوت کرد. بوریس درست قبل از مهمانی زنگ زد و از آمدن عذر خواست. دو سه ماه بعد، من به‌مناسبت عید نوروز که در ضمن روز تولد دیوید هم بود، همه را به شام دعوت کردم.

دیوید آن شب بلوز آبیِ تیره‌رنگی که با رنگ چشمانش هماهنگی

داشـت، پوشیده بـود و موهـای خاکسـتری‌اش را کـه هنـوز تارهـای مشکی در میانشان دیـده می‌شـد، به‌فـرم جدیـدی کوتـاه کـرده بـود. خیلـی جـذاب شـده بـود. هلن و شـوهرش سـر راهشـان او را برداشـته بودنـد. بوریس دیر کرده بود و همـه منتظـرش بودیـم. دیویـد بی‌تاب به نظر می‌رسید. نگـران بودم کـه بوریس نیایـد. روز قبـل بهانـه آورده بـود کـه ممکـن اسـت نتواند بـه مهمانـی بیایـد.

چنـد دقیقه‌ای از سـاعت هشـت گذشـته بود کـه تلفن زنـگ زد. بوریس بـود. اول کمـی مِن‌ومِـن کـرد. فکـر کـردم می‌خواهد بهانـه‌ای بـرای نیامدن بیـاورد. گفتم همـه بی‌صبرانه منتظرشـیم.

اول جوابم را نداد. بعد گفت زنش را هم با خودش می‌آورد.

زبانـم بنـد آمد. همـه به من نـگاه می‌کردند. گفتم بوریس در راه اسـت. چشـمان دیوید از خوشـحالی برق زد.

زنـگِ در کـه بـه صـدا درآمـد، همان‌طـور کـه به‌طـرف در می‌رفتـم، بـا صـدای بلنـد گفتـم:

- Boris bringing his wife![1]

سکوت آزاردهنده‌ای برقرار شد. جرئت نگاه‌کردن به صورت دیوید را نداشتم. بوریـس همـراه با دختر جوان و محجوبی وارد شـد. تابسـتان، در مسکو بـا او کـه دختـرِ یکی از دوسـتان قدیم پدرش بـود، ازدواج کرده بود.

برخـلاف انتظـارم افـراد زیـادی بـه مهمانـی بازنشسـتگی دیویـد آمـده بودنـد، بیشـترِ کسـانی که در سـی سـال گذشـته بـا او کار کرده بودنـد. بوریس هـم آمـد. دیویـد از دیدن او هیجان‌زده شـد. مـن که مهمانی را تـرک می‌کردم، بوریـس هنـوز کنـار دیوید نشسـته بود و بادقت بـه حرف‌هایش گـوش می‌داد.

۱۹۹۹

بانجی جامپینگ

وقتـی مهرنسـاخانم اعلام کرد می‌خواهـد «بانجی جامپینگ» کنـد، با ناباوری و خندهٔ تمسـخرآمیز اطرافیان روبه‌رو شـد. اما مهرنسـا تصمیمـش را گرفته بود و شـجاعانه و بی‌اعتنـا بـه همهٔ مخالفت‌هـا بالاخره کار خـودش را کرد.

در یـک پیش‌ازظهـر گـرم و آفتابـی، در میان حیرت دوسـتان و افراد فامیل مهرنسـاخانم سـوار آسانسـورِ بانجی جامپینگِ کنارِ پلِ «گلدن شـور»، واقع در خیابـان «اوشـن»، در شـهر «لانـگ بیـچ»، در بیسـت مایلـی شـهر لـس آنجلس شـد. بعـد از رسـیدن به بـالای پل، حلقه‌های وصل‌شـده به طنابِ کُلفتِ یک‌اینچی را بـه مـچ هـر دو پـا محکـم کـرد، همان‌طور که چشـمان نگـران و نـگاه نابـاور دوسـتانش بـه او دوختـه بود بـه کنار پرتگاه رفت، و از آنجـا خـودش را در فضـای لایتناهی بیـن پل و رودخانه پرتـاب کرد.

مهرنسـاخانم مدت‌ها پیش، در یـک مجلهٔ آمریکایی، عکسـی از بانجی جامپینگ دیـده بـود. اول باورش نشـد که عدهای بـرای تفریح یا ورزش، به چنیـن کار جنون‌آمیـزی دسـت بزننـد. فکـر کـرد ایـن آمریکایی‌هـای دیوانه چـه کارهـای احمقانـه‌ای کـه نمی‌کننـد! امـا در تـه دل از تحسـین آن‌هـا و حسـرت نداشـتن چنـان جرئتـی هـم نتوانسـت خـودداری کنـد. بعدها در

سفر اولـش بـه آمریـکا، در تلویزیـون نمایشـی از بانجـی جامپینـگ دیـد و بـا اصـرار از دوستش کـه میزبـان او بـود، خواسـت کـه بـه دیـدن آن برونـد. بـرای دوسـت او، بانجـی جامپینـگ یکـی دیگـر از دیدنی‌هـای آمریـکا مثل دیزنی‌لنـد، یونیورسـال اسـتودیو، هالیـوود و بِورلـی هیلز بود که می‌توانسـت به مهرنسا نشـان دهـد. در ضمن، چـون خودش هم هنـوز آن را ندیـده بود، بـدش نمی‌آمـد کـه به‌هـوای او از این پدیـدۀ عجیب و غریب و خطرناک سـر در بیـاورد. البتـه اگر مهرنساخانم اظهارعلاقـه نمی‌کرد، شـاید هیچ‌وقت به فکـرش نمی‌رسـید کـه خـودش به‌تنهایـی چنین غلطـی بکند.

امـا اعـلام علاقه‌منـدی مهرنسـا بـه پریـدن از بـالای پـل و سـقوط آزاد، مربـوط بـود بـه سـفر دوم او بـه آمریـکا، یعنـی وقتـی کـه بعـد از دو سـال از ایـران برگشـت. هرچنـد مهرنساخانم در سـفر قبلـی موفـق بـه بانجـی جامپینـگ نشـده بود، امـا در چند مـاه آخر اقامتـش در ایران، تمـام مدت به آن فکـر کـرده بـود و به‌محـض رسـیدن بـه آمریـکا علاقه‌مندی خـودش را به اطلاع دیگـران رسـاند.

واه واه، چه غلط‌های زیادی!

چنـد نفـر فکر کردنـد این هـم یکـی از آن قُمپزهای مهرنساسـت که از آن دل خوشـی نداشـتند. عـده‌ای هـم گفتند کـه جوان اسـت و جویای نـام. بعد از چنـد روز، همـه آن را فرامـوش کردنـد به‌جز خود مهرنسـا کـه هرچه به آن فکـر می‌کرد، شـور و هیجـان و علاقه‌اش زیادتر می‌شـد.

علـت اصلـی ناباوریِ دوستان مهرنسا، شـناختی بـود که از او داشـتند (یـا فکـر می‌کردنـد دارنـد.) مهرنساخانم هـوادار پروپاقرص مـد و زیبایی بـود؛ کفش‌هـای پاشنه‌بلند و دامن‌هـای تنـگ می‌پوشـید و یکـی از افتخاراتـش داشـتن مبلمـان، قالی و نقاشـی‌های اصیلی بود که بـه در و دیوار خانـه‌اش آویـزان کـرده بـود. بـرای مهمانی‌هایـی کـه در خانه برگـزار می‌کرد،

از هفته‌هـا قبـل، برنامه‌ریـزی می‌کـرد. آشپـزی او شهرهٔ عـام و خـاص بـود. گاهـی هـم سفرهٔ ابوالفضـل می‌انداخـت، یـا بـه دیـدن فال‌گیـر می‌رفت تا آینـده‌اش را پیش‌بینـی کنـد. مهرنسـا بعـد از ازدواج، کار بیـرون از خانـه را تـرک کـرد و خـودش را تمام‌وقـت در اختیـار خانـه و خانـواده گذاشـت، هر چنـد کـه خـودش این را باور نداشـت. او و شـوهرش، هفته‌ای یکی دو شـب مهمانی‌هـای دوسـتانه یـا خانوادگی داشـتند. شـوهر مهرنساخانم، هفته‌ای یـک بـار بـا دوسـتان، دورهٔ قمـار داشـت. در این اواخـر هم گاه‌گـداری چند ساعت دیرتـر بـه خانه می‌آمـد. مهرنسـا طعنـهٔ دوسـتان و آشـنایان را نادیده می‌گرفـت و آن‌هـا را زیرسـبیلی رد می‌کـرد. یـک بار هـم بـه دوسـت نزدیک و محـرم رازش گفتـه بـود: «خـب، مَـرده دیگـه. آدم کـه نمی‌تونـه همیشـه قرمه‌سبزی بخـوره، به سـاندویچ هـم احتیـاج داره.»

هرچنـد خـودش بعـد از گفتـن ایـن حـرف بُغ کـرده بـود و چنـد روزی اخلاقـش گُه‌مرغـی شـده بـود و به‌گفتـهٔ شـوهرش بیخـود و بی‌جهت پـر و پـای دوسـت و آشـنا را گرفتـه بود.

مسـافرت دوم مهرنسـا بـه آمریـکا، همـراه بـا شـوهر و بچه‌هایـش بـود. شـوهرش مایل بود امکانات اقامتشـان را در آمریکا بررسـی کنـد و کجا بهتر از لـس آنجلـس بـا آن‌همـه تلویزیون و رادیـو و کابـاره و رسـتوران و مغازه‌های ایرانـی و آن‌همه آدم‌هایی که می‌شـناخت؟ مهرنساخانم هم تصمیم داشت بـا دوسـتانش در مـورد مشـکلات بزرگ‌کـردن بچه‌هـا در محیـط آمریـکا، قیمـت مـواد غذایی و محـل خریـدِ لباس‌های مارک‌دار مذاکـره و تبادل‌نظر کنـد. در ضمـن قصـد داشـت در صـورت امـکان، اطلاعات بیشـتری هم در مـورد این مشـغولیت ذهنی‌اش، بانجی جامپینگ، به دسـت آورد.

اوایـل خـودش هم زیاد مطمئـن نبـود کـه جرئت دسـت‌زدن بـه چنین کار جنون‌آمیـز را داشـته باشـد. امـا زمان زیـادی از ورودش نگذشـته بـود که با

وجـود تمـام مخالفت‌هـا و تمسـخرها، عزمـش را جـزم کـرد و تصمیمش را گرفـت کـه بـه خواسـته‌اش جامۀ عمل بپوشـاند.

در روز حادثـه، شـوهر مهرنسـاخانم بـا یکـی از دوسـتان صمیمـی‌اش بـه لاس‌وگاس رفتـه بـود. مهرنسا صبـح زود بچه‌ها را به دوسـتش سپرد، و بعـد بـه لانـگ بیـچ رفت. سـر راه، یک دوسـت دیگـر دوران دانشـگاه و دخترعمـو و دخترعمـه‌اش را، کـه بـرای شـرکت در ایـن واقعـه اظهارعلاقه کـرده بودنـد، برداشـت.

از خروجـی اتوبـان کـه بیـرون آمدنـد، مهرنساخانم دکل بلندِ بانجی را دیـد و دلـش هُـری فـرو ریخـت. نـگاه دوسـتش در همان لحظه به نـگاه او افتـاد. شـاید در دلـش می‌گفت: «آها! می‌دونسـتم کـه بالاخـره می‌فهمه این کار شـوخی نیسـت و دسـت از این لجبازی برمی‌داره.»

امـا مهرنسـاخانم کـه تصمیمـش را گرفتـه بـود، بـا خـودش عهد کـرد کـه دیگـر بـه دکل و خطـر آویزان‌شـدن و و،... آن فکر نکنـد، و لبخنـدی زد. خوشبختانه بقیـه کـه محـو تماشـای پیچ‌وتاب‌خـوردن شـخص دیگری بودنـد، از ایـن ردوبدل‌شـدنِ نـگاه، و لبخنـد مرمـوز مهرنساخانم، آگاه نشـدند، وگرنـه امکان داشـت آن‌هـا نیـز اظهارنظرهـای بجـا و بی‌جایی بکننـد. مهرنسـاخانم بـدون هیـچ تردیـدی ورقـه‌ای را کـه دخترکِ مسئول نام‌نویسـی بـه او داده بـود، امضا کـرد و همـراه بـا او بـه بـالای دکل رفت. دختـر، کمربنـد پهـن و محکمـی بـه او داد کـه بـه کمـر ببنـدد. قلاب‌هـای طنـاب را بـه پاهـای او وصـل کـرد و یـادش داد کـه چگونه دسـت‌ها را روی سـینه صلیـب کنـد و تـا وقتـی بـه پاییـن نرسـیده، آن‌هـا را از هـم بـاز نکند.

مهرنسـا بـا طنـاب قلاب‌شـده بـر مـچ پا بـه لبۀ پرتگاه نزدیـک شـد و همان‌جـا ایسـتاد و بـه پاییـن نـگاه کـرد. زیـر پایـش رودخانـه به‌آرامـی در جریـان بـود.

مهرنسا چشمانش را روی هم گذاشت و خودش را به پایین پرتاب کرد.

در آن لحظه تنها چیزی که به ذهنش رسید، خاطرهٔ اولین روزی بود که به مدرسه رفته بود با کفش‌های نو و اُرمک خاکستری و یقهٔ سفید توری، و به کتابی نگاه کرده بود که حتی یک کلمه از آن را نتوانسته بود بفهمد.

از بلندی که به پایین سرازیر شد، همان‌طور که دختر گفته بود دست‌ها را روی سینه صلیب نگه داشت تا سقوط تمام شد و سنگینی بدن را احساس کرد. طناب با زاویه‌ای نزدیک به ۱۸۰ درجه از چپ به راست، و دوباره به چپ می‌رفت. لحظه‌ای چشم‌هایش را باز کرد، اما سرش گیج رفت و دلش آشوب شد و به‌نظرش رسید که دنیای اطرافش در حال واژگونی‌ست. چشم‌هایش را فوری بست. وقتی آن‌ها را باز کرد که حرکتِ پاندولی طناب، به حرکتی گهواره‌ای تبدیل شده بود. طناب با ملایمت در نوسان بود. آرامش ازدست‌رفته‌اش کم‌کم به او بازگشت. حالا دنیا را از آن‌طرف می‌دید. سرش پایین و پاهایش رو به بالا. به بالای سر که نگاه کرد، به‌جای آسمان، زمین را دید و آب‌های آبی و موج درهم‌شوندهٔ رودخانه را، که چون لالایی گوش‌نوازی به خواب دعوتش می‌کرد. چشمانش را دوباره بست و به انتظار باقی ماند.

۲۰۰۰

اسم شوهرم

امروز به‌طور کاملاً اتفاقی چشمم افتاد به اسم شوهرم:

همایون پوراحمدی

وقتی روی کاغـذ بهـش خیـره می‌شـی، یـه شـکل دیگـه پیـدا می‌کنـه. نگاه‌کـردن به اسـم شـوهرم مثل اینه که تـوی چشـماش نگاه کنـی و بخوای از راه مردمکـش بفهمـی تـوی مغـزش چـی می‌گـذره. واقعاً پشـتِ اون دو تـا چشـمِ «ه» یـا سـه تـا نقطۀ «پ» چـی می‌گـذره؟ یـا مثلاً «ی» آخـر که اون‌طـور مظلـوم گردنـش رو خـم کـرده، اصـلاً می‌دونـه کـه بـا «ی» وسـط فـرق چندانـی نـداره؟ حـالا گیـرم کـه چـون آخـر از همه اومده کسـی دسـتش رو نمی‌گیـره و تنهـا مونـده. شـرط می‌بندم کـه خیلـی دلش می‌خـواد خودش رو یـه جـوری بـه «د» بچسـبونه. شـاید هـم بیچـاره فکـر می‌کنـه وجـودش زیادیـه و بـه هیـچ دردی نمی‌خوره. من اینجـا چـی کار می‌کنـم؟ «پوراحمد» بـا «پوراحمـدی» فرقـش چیـه؟ اصـلاً این اسـم تـوی وجـود خـودش کلـی تضـاد داره. آخـه ایـن چه‌جـور اسـمیه کـه نصفـش فارسیِ دری‌یـه، نصف دیگـه‌ش عربـی، آخرش هـم دوبـاره یه «ی» فارسـی!

همایون پوراحمدی

ه، م، ا، ی، و، ن. یک فاصله، بعد: پ، و، ر، ا، ح، م، د، ی.

شش حرف توی اسم اول، هشت تا توی اسم فامیل.

راستی، توی اسم من چند تا حرف هست؟

مهنسا صداقت‌پناه

م، ه، ن، س، ا؛ پنج تا توی اسم اول.

ص، د، ا، ق، ت، پ، ن، ا، ه؛ نُه تا توی اسم فامیل!

چهارده حرف تـوی هرکـدوم! تابه‌حـال این‌طوری مقایسـه نکـرده بـودم. «مهنسـا» یک حـرف از «همایـون» کـم داره، «صداقت‌پنـاه» یکی از «پوراحمـدی» بیشـتر! اون دوتـا «م» داره، مـن یکـی، عوضش مـن دوتا «ه» دارم اون یکـی. سـه تا «الف» مـن، دوتا «الف» اون. «همایون پوراحمدی» روی هـم دوتا «ی» داره، یک «و» یک «ح»، «مهنسا صداقت‌پناه» هیچی. مـن یـک «س»، یک «ص»، یـک «ق»، یک «ت» دارم کـه هیچ‌کدومش رو اون نـداره. هردوتامـون فقط یـک «د» داریم.

فکـرش رو بکنیـن کـه اگه «همایـون پوراحمـدی» به‌جـای دو تا الف، سـه‌تا داشـت یا چهارتـا، چـه چیزها تـوی زندگی‌ش عوض می‌شـد؟ شـاید تابه‌حـال به‌خاطـر همـون یـه الـف کلـی دعـوا مرافعه شـده بـود و از مهنسا صداقت‌پنـاه جـدا شـده بود.

در مـورد اسـم خـودم هـم کـه فکـر می‌کنـم، می‌بینم کـه داشـتن «س» و «ص» بـا هـم معجـون جالبیه. هـردو یـک صـدا دارن و شکلشـون بـا هم فـرق زیـادی نـداره، امـا یکـی عـرب، یکـی عـرب و عجم! حـالا جای شـکرش باقیه کـه دعـوای عـرب و عجـم تمـوم شـده وگرنه تابه‌حـال تـوی خـودم چنـد بـار جنـگ و دعـوا سـرگرفته بـود و «س» و «ص» افتـاده بودند

به جـون هـم. و اگـر «س» سـر «ص» را زیـر آب کـرده بـود، مـن می‌شـدم «مهنسـا داقت‌پنـاه». اگـر «س» سربه‌نیسـت شـده بـود، «مهنـا صداقت‌پنـاه» یـا شـاید هـم «مهنـا داقت‌پنـاه». نـه، زیـاد چنگـی بـه دل نمی‌زنه. همشـون یـه چیزی کـم دارن.

خیلی دلم می‌خواد ببینم اسم من در مورد اسم شوهرم چی فکر می‌کنه.

ـ راستش رو بگو مهنسا جان، نظرت نسبت به همایون پوراحمدی چیه؟

ـ والله چه عرض کنم. زیاد بهش فکر نکردم.

ـ نـه، واقعاً راسـتش رو بگـو. مثلاً اگر همایون پوراحمـدی ازت تقاضای ازدواج کنه چه جوابی می‌دی؟

ـ سـرکار خانم مهنسـا صداقت‌پناه، آیا حاضرید بنده، همایـون پوراحمدی، را به غلامـی قبول کنید؟

واه واه، چـه اسـم زبون‌بـازی! اصـلاً از «بنـده» و «غلام» خوشـم نیومد. داره خودشیرینی می‌کنه. حتماً می‌خواد خـرم کنه!

حـالا هـم کـه داره زیرچشـمی مـن رو برانـداز می‌کنه: «این کـه «ق» و «ص»اش خیلـی گـرد و قلمبـه‌س! بهتـره یه‌خـورده دیگـه صبر کنم. شـاید یـه اسـمی پیـدا بشـه کـه به‌جـای ایـن «ق» تُپُل‌مُپُل یـک «ف» کشـیده و باریک داشـته باشـه.»

بایـد «ت»ام رو یه‌خـورده بکشـم جلو، روی «ق» و «ص»ام رو بپوشونه. واه، چـرا «ه»ش رو بسـت؟ حتمـاً داره «س» رو بـا سـه تا نقطۀ بالاش فنتاسـایز می‌کنه: «اووه!... شـییین...»

حـالا دیگـه داره چی‌کار می‌کنـه!؟ ببین «پ»اش رو چطـوری جمع‌وجور کـرده و «ه»اش رو عاشـقانه دوخته تـوی «ه» من!

ـ م، ه، س،ا ی عزیزم، حاضری زن ه، م، ا، ی، و، ن بشی؟

اسـم سـاکتِ سـاکت ایسـتاده داره نـگاش می‌کنه. شـرط می‌بنـدم داره

تـوی «ن»ش بـالا و پایـیـن می‌کنـه: «چه خـوب، حالا مـن هـم دارایِ «ی» و «و» و «ح» می‌شـم.»

امـا نـه، مثل اینکه زیاد خوشـش نیومـده. از اون نقطه‌ای که بـالا انداخته و اون پشـت «ه»ای کـه نـازک کرده پیداسـت: «اسـمی که توش یـه «ق» هم نباشـه، بـه درد زندگی مشـترک نمی‌خوره.»

و شـاید هـم: «خب اسـم زیاد بدی نیسـت، امـا لازمه یه کمـی تغییرش بـدم. مثـلاً چطـوره به‌جـای همایـون بهش بگـم هماقون یـا قمایون یـا اصلاً قماقـون قورقحمقی.»

شـرط می‌بنـدم شـما تابه‌حـال این‌طـوری بـه اسـم خودتـون یـا اسـم شـوهرتون نـگاه نکـرده باشـین. درسـته؟

۲۰۰۱

بخشش

گفته بود: «برق چشمات رو دوست دارم. چشمات خیلی قشنگه. تابه‌حال کسی اینو بهت گفته؟»

نگاهی به شیشهٔ مغازهٔ کناری انداخت. حالا چشم‌هایش چه حالتی داشت؟ صدای موسیقی به آن‌طرف کوچه کشاندش. چهار نوازندهٔ جوان، یک دختر و سه پسر؛ دختر ترومپت می‌زد، یکی از پسرها ویولنسل و دوتای دیگر گیتار.

فضا پر از شادی بود. بدنش به رقص آمد. سرش به هر طرف می‌چرخید و بدنش بالا و پایین می‌شد. راه افتاد. تاب ایستادن نداشت. باید می‌رفت، به هرکجا. مسیر مهم نبود. دست‌ها را در جیب کرد. آهنگ موسیقی ویولنسل در سرش تکرار می‌شد و در گلویش به ارتعاش در می‌آمد.

جلوی شیشهٔ بلندِ فروشگاهی ایستاد و خودش را تماشا کرد. موهایش روی شانه موج می‌زد. عینک آفتابی‌اش را از چشم برداشت و سر را به شیشه نزدیک کرد. می‌خواست چشم‌هایش را ببیند، تیرگی شیشه مانع می‌شد. از پهلو به خودش نگاه کرد. نوک برجستهٔ پستان‌هایش از زیر بلوز بهاره‌اش بیرون زده بود. سینه را کمی جلو داد، لبخندی زد و راه

افتـاد. سـرش را رو به آسـمان گرفت. آفتاب ملایمـی که از پشـت می‌تابید، شـانه و پشـتش را گرم کـرد. رویش را برگردانـد. گرمای آفتـاب روی صورت و چشـم‌هایش پخـش شـد. چشـم‌ها را بسـت و رو بـه عقـب حرکـت کـرد. لب‌هـای مـرد بـر گونه، گـردن و شـانه‌اش در حرکت بـود و گرمـای بدنش به درون او نفـوذ می‌کـرد. قدم‌هـا را آهسـته و نامطمئـن بـر می‌داشت.

چشـم‌ها را بـاز کـرد. سـاختمانِ بلندِ کلیسـای قدیمـی بـا آن مناره‌های کوچک و بـزرگ، در جلـو برافراشـته بود. دوبـاره به آسـمان نگاه کـرد. چقدر زیبـا بـود، آبـی آبـی بـا ابرهـای پراکنـده در گوشـه‌وکنار. دو تکـه ابر بـزرگ به‌سـوی خورشـید در حرکـت بودنـد. خورشـید می‌خندید. ابرهـای بـالای کلیسـا فشـرده و تیـره بودنـد. برگشـت و دوبـاره رو بـه جلـو حرکت کرد.

«چـه پسـتان‌های خوش‌فرمـی داری.» لبخنـد روی صورتـش عمیق‌تـر شـد. دسـت‌ها را بـه دو طـرف بـاز کـرد. زیـر پایـش ابر بـود و در اطرافش هـوای سبک و سیالی که بـه پـروازش در می‌آورد.

سـاعتش را نگاه کـرد. چیـزی بـه غروب آفتـاب نمانـده بـود. وقـت زیـادی نداشـت. بایـد به خانـه می‌رفت. بایـد غذای شـب را آمـاده می‌کرد. شـوهرش تـا چنـد سـاعت دیگـر بـر می‌گشـت از مسـافرت دو روزه‌ای کـه گفتـه بـود اداری‌سـت. اداری بـود؟

بـه دوروبر نگاه کـرد. نمی‌دانسـت کجاسـت. کیلومترهـا از خانـه دور بود. بایـد تاکسـی می‌گرفت. کاش مجبـور نبـود به خانه بـرود. کاش می‌توانسـت بـاز هـم تنهـا باشـد. تمـام روز و تمـام شـب را تنهـای تنهـا قـدم بزنـد و لذت ببـرد از سـبکی بدنـش ـ از نبودن آن بـار سـنگین.

دوبـاره بـه عقـب برگشـت. فقط سـایه‌ای از سـاختمان کلیسـا پیـدا بود. محوِ محو.

جلـوی اولیـن تاکسـی را گرفت. خـودش را در صندلـی عقـب انداخـت و

آدرس خانه را داد. تمام شب نخوابیده بود، اما احساس خستگی نمی‌کرد. هنوز انرژی داشت که بقیهٔ روز را بیدار بماند و شاید یک شب دیگر را. آینهٔ دستی‌اش را از کیف بیرون آورد خودش را از نزدیک نگاه کرد. موهایش پریشان و چشم‌هایش پف‌کرده بود. اطراف لب‌هایش سرخ بود. دستمال کاغذی را بر روی آن کشید. سرخی بیشتر شد. جای زبریِ ته‌ریش مرد بود که دور لب و گردنش را قرمز کرده بود. بی‌اختیار به آن زن دیگر فکر کرد؛ چند بار زبریِ ته‌ریش شوهرش آن نقش جادویی را بر صورت زن گذاشته بود؟ ای‌کاش گذاشته بود مرد تمام بدنش را ببوسد و او را گاز بزند، همان‌طور که خواسته بود. حالا می‌توانست به خانه برود، جلو آینه لخت شود و تمام بدنش را ببیند، جای لب‌ها و دندان‌های او را لمس کند و لذت ببرد.

به خانه که رسید، دوش سردی گرفت و صورتش را آرایش کرد. ماتیکِ قرمزی بر لب و پودر کم‌رنگی بر اطراف دهان و گونه‌ها زد تا سرخی‌ها را پنهان کند. چشم‌هایش به آرایش احتیاج نداشت. همان‌طور هم زیبا بود. لباس زردرنگ بی‌آستینش را که در کمر بُرش داشت و چاک یقهٔ آن تا میان سینه کشیده می‌شد، به تن کرد و منتظر ماند. مدت‌ها بود که دونفری برای شام بیرون نرفته بودند. شوهر از کار که برمی‌گشت، اغلب دیروقت، خسته بود. شام را می‌خوردند و روبه‌روی تلویزیون استراحت می‌کردند، و زن احساس می‌کرد آن سنگینی را، آن سنگینی نامرئی که پشتش را می‌خمید و آن هوای خفه که به خفقانش می‌انداخت. آیا هنوز آن زن را می‌بیند؟ آیا هنوز...؟ آیا...؟

اول‌بار، مرد تلفن کرده بود. صدایش هم به‌گرمی نگاهش بود. «اگر امشب برنامه‌ای نداری، می‌توانیم با هم شام بخوریم.» نه. کار داشت. چه کاری؟ مگر شوهر مسافرت نبود؟ باز می‌خواست در خانه تنها بماند؟ فرقی می‌کرد؟

ـ نه!

مرد گوشی را زمین گذاشت. بعد، خودش به او زنگ زد ـ مردد و نامطمئن. ساعت‌ها گفت‌وگو کردند و زن شکفته شد و فکر کرد به مرد و به زمزمه‌هایش، که تنهایی را می‌پوشاند.

کلید که در قفل پیچید به آینه نگاه کرد، زردیِ رنگ لباس با پوست تیرهٔ بدنش هماهنگ بود. به زیر گوش‌ها و به گودی بین گردن و سینه عطر زد و به استقبالش رفت.

شوهر با تعجب نگاهش کرد، نگاه کرد به صورتش که شکفته شده بود و به بدنش که به‌آرامی می‌لغزید و به لبخندش که دعوت‌کننده بود و به چشم‌هایش که برق می‌زد و زیبا بود و به پستان‌هایش که سربالا بودند و خوش‌فرم.

۲۰۰۰

نشر رها منتشر کرده است:

- ریشه‌ها و نشانه‌ها در نمایش میر نوروزی، مرتضی مشتاقی، مارس ۲۰۲۳، ونکوور
- بوی برگ شمعدانی، مجید سجادی تهرانی، مۀ ۲۰۲۳، ونکوور
- خطابه‌های راه‌راه: داستانی ناتمام، محمد محمدعلی، ژوئن ۲۰۲۳، ونکوور
- شام کریسمس؛ خورش قیمه‌بادنجان، نوشا وحیدی، ژوئن ۲۰۲۳، ونکوور
- شهر کریستال، مریم رئیس‌دانا، آوریل ۲۰۲۴، ونکوور
- پدرم کالیگولا را می‌کشد، علیرضا جوانمرد، فوریۀ ۲۰۲۵، ونکوور
- **به‌یاد خالق «جهان زندگان»، مجموعۀ مقالات و یادداشت‌هایی دربارۀ زندگی ادبی و آثار محمد محمدعلی**، آوریل ۲۰۲۵، ونکوور
- **یادگاری روی دیوار دیگران، مجموعۀ مقالات و گفت‌وگوهای محمد محمدعلی دربارۀ چهره‌های برجستۀ ادبیات معاصر**، به‌کوشش بهاره دهکردی، مۀ ۲۰۲۵، ونکوور

برای خرید نسخه‌های الکترونیک و چاپی کتاب‌های نشر رها به‌صورت آنلاین از لینک زیر استفاده کنید یا از طریق تبلت یا تلفن هوشمندتان کد QR زیر را اسکن کنید:

https://bit.ly/RahaaBookstore

Sangām va Dīgar Dāstānhā
(Sangam and Other Stories)
Mehrnoosh Mazarei
Editors: Sima Ghaffarzadeh and Houman Kabiri Parvizi
Cover Design: Romina Zakeri

Rahaa Publishing is the book publishing division of Hamyaari Media Inc.
PO Box 31055, St Johns Street, Port Moody, BC V3H 4T4, Canada
+1-604-671-9505
info@rahaa.pub
www.rahaa.pub
First published 2024
Copyright © 2024 by Rahaa Publishing
This revised edition includes an updated version of "Sangam" short story and insightful opinions from various writers and critics about "Sangam and Other Stories", published in 2026

Sangām va Dīgar Dāstānhā
(Sangam and Other Stories)
Print ISBN: 978-1-7777355-8-6
eBook ISBN: 978-1-7777355-9-3

Sangām va Dīgar Dāstānhā

(Sangam and Other Stories)

Mehrnoosh Mazarei

Vancouver, Canada